説話の形成と周縁

古代篇

倉本一宏
小峯和明
古橋信孝 編

臨川書店

目次

序章

古橋信孝

本書は国際日本文化研究センターにおける倉本一宏氏の共同研究「説話文学と歴史史料の間に」（平成二七～三〇年度）に関わる成果の一端として刊行する論集の「古代篇」にあたるもので、歴史学の研究者と文学研究者が研究会に参加し、各自のテーマに基づいて発表、質疑応答の後、原稿化したものである。

古典文学についていえば、たぶん研究は行き詰った状況が続いている。一九九〇年代以降、研究は方法への問いを止め、小さな疑問をいわゆる実証の手続きで明らかにする方向へ向かった。それも研究であることには間違いないが、ある作品を論ずるには対象にする作品をその時代、社会、文化のなかにおいてみることをしなければ、作品は位置づけられない。そして文学とは何かという問いが据えられていなければならない。もちろん文学概念は時代、社会によって異なる。したがって、その時代、社会における文学を考えていなければならないのである。

このような状況においては、対象にする作品に対して、他の作品との関係を単に比較するのではなく、文学史的に考察する方向、時代のなかに置いて考察する方向など、外からの思考が要求される。その一つは他分野の学のなかにおいてみることだろう。その意味で、文学研究が歴史学の研究者たちに曝される機会が実現されたわけだ。

歴史学にとっても、同じようなことがいえる。文学研究と接することは方法の違いを意識させられることでもある。この場合の方法とは、対象への接し方の違い、思考の違いなどである。これまでも歴史学の研究者が文学研究の成果を取り入れることはしばしばあった。そういうものに接していて、いつも思わされたのは質の悪い解釈を取り入れるものが多いことである。それは、どういう思考によってその成果が作られたか考えることなく、成果だけ取り入れるからである。いわば自分の都合のいいもの、分かるものだけが取り入れられる。異なる方法に接することが自分の方法を揺るがせるような出会いをして欲しいと思っている。

なお、各論文の配列は、一応扱った対象の古いものから時間に従っている。

以下、各論文の内容の概略と、成果及び可能性を観点に述べておく。

三舟隆之「『丹後国風土記』逸文と天女説話」

『丹後国風土記』逸文の奈具社の伝承を論ずる。天女が降臨した比治山は比定される磯砂山には磐座と思われる岩があり、古代の祭場と推定される。その山上からは日本海や天橋立が眺望でき、丹後半島沖を航行する船にとって望標とされる山であった。そして羽衣を隠され、地上にいざるをえなくなった天女が老夫婦の子となり、酒を造るが、それは麹を使った新しい醸造法の渡来が語られているとする。

そして天女が老夫婦から追い出され、さすらうことで、地名の起源が語られているが、それは「磯砂山を中心とする鱒留川から竹野川の流域の順番に地名・神社が展開」しており、この天女伝説の創作者は、在地の状況に詳しいことを指摘している。また天女は竹野郡の奈具社に鎮座し、食物神・豊饒神豊ウカノメの神として祀られるが、これは川の流域に本説話に登場する地名が展開することとも合わせて川の水が豊饒をもたらすと考えられていたことの反映であるとする。

さらに考古学の成果と重ね、この地域には大きな古墳が多く、「卑弥呼が中国の魏と外交交渉を持ち『親魏倭王』の称号をもらう前に、この地域の王が中国との交渉を行っていた可能性も考えることができる」としている。その古くからの中国との接触によって、中国の天女譚、その背景にある道教、神仙思想も入って来ていたというのである。

本論文は天女説話を中心に据えたことで、丹後半島の権力の形成が伝承を作り出していること、さらに「親魏倭王」に示されている年代以前に中国の思想が丹後に入っており、中国との交流で地域に権力が形成されていた可能性を示したところに、説話を据えた新しい方法への意志がみられる。

東真江「『出雲国風土記』に描かれた説話と古墳」

魚見塚古墳と毘売塚古墳を例にして、古墳を後の人がどうみていたかを、『出雲国風土記』と近世の『雲陽誌』によって、考察した。

魚見塚古墳は古墳時代後期の六世紀の意宇地域の首長墓の一つだが、風土記に熊野大神の朝夕の食事に供える海産物を奉仕する地域が定められたことを語っており、出雲国造が熊野大神を祀ることで、「漁場や交通の要衝を掌握した」と考えられる。『雲陽誌』は、多賀神が神在月に全国から集まる八百万神への供え物を定めたこと、魚見山で神々が魚をとるのを見たことなど語られているという変化がみられる。

毘売塚古墳は古墳時代中期の前方後円墳で、風土記では毘売崎が、語臣猪麻呂が娘を鮫に喰われ、神々に祈り、食べた鮫を捕え復讐することを語る、毘売の地名起源譚を載せる。『雲陽誌』は鴨社、紀社の祭礼を語り、猪麻呂に由来するという。鮫を捕える方法、網の扱い方など古来の漁法が伝えられるにともない猪麻呂の娘の話は伝えられた。

古墳を後の人がどう語っていたかという視点で説話を抱え込んでいること自体はありうるものだが、さらに別の時代の説話を重ねることで、古墳についての見方の歴史性そのものが追及されている。歴史は意外にある時代に閉じられている場合が多いが、ある時代から別の時代へと変化していくこと自体が歴史である、といういわば歴史の原点に戻ろうとしているところが評価されるべきである。

石川久美子「『みやび』の伝播伝承――『万葉集』巻一六・三八〇七」

『万葉集』巻十六に葛城王が陸奥に下向し、元采女の「みやび」な歌と所作によって歓待される話がある。「みやび」が問題になるのは聖武天皇の時代で、この話もそういう時代を背景としているとし、元采女の歌「安積山」の安積は大和王権の版図として七世紀中頃には含まれ、八世紀前半には現在の宮城県から岩手県の南部を含み、国府（多賀城）も置かれている。『続日本紀』によれば、神護景雲三年（八六九）には陸奥国の一括改賜姓が行われているが、そのなかに安積には前から姓をもっていた、つまり古くから服属していた、あるいは土着していた氏族がいたことが知られる。さらに安積には軍団が置かれていたことも分かる。したがって安積は大和政権による陸奥経営の重要地であり、それゆえ、都の文化「みやび」も安積に伝えられていたのである。

石川は、安積は『万葉集』に詠まれた最も北の次の地である。さらにこの歌が『万葉集』に歌われた地としては最北であることを指摘し、にもかかわらずこの歌には方言のないことから、大和の「みやび」が伝播し、最北に実現した話であることを論じた。

またこの安積山の歌は『古今和歌集』仮名序に「難波津」の歌と共に「手習いの父母」と呼ばれていることを、この二首が歌木簡としてあることも合わせ、「難波津」の歌が男の、「安積山」の歌が女の「手習」だが、それは歌を書くことだけでなく、身に付けるべき男女それぞれの文化的態度としてもあったことも論じている。

古代において文化がどのように伝播していったかを、歴史学の成果である大和朝廷の東北地方への具体的な進展と重ねてみようとしたところが、古代文学研究の方向を示している。それは考古学の歌木簡研究の成果を取り入れたところにもみられる。そしてさらに歌木簡を男女の役割の違いというジェンダーを持ち込むことで、時代を普遍性のなかでみようとする態度も評価されるべきだろう。

多田伊織「絵画と説話―古代において仏教説話はいかに語られたのか」

『日本霊異記』上巻三三縁は、亡くなった夫のために願を立てて、画師の同情を得て阿弥陀の画像を作り、八多寺に安置したが、火災によって寺は焼失。画像だけは少しも損なわれることがなかったという話である。

本論は「画師」は仏教を信仰しており、仏画を描く、渡来の技術者であったが、官人として世襲であるかれら以外に、正倉院文書に「雇工」と書かれる新しい技術や知識を身につけた民間画工がみえ、かれらが国家的事業に参加するようになった。画工が「実力本位」で再編成されていき、御杖連と名乗るようになったことがそのあらわれである。

このような古い氏族の解体、再編のなかで、仏教を信仰してきた「画師」が「今一度自らの信仰を見つめ直した記録」が『日本霊異記』である。それは「中国・朝鮮半島から齎らされた外来の宗教仏教が、日本に根付いていく過程を反映したテキスト」だと論ずる。

仏教の渡来と展開は僧や宗派の渡来、そして国家の政策として論じられるのが一般的である。『日本霊異記』は仏教の民間の受容として語られる。そういうなかで、本論文は仏教を信仰する氏族が渡来し、社会状況のなかで、改めて自分たちの信仰を見つめ直したものが『日本霊異記』である。その氏族の動向が周辺も巻き込み、外来宗教であった仏教が日本に定着していく過程であったというのである。

新しい宗教が定着していくのはたいへんなことである。信仰する氏族が渡来したという見方をとることで、リアルに分かる。これはキリスト教がユダヤ教を超えて広まっていく過程と類似している。

曾根正人「平安初期仏教界と五台山文殊信仰―『日本霊異記』上巻五縁五台山記事が語るもの」『日本霊異記』上巻五縁は屋栖野古が冥界で聖徳太子に導かれ五台山に行き、冥界巡礼を終えて蘇生した話だが、ここには五台山の文殊信仰が語られている。この五台山の文殊信仰は九世紀半ばに盛んになるが、仏教史のなかでどうあったのかを検討した論文。

円仁『入唐求法巡礼行記』は五台山の聖地としての概要も文殊とのかかわりも知らなかった書き振りをしている。最澄に文殊は大乗寺で文殊像を上位に置くことの主張だけで、天台宗には五台山文殊信仰は流布していなかった。平安初期で五台山入山が確認できる最も古い日本人は霊仙で、淳和・仁明宮廷にある程度は五台山信仰をもたらしている。これは『日本霊異記』の書かれた前で、景戒の五台山文殊信仰は仏典から得た個人的な知識だったのである。そして、霊仙によって文殊信仰は始まっていたが、南都のそれは「伝統的な治病祈願の顕教文殊信仰」の流れにあり、『日本霊異記』もそれを反映している。

円仁が承和一四年（八四七）に帰国して以降、五台山文殊信仰は確固たる信仰としての歩みが始まった。

平安時代初期は、かつて古典文学研究では「国風暗黒時代」という言い方がなされたことのある、勅撰漢詩集が編まれたように、漢風の文化が奨励された時代である。そして九世紀なかば、文徳、清和天皇の時代にいわゆる国風文化が表面に出てくる。和風の文化に関心がもたれ出したというだけでなく、九世紀半ばの文化の動向がいろいろの角度から考えられる必要があると思っている。文殊信仰との関係は知らないが、比叡山の横川に俗化を避けて僧坊が営まれるのもこの時代である。私自身、陰陽道の流行も始まり、平安初期という時代を全体的に捉えたいと思っている。

この時期になぜ新しい五台山文殊信仰が求められたか、本論文によれば、「伝統的な治病祈願」ではなく、仏教そのものへの信仰が求められたということがあったからだろう。

保立道久「光仁王統と相良親王の『生首還俗』」

天武皇統から天智皇統に代わる光仁天皇から桓武天皇の時代の、出家していた早良親王の還俗と立太子、そして憤死という出来事を、「生首還俗」（「還俗して項を覆う髪が伸びる余裕もなく俗人として振る舞っている人」）という早良の状態から発想して、光仁がもう少し生きていれば、早良も髪も伸びて、不破内親王の娘と結婚し、安定した地位をもつことができ、怨霊にもならなかったろうという推量をしてみている。当時の政治状況の生んだ出来事として論じられながら、この推量があるのである。

そして後に早良親王は崇道天皇と呼ばれたが、岩清水の「松童皇子」は「『崇道皇子』（早良）の音通として創作された皇子である可能性が高い」として、全国に祀られる松童社も崇道社であることまで述べている。

こういう推量は歴史学をはみ出すものだし、私は決してしないものだが、論者には偶然が人を支配し、歴史も作られるという考え方があり、その表現としてこの推量があると思われる。その意味で、本論は歴史そのものを問うているといえる。

現代は、われわれにとって歴史とは何か、問わねばならない状況にあると思われる。そういう想いから、私は『ミステリーで読む戦後史』（平凡社新書、二〇一九年）を書いた。ミステリーは比較的書かれた社会の現象を繁栄しているものだから、われわれがリアルに歴史を感じられると考えたからである。そして文学を含めたいわゆる芸術はその社会の潜在的な問題を掘り起こすからである。

上野勝之「真言僧深覚僧正の霊験譚とその記録」

霊験譚には、「実際に起こった出来事、またそれを改変・誇張したものと、主として経典や先行伝承などに基づいて創作・付加されたもの」の二種があるが、前者のタイプの例として、摂関期の真言僧深覚（九五五〜一〇四三）の伝記に語られている霊験譚がどこまで実際の出来事を反映しているのかを、同時代の古記録と対比して検討し、いかに世間や後世に伝えられたかを物語る史料の考察をしたもの。栄海（一二七八〜一三四七）『真言伝』は深覚の六つの霊験譚を収めるが、うち四つは「混成や誇張を含みつつも史実を基礎にしたもの」、残りは史実に基づくことを否定しづらい。その『真言伝』が史料としたものは『東寺長者次第』『古事談』などがあるが、『小右記』に依拠したものと別の史料を思わせるものがある。

『東寺長者次第』の深覚の項目は「夢記」「僧正記」「験記」とあるが、「夢記」は深覚の没後に世に出たもの、「僧正記」は史実に基づいたもの、「験記」は深覚自身が自分の霊験を世に残すためにまとめた可能性が高いとするが、それらが後に記されるには文献だけでなく口誦伝承が存在したと推察している。

霊験譚を自身が書くという発想が虚をつかれるが、考えてみれば、私自身沖縄の宮古の霊能者たちからさまざまな霊験を聞いていた。かれらは自身の霊力を示すために語る。そちら側から霊験譚を考察するのは新しい視点だろう。

伝承はどのように形成されるか、そして伝えられたのかは古典文学には持っても重い問題の一つである。特に平安の貴族社会は狭い社会である。そういう社会は噂話が盛んであり、また伝えられていくこともしばしばあったはずである。本論文にはそういうことも示されている。

山下克明「院政期の宿曜道と宿曜秘法伝承」

日本における仏教占星術師集団と宿曜道成立の契機は、一〇世紀中頃の密教における星宿法形成の胎動の中にあった。そういう状況を受けて渡海した日延はインド系の暦法書の符天暦を学び伝え、個人の本命宿や本命宮を確定して星宿法を行うことができた。日延はそれだけでなく、惑星の位置から運勢を占う星占の術も伝えた。それによって、宿曜師たちの活動が始まった。

院政期には、密教の星辰信仰が広がるなかで、宿曜師たちは寺院内部に埋没することを恐れ、自分たちの存在と独自性を主張するために、「創造領域に羽を広げて宿曜秘法の西域起源譚を語る」ことになった。

宿曜師たちが活動を始めたという一〇世紀中頃は、平将門、藤原純友があり、また九州から志多羅神が、さらに小蔺笠神、八面神が入京するという噂がたったりした頃（『本朝世紀』）である。東これらはなんらかの社会不安を意味しているだろう。個人の運命について占いが要求されたと考えられる。平安期中期は「ひらがな体」の文学が隆盛だった時代で、比較的平和な時代と考えていたが、個人の心にとってはそうでもなかったと改めて考えさせられた。

院政期も神秘主義的な方向があらわれる時期である。これは保元、平治の乱から源平の戦に向かう時代である。こういう時代に宿曜師も自分たちの根拠を語る必要が起こったと思われる。

中町美香子「平安京の『上わたり』『下わたり』」

平安京がどのような空間として認識されていたかを、『今昔物語集』の「上わたり」「下わたり」という語の場合から考察したもの。基本的に二条大路が境界となり、内裏側が「上わたり」、南が「下わたり」という認識は中世にもある。「上わたり」「下わたり」という言い方は古記録では一一世紀末からみられる。この言い方は「むしろ口語や文学史料に親和性の強い語句」だった。『今昔物語集』では条里制の七条、八条周辺が舞台の話は六話しかみられない。考古学からは七条以南は白河期以降に再開発されることが指摘されている。古記録では七条が境界という意識も存在していた。「下わたり」の南限は京域外までさしている例もある。

「口語や文学史料」に注目したことは、場合によって異なる生活レベルの空間認識に射程を拡げようとしているように思える。「文学史料」は必ずしも生活レベルに近いということはできないが、歴史学と文学におけるずれが意識されており、歴史学研究と文学研究の越境を考えさせる。

白雲飛「日中における『破鏡』説話の源流を探る―今昔物語集一〇ノ一九話を中心に―」

『今昔物語集』一〇ノ一九は「夫婦の破鏡の離合をモチーフとした」ものだが、類話があり、「夫婦の離合」型、「離別＋鵲（鵶）」型、「離別のみ」型の三つの型がある。今昔の話は「離別のみ」型で『注好選』上七五のみにみられる。

「夫婦の離合」型は『唐物語』があるが、唐の孟棨撰『本事詩』「情感第一」にあげられた話が典拠とされている。この話は夫婦の別れ、そして再会を意味する「破鏡重圓」の典故とされる。「離別＋鵲（鵶）」型は鏡が鵲となって夫の元へ飛ぶモチーフが加わる。鏡に鵲、鵶と刻す起源の話となっている。鵲は結婚の祝いの詩に詠まれるなど、夫婦和合の象徴とされるだけでなく、吉凶の方位を占うなど神秘的なものと考えられていた。鏡は月に喩えられる。月が満ち欠けすることが破鏡のイメージをもたらすだろう。七夕に鵲が橋をなしたという話もある。星辰伝説にも繋がっていく。

「日本には中国古典・神話伝説から展開して、漢故事を再創作、新しいものに生み出す文学的環境があった」。

『万葉集』の七夕はすでに鵲の橋より、船を漕いで天の川を渡っている。この破鏡の話に元から鵲のモチーフがあったのかはわからないが、中国における鵲の文化を知ることができた。月の満ち欠けが破鏡のイメージを生み出すという指摘もおもしろい。日本では夫婦離合は、平安期の通い婚的結びつきにおいては、主要な物語をなさない、などと考えさせられた。

『日本霊異記』がそうだが、中国からきたに違いない物語が日本でどのように展開するか、これから多くの蓄積が必要だろう。

自分のものについては論評できないが、本書のテーマを私の問題に引き寄せて書いたつもりである。

以上、本書古代篇の各論文の概略と、本書の方針からのコメントを書いてきたが、各論文とも説話へのアプローチとしてさまざまな方法を示しており、本書の意味があったといえそうである。

そういう意味とは別に、各論文に共通する問題として、読んでいて感じたことを述べておきたい。歴史学にしろ文学研究にしろ、しばしば「創作」という語に出会った。ある話や伝承が「創作」されるといった時、私は噓（虚構）を含んでいると受け取る。「創作」とは新たに作り出すことである。したがって、歴史上の事実ではないということになる。文学研究の場合、対象にする話や伝承を事実とは関係ないというレベルまで考えたうえでの発言であれば成り立つが、その場合は話や伝承の論じ方が変わってくるはずである。歴史学の場合はより慎重にならなければならない。誰かが「創作」したものを誰が歴史と信ずるだろうか。説話を話の伝承とすれば、誰かが話し、それを聞いた誰かが別の人に話し、というふうにして、その社会のものとなったのが伝承である。

話や伝承が社会のものになるには、共同体に蓄積されて事実になっていく長い時間が必要なのである。もう一つ考えられるのは、宗教者が神に教えられた場合である。宗教者には神託だから真実と受け止められている。周囲の人々は最初は抵抗するが、しだいに宗教者の熱意に感化されていき、やがて共同体のものとなるのである。宗教者は自分を超えて社会に尽くそうとする者たちだからである。

宮古島のカンカカリャ（神憑り人）と呼ばれる霊能者たちの話を聞いて回っていたことがある。ある霊能者は、神から正しい歴史を広めるように、選ばれてカンカカリャになった。正しい歴史を人々に教えることでこの世はよくなるというのである。それゆえその神に教えられた歴史を語っている。

また狩俣ではンマテダ（母なる太陽）という始祖の神が鏡として祀られているが、太陽神が女ということで、ある霊能者がンマテダは天照大神だと言い出し、それを村の神役たちが受け容れ、鏡を祀るようになったという。もう七、八〇年前のことである。

誰かが言い始めたかもしれないが、人々に受け容れられ、社会のものになっていったのが伝承なのである。たとえば東日本大震災の物語があらわれるのはまだまだ先のことと思う。

第一章 『丹後国風土記』逸文と天女説話

三舟隆之

はじめに

天女説話とは、天女が天から舞い降りてきて水浴をしているところを見ていた男が天女の羽衣を隠し、そのため天に帰れなくなった天女と男が結婚する。やがて二人の間に子供が生まれ、その後子供が羽衣のありかを教えて、天女は羽衣を見つけ出して天に還ってしまうというモチーフで、「白鳥処女説話」として世界各地に分布する。(1) さらに天女説話は、その内容から「天女昇天型」・「七夕型」・「難題型」・「七星型」などに分類される。中でも日本の天女説話は、天女が天に還った後、男も天女を追いかけて天に昇るが、天女の父に難題を出されて破局を迎え、一年に一度会えるという七夕伝説と結びつき、「天人女房」という説話に姿を変え、七夕という行事として現在に残るものが多い。

この日本各地に残る天女説話の原型は、実は奈良時代に成立した「風土記」の中に見られるが、『風土記』の中の天女説話もさまざまである。本稿では、奈良時代に成立したと思われる天女説話の内、『丹後国風土記』逸文の天女説話を中心として、古代における天女説話の受容と展開を考察したい。

一　古代の天女説話

現存する日本最古の天女説話は、『常陸国風土記』に見える。

1）『常陸国風土記』香島郡条

郡の北三十里に白鳥の里あり。古老のいへらく、伊久米の天皇のみ世、白鳥ありて、天より飛び来たり。童女と化為りて、夕に上り朝に下る。石を摘ひて池を造り、其が堤を築かむとして、徒に日月を積みて、築きては壊えて、え作成さざりき。童女等、

白鳥の　羽が堤を
つつむとも
粗斑・真白き　羽壊え。

かく口々に唱ひて、天に升りて、復降り来ざりき。此れに由りて、其の所を白鳥の郷と号く。(2)

ここでは白鳥が童女となるとあり、天女説話に一般的な水浴や結婚の話は見られないが、最後は昇天するところから「天女昇天型」である。後述する『近江国風土記』や『丹後国風土記』の天女説話は「逸文」として残ったものであるが、間違いなく奈良時代のものと言えるのは、この『常陸国風土記』

の説話である。この例によれば、天女説話が奈良時代に存在していたことは明らかである。

2）『近江国風土記』逸文　伊香小江条

次に『近江国風土記』逸文の「伊香小江《いかごおうみ》」では、

古老の伝へて曰へらく、近江の国伊香の郡。与胡《よご》の郷。伊香の小江。郷の南にあり。天の八女、倶に白鳥と為りて、天より降りて、江の南の津に浴みき。時に、伊香刀美、西の山にありて遙かに白鳥を見るに、其の形奇異し。因りて若し是れ神人かと疑ひて、往きて見るに、実に是れ神人なりき。ここに、伊香刀美《いかとみ》、即て感愛を生して得還り去らず。竊かに白き犬を遣りて、天羽衣を盗み取らしむるに、弟の衣を得て隠しき。天女、乃ち知りて、其の兄七人は天上に飛び昇るに、其の弟一人は得飛び去らず。天路永く塞して、即ち地民と為りき。天女の浴みし浦を、今、神の浦と謂ふ、是なり。伊香刀美、天女の弟女と共に室家と為りて此処に居み、遂に男女を生みき。男二たり女二たりなり。兄の名は意美志留《おみしる》、弟の名は那志登美《なしとみ》、女は伊是理比咩《いざりひめ》、次の名は奈是理比売《なぜりひめ》、此は伊香連《いかごのむらじ》等が先祖、是なり。後に母、即ち天羽衣を捜し取り、着て天に昇りき。伊香刀美、独り空しき床を守りて、唫詠すること断まざりき。

とある。(3)『近江国風土記』逸文に見える天女説話は「天女昇天型」で、鎌倉時代に成立した永祐の『帝王編年記』巻第十の養老七年（七二三）条に、「伊香水海　天女降為人妻」として引用されている。
その概略は、①近江国伊香郡与胡郷の伊香刀美が主人公で、②八人の天女が白鳥となって天より下って水浴びをする。③伊香刀美は白い犬をやって一番下の天女の羽衣を隠す。④天に帰れなくなった天女と結婚して、男二人、女二人を産む。⑤天女は羽衣を見つけ、天に帰る。残された伊香刀美は伊香連等の祖先であるという内容で、伊香連等の地方豪族の祖先伝承という形をとっている。『延喜式』神名十では近江国に伊香具神社があり、祭神は「伊香津臣」である。

とくに八人の天女が白鳥となって天より下るのは古い形で、中国の『捜神記』の「鳥女房」に類似するが、「鳥女房」では白鳥が天女に変身している。『捜神記』は干宝の撰で、中国六朝時代四世紀半ば頃の成立である。『捜神記』は『万葉集』巻五の山上憶良の「沈痾《ちんあ》自《じ》哀文《あいぶん》」にも挙げられ、『日本霊異記』の説話にもその影響が認められることからも、奈良時代に存在していたことは明らかである。『捜神記』巻十四の「鳥女房」は、

> 豫章郡新喩県に住む男が、田の中で六、七人の娘を見かけた。みな毛の衣を着ていて、鳥か人間か分からない。そばまではって行き、一人の娘のぬいでおいた毛の衣をかくしてから、さっと近寄ってつかまえようとした。鳥たちはみな飛び去ったが、一羽だけは逃げることが出来ない。男はそれを連れ帰って女房にし、三人の娘を生ませた。
> その後、女房は娘たちに言いつけて父親にたずねさせ、毛の衣が稲束を積んだ下にかくしてある

ことを知ると、それを見つけ出し、身につけて飛び去った。

それからまた時がたって、母親は三人の娘を迎えに帰ってきた。すると娘たちも飛べるようになり、みな飛び去ってしまった。

とあり[4]、天女説話でも最古級であるが、同じ『捜神記』「董永とその妻」には、永の妻が天上の織女で、永の借金を返済した後に天に昇ってしまう話がある。

この『近江国風土記』逸文「伊香小江」は、一方で古風土記とは見なしがたいという説もあり、日本古典文学大系『風土記』では「存擬」とし[5]、新編日本古典文学全集『風土記』でも古風土記とは見なしておらず[6]、上代文献を読む会編『風土記逸文注釈』でも「古老の伝」であっても古風土記の証明とは成らないとして取り上げていない[7]。しかしながら日本における天女伝承では、この説話が『捜神記』「鳥女房」にもっとも内容が近い。天女八人が降りてきた水浴をするところでは、天女の数は『丹後国風土記』逸文と同数であり、最後に天に昇天する「天女昇天型」である。

また伊香連氏の祖先伝承という形をとることも、『丹後国風土記』逸文「浦嶋子」の説話とも共通する。伊香連氏は『新撰姓氏録』左京神天神別では伊香連氏の祖先に中臣氏系の「伊香津臣」がいて、「臣知人命」「梨迹臣命」とあり、「意美志留」・「那志登美」に相当する。和銅六年（七一三）の風土記撰進の詔でも「古老相伝旧聞異事」を取り上げることを命じており、『常陸国風土記』でも「古老曰」から始まるところを見れば、『近江国風土記』逸文の「伊香小江」は和銅段階の「風土記」のものと見なして良いと思われる。

3）『丹後国風土記』逸文　奈具社条

『丹後国風土記』逸文「奈具社」の天女説話は、卜部兼文が書いた『古事記』の注釈書である『古事記裏書』、鎌倉時代後期に成立した『塵袋《ちりぶくろ》』第一や、『元々集《げんげんしゅう》』等に収録されている。この説話の基本は「風土記」に多い地名由来説話の形を取っていることで、天女が老夫婦の家で酒を醸してそれを売り、大いに豊かになって「土形富めり」とあるところから、「土形里《ひじかた》」といい、その後「比治里」という地名になったとある。また家を出されて天女の心の辛さから「荒塩村《あらしお》」となったとあり、さらに天女は丹波里の哭木村で槻の木に寄りかかって哭いたので「哭木村《なきき》」という地名になり、竹野郡奈具村でようやく心が穏やかになったと言うことで「奈具村《なぐ》」と呼ばれ、その後天女は奈具社に祀られ、豊宇加能売命となっている。ただしここでは、天女説話に不可欠な天女との結婚（神婚譚）が欠如している。詳細については、第二節で詳述したい。

4）「柘枝伝」の天女

いわゆる羽衣説話ではないが、「天女昇天型」の説話として『万葉集』『懐風藻』の吉野の柘枝の仙女説話がある。『万葉集』巻三には、作者も不明で説話自体も残っていないが、「柘枝伝《しゃしでん》」という伝承があったことが推測される。それを復元すると、吉野の味稲という男が鮎を捕る為に梁を仕掛けていたと

ころ、流れてきてかかった柘《つみ》の枝が仙女となり、結婚して仙界に行ったという伝承であると考えられる。(8)

さらに、『続日本紀』嘉祥二年（八五〇）に興福寺僧らが仁明天皇の四十の賀に捧げた長歌からすると、この仙女は天の羽衣を持って天に飛んでいったと考えられる。このように天女説話の天女は、神仙思想の仙女と混交して受容された可能性がある。

5）その他の天女伝承

これらは古代の天女説話ではないと思われるが、参考までに代表的な例を挙げる。

①駿河国の天女説話

駿河国を舞台とした有名な三保の松原の羽衣説話では、貞応二年（一二二三）の『海道記』に稲河大夫の羽衣伝承が残り、世阿弥（一三六三～一四四三）の謡曲「羽衣」も三保の松原を舞台とし、白龍という漁夫を主人公とした「天女昇天型」の天女説話である。林道春の『本朝神社考』（一六四五）に引用される『駿河国風土記』逸文では、天女の羽衣を隠した漁師と夫婦となるが、やがて天女は羽衣を見つけ天に帰ってしまう。しかしこの漁師もまた「登仙しけりと云ふ」とあって、この天女が「仙女」であることが知られる。これらの説話が直ちに駿河国を中心とした古代のものであるとは認め難いが、古代の天女説話を基層にしている可能性はある。

②余呉湖の天女説話

『近江国風土記』逸文「伊香小江」の舞台となった余呉湖では、在地化した伝承として宝暦四年（一七五四）の『雑話集』に天女説話があり、菅原道真伝承と結びついた桐畑太夫の羽衣伝説として残る。(9)

③伯耆国の天女説話

伯耆にはまず東郷湖の天女説話として、万治三年（一六六〇）の香川正矩の『陰徳記』、香川景継の『陰徳太平記』に南條氏の居城であった羽衣石山《うえしやま》の羽衣伝承を載せる。また倉吉の天女説話として、松岡布政『伯耆民談記』（寛保二年〈一七四二〉）に倉吉の打吹山《うちぶき》の天女説話を挙げる。このように在地化した天女伝説では、丹後地方にも比治の里に住んでいたサンネモ（三右衛門）という若い狩人が水浴びをしている天女の羽衣を盗んだという「サンネモ伝承」が、地元の安達家に残る。

以上、奈良時代に存在した天女説話は姿を変え、その他の地域でも口承文芸として見られるが、古代の天女説話としては、やはり『常陸国風土記』・『近江国風土記』逸文・『丹後国風土記』逸文の説話が該当すると考えられる。これらの天女説話がなぜ成立したか、次に『丹後国風土記』逸文の丹後地方を中心に考えたい。

二　『丹後国風土記』逸文の天女説話の成立とその背景

1）『丹後国風土記』逸文奈具社条の天女説話

まず『丹後国風土記』逸文「奈具社」では、以下のような話を残す。

丹後の国の風土記に曰はく、丹後の国丹波の郡。郡家の西北の隅の方に比治の里あり。此の里の比治山の頂に井あり。其の名を真奈井《まない》と云ふ。今は既に沼と成れり。此の井に天女八人降り来て水浴みき。時に老夫婦あり。其の名を和奈佐の老夫・和奈佐の老婦と曰ふ。此の老等、此の井に至りて、竊《ひそか》に天女一人の衣裳を取り蔵しき。即て衣裳ある者は皆天に飛び上りき。但、衣裳なき女娘一人留まりて、即ち身は水に隠して、独《ひとり》懐愧《は》ぢ居りき。爰《ここ》に、老夫、天女に謂ひけらく、「吾は児なし。請ふらくは、天女娘、汝、児と為りませ」といひき。（天女、答へけらく、「妾独人間《ひとのよ》に留まりつ。何ぞ敢えて従はざらむ。請ふらくは衣裳を許したまへ」といひき。老夫、「天女娘、何ぞ欺かむと存ふや」と曰へば、天女の云ひけらく、「凡て天人の志は、信を以ちて本と為す。何ぞ疑心多くして、衣賞を許さざる」といひき。老夫答へけらく、「疑多く信なきは率土《ひとのよ》の常なり。故、此の心を以ちて許さじと為ひしのみ」といひて、遂に許して、）即ち相副へて宅に往き、即ち相住むこと十余歳なりき。爰に、天女、善く酒を醸み為りき。一杯飲めば、吉く方の病除ゆ。其の一杯の直の財は車に積みて送りき。時に、其の家豊かに、土形富めりき。故、土形の里と云ひき。此を中間より今時に至りて、便ち比治の里と云ふ。後、老夫婦等、天女に謂ひけらく、「汝は吾が児にあらず。暫く借に住めるのみ。早く出で去きね」といひき。ここに、天女、天を仰ぎて哭慟き、地に俯して哀吟しみ、即て老夫等に謂ひけらく、「妾は私意から来つるにあらず。是は老夫等が願へるなり。何ぞ猒悪ふ心を発して、忽に出し去つる痛きことを存ふや」といひき。老夫、増発瞋りて去かむことを願む。天女、涙を流して、微しく門の外に退き、郷人に謂ひけらく、「久しく人間に沈みて天に還ることを得ず。復、親故もなく、居らむ由を知らず。吾、何にせむ、何にせむ」といひて、涙を拭ひて嗟嘆き、天を仰ぎて哥ひしく、

天の原　ふり放け見れば
霞立ち　家路まどひて
行方知らずも

遂に退き去きて荒塩の村に至り、即ち村人等に謂ひけらく、「老夫老婦の意を思へば、我が心、荒塩に異なることなし」といへり。仍りて比治の里の荒塩の村と云ふ。亦、丹波の里の哭木の村に至り、槻の木に拠りて哭きき。故、哭木の村と云ふ。復、竹野の郡船木の里の奈具の村に至り、即ち村人等に謂ひけらく、「此処にして、我が心なぐしく成りぬ。古事に平善きをば奈具志と云ふ。」といひて、乃ち此の村に留まり居りき。斯は、謂はゆる竹野の郡の奈具の社に坐す豊宇賀能売命なり。(10)

説話の内容を要約すると、

①丹後国丹波郡比治《ひぢ》里の比治山の頂上に真奈井《まない》と呼ぶ井があるが、今は沼となっている。
②ここに天女が八人降りてきて、水浴びをする。
③和奈佐老夫《わなさのおきな》・和奈佐老婦《わなさのおみな》という老夫婦が、その内の一人の天女の羽衣を隠す。
④天に帰れなくなった天女は老夫婦の子供となり、酒を造る。この酒は万病を治し、老夫婦の家は繁栄する。比治里の地名由来説話である。
⑤その後、老夫婦は天女を追い出す。天女は悲しみながら流浪し、比治里荒塩村、丹波里哭木村の地名由来説話となる。
⑥最後には竹野郡船木里奈具村に落ち着いて、奈具神社の豊宇賀能売命《とようかのめのみこと》（食物神・豊饒の神）となる。

丹後国は山陰道に属し、『続日本紀』和銅六年（七一三）四月条に「割㆓丹波国加佐・与佐・丹波・竹野・熊野五郡㆒、始置㆓丹後国㆒」とあり(11)、従来の丹波国から分割された地域である。この説話の特徴は、天女が流浪した地名が判明し、その地名由来説話となっているところである。舞台となった比治里は『和名抄』には見えないが、『延喜式』神名には丹後国丹波郡に「比治麻奈為神社」があるので、この周辺が比治里であろう。

比治山については比治山峠のある比治山をあてる説もあるが(12)、その比治山に比定されている山のひとつが磯砂山で(13)、頂上付近に真奈井の池がある。現在磯砂山の頂上には天女のレリーフがあるが、磐座という天から降りてくる神の座とおぼしき岩があり、古代から祭祀の場であったことが想定される。山の頂上からは日本海や天橋立まで眺望でき、反対に丹後半島沖を航行する船にとって望標とする山でもある。(14) また『延喜式』神祇十神名下によれば磯砂山の周辺には、丹波郡に「比沼麻奈為神社」・「名木神社」が、竹野郡に「奈具神社」などが記載されており、(15) 現在「比沼麻奈為神社」は京丹後市（旧中郡）峰山町久次に所在する比治麻奈為神社、「名木神社」は峰山町内気にある名木神社、「奈具神社」は京丹後市（旧竹野郡）弥栄町舟木字奈具に所在する奈具神社に比定される。

この天女は、最後には奈具神社に鎮座して、「豊宇賀能売命」という食物神・豊饒の神に性格を変えるが、『摂津国風土記』逸文「稲倉山」条では、「又曰く、昔、豊宇可乃売の神、常に稲椋山に居まして、山を以ちて膳厨の処と為したまひき。後、事の故ありて、已むことを得ずて、遂に丹波国の比遅の麻奈葦地の名なりに還りましき」とある。(16) ここでも豊宇賀能売命は、「稲倉山」を膳厨としたとあるところから食物神・豊饒の神として捉えられており、最後には丹波国（丹後国）の「比遅《ひじ》の麻奈葦《まない》」に還ることからも、この神が流浪する性格を持っていることが知られる。その他、伊勢神宮の外宮の祭神も「豊宇賀比売命」で、『止由気宮儀式帳』では「等由気太神」とある。

『丹後国風土記』逸文の天女が酒を醸すことについて、『大隅国風土記』逸文には

一家ニ水ト米トヲマウケテ、村ニツゲメグラセバ、男女一所ニアツマリテ、米ヲカミテ、サカブネニハキイレテ、チリヂリニカヘリヌ。酒ノ香ノイデクルトキ、又アツマリテ、カミテハキイレシモノドモ、コレヲノム。名ヅケテクチカミノ酒ト云フト云々

とあって[17]、米を口で嚙んで発酵させる方法で酒を造る方法が記されている。口かみの酒とは、唾液中のデンプン分解酵素であるアミラーゼ・ジアスターゼを利用し、デンプンを糖化させ、空気中の野生酵母で糖類をアルコール発酵させる原始的な醸造法である。このことから酒を造ることを「かむ」「かみ」とし、現代で酒を「醸《かも》す」という言葉の語源になっている。この天女の酒造りも「口醸み酒」と理解されているが、『古事記』応神段には、

又、秦造之祖、漢直之祖と、酒を醸むことを知れる人、名は仁番、亦の名は須須許里《すすこり》等、参渡り來ぬ。故、是の須須許里、大御酒を醸みて献りき。是に天皇、是の所献れる大御酒《おおみき》に宇羅宜《うらげ》て、御歌曰ひたまひて曰く、

須須許里が　醸みし御酒に　我酔ひにけり　事無酒　笑酒に　我酔ひにけり　事無酒　笑酒に

我酔ひにけり

とあり[18]、須須許里が朝鮮半島から渡来し、酒を造って天皇に献上したことが知られる。この酒造法であるが、平城京左京二条三坊の長屋王邸宅跡から出土した木簡には「次瓺米二石麹一石水二石二斗」とあるので、少なくとも奈良時代には、米麹を使用した酒造が行われていたことは明らかである。

『播磨国風土記』宍禾《しさわ》郡庭音《にわと》村条でも、「庭音村本の名は庭酒なり。大神の御粮、沾《ぬ》れて麹生《かび》えき。即ち、

酒を醸さしめて、庭酒に献りて、宴しき。故、庭酒のむらといひき。

とあり[19]、ここでも麹を用いた醸造が行われている。

したがって天女が醸造した酒も、米麹を用いた醸造法によるものと理解すべきではなかろうか。もしそうであるとするならば、このことは実はこの天女の性格を理解する重要な点を含んでいる。後述するように、丹後地域は弥生・古墳時代には大陸の影響を強く受けている地域である。麹を用いた醸造法は半島から伝来した製法であるから、この天女もその製法を熟知していたと考えられよう。原始的な口醸酒に比べ、麹を用いた酒造法は大量に酒を造ることを可能にする。それによって酒の大量生産が可能になり、富をもたらしたという伝承が生じたのではなかろうか。そしてそのため天女は「豊宇賀能売命」という食物神・豊饒の神に姿を変え、在地に祀られることになったと考えられる。

『丹後国風土記』逸文では、天女が降臨した比治山の真奈井から比治里、そして追放されて荒塩の村へ、さらには丹波里の哭木の村にたどり着き、最後に竹野郡船木里の奈具村で留まる。実はこれは、磯砂山を中心とする鱒留川《ますどめがわ》から竹野川の流域の順番に地名・神社が展開して（図1-1）、この説話はできている[20]。これは在地の地名とその位置を理解していなかったら、この順に説話を創作することはできない。少なくともこの天女説話の創作者は、在地の地名に詳しい者であろう。『丹後国風土記』の天女説話はかなり日本化されていて、他の天女説話と違い『丹後国風土記』の天女は、結果として天に戻らず地上に留まり、最後は豊宇賀能売命という豊穣の神、食物の神になっていく。先述したようにこの天女

図１－１　天女関係地域図

説話に登場する地名が鱒留川から竹野川の流域に展開することは、水が農耕に重要で豊穣をもたらすという背景があったのではなかろうか。それだから水源としての比治山の真奈井が重要視され、そこからの流域に天女が流浪するという展開になるが、その水が下流に豊穣をもたらすことから祀られ、天女は豊宇賀能売命に姿を変えて信仰されるのである。酒の原料が米であり、『摂津国風土記』逸文の伝承でも米と関係する食物神として扱われていることも、それを裏付ける。

2）丹後地域の古代遺跡

次になぜこの丹後地域に天女説話が存在するのか、その舞台となった丹後地域について、歴史的背景を考えたい。

丹後地域における弥生時代の遺跡は、京都府峰山町周辺を中心に分布する。(21) 峰山町途中ヶ丘遺跡は弥生時代前期に成立した大集落であり、大陸系の陶塤《とうけん》（土笛）が出土したことで有名である。この陶塤は日本海側に集中して出土し、峰山町扇谷遺跡や丹後町竹野《たかの》遺跡からも出土している。久美町函石浜《はこいしはま》遺跡からは、中国の新（西暦八〜二三年）の「貨泉《かせん》」と呼ばれる貨幣が出土し、大陸の影響の強い地域と推測される。

また隣接する弥栄《やさか》町には弥生時代中期の奈具岡《なぐおか》遺跡があり、管玉などの玉作遺構が検出され、翡翠や水晶などの玉を作っていたことが判明しており、鉄器も大量に出土している。鉄はその製法から輸入品であると推測されており、この時期にはすでに他地域との盛んな交流が存在したと思われる。また中国から輸入されたと思われるカリガラスや鉛ガラスから作られた勾玉などの破片も見つかっており、中国大陸との交流が存在していたことが明らかである。また翡翠などは北陸地方との海上交易の存在によって入手されたと考えられ、奈具岡遺跡の周辺には方形貼石墓や方形周溝墓などが存在することから、弥生時代中期のこの地域に大規模玉作工房が存在すると共に、それを経営する首長層が存在していたと考えられる。とくに峰山町赤坂今井墳丘墓は一辺約四〇メートルの大形墳丘墓で、長さ一四メートルの長大な主体部を伴っている。岩滝町大風呂南一号墓は、二七×一八メートルの方形台状墓で、墓壙に舟底形木棺が納められていた。棺内からはガラス製品の他に鉄製武器が副葬されており、被葬者が軍事的統率者であることを示している。弥生後期には墳丘が大型化し、中には大宮町三坂神社墳墓群などのように鉄製武器の副葬が多くなるものも出現している。

古墳時代でもこの丹後地方から注目すべき鏡が出土し、中国の魏《ぎ》の年号である「青龍《せいりゅう》三年」（二三五年）の紀年銘を持つもので、古墳時代前期（四世紀）の築造と推定される弥栄町・峰山町大田南五号墳から出土した。出土した鏡は「方格規矩四神鏡《ほうかくきくししんきょう》」と呼ばれるもので、中央の方格内には右回りに十二支の文字、その周囲に玄武・青龍・朱雀・白虎の四神を配し、さらに各辺左側には、仙人や動物が描かれている。そしてその周囲に、「青（龍）三年顔氏作（鏡）成文章左右虎僻不詳朱爵玄武順陰陽八子九孫治中央壽如金石宜（侯）王」という銘文が刻まれている。青龍三年は邪馬台国の女王卑弥呼が魏に遣使する三年前に当たる。ということは、卑弥呼が中国の魏と外交交渉を持ち「親魏倭王」の称号をもらう前に、この地域の王が中国との交渉を行っていた可能性も考えることができる。

この地域は、日本海沿岸でも大型古墳が多い。丹後半島北部へ流れる竹野川河口部には、全長一九〇メートルの巨大前方後円墳である神明山《しんめいやま》古墳が存在する。墳丘からは舟をこぐ人物が描かれた円筒埴輪が出土しており、日本海に面している立地から考えると興味深い。また福田川流域の網野町銚子山《ちょうしやま》古墳は全長二〇〇メートルの前方後円墳で、墳丘は三段築成で葺石に覆われ埴輪がめぐる。京都府はもちろん、日本海沿岸部で最大の前方後円墳である。出土する埴輪や墳形から、神明山古墳は五世紀初頭、網野銚子山古墳は五世紀前半の成立と考えられている。また峰山町桃谷古墳からは、漢代で流行したガラス製の耳璫《じとう》が出土している。

『日本書紀』や『古事記』には、開化《かいか》天皇の后に「竹野比売《たかのひめ》」という名が見え、また崇神天皇が派遣した四道将軍丹波道主《たにはのみちぬしのみこと》命の五人の女が垂仁天皇の后となるという伝承があり、大王家と婚姻関係を結ぶほど強力な勢力を誇っていたことが知られる。さらに垂仁天皇八七年条には八尺瓊勾玉《やさかにのまがたま》の神宝献上の記事が見られ、丹後地域の在地首長が大和王権に服属した証に勾玉を神宝として献上したことは十分に考えられる。ここに大和王権は、大陸からの交易品を得る丹後ルートを手中に収めたのではなかろうか。

丹後地域には、広大な平野が見られないにもかかわらず、二〇〇メートル級の大型前方後円墳が出現することは、農耕生産以外の経済基盤の存在を推測しなければならないであろう。そのことを示すのは、丹後地域の巨大古墳の立地である。巨大古墳の網野銚子山古墳の前面には竹野川の河口があり、実は現在は埋め立てられているが、かつては浅茂川湖があった。また神明山古墳のある竹野川河口にも、竹野湖があった。

このような海と砂丘で隔てられた水域を潟湖《かたこ》と呼び、古代においては天然の良港であった。すなわち、日本海をルートとする交易による経済力が、この丹後地域の首長の権力基盤になっていたと考えられるのである。そして、丹後地域の弥生時代の大形墳墓を築造した首長や、古墳時代の大型古墳を造営した首長は、大和王権とは別の独自に中国・朝鮮半島や九州・出雲・北陸地域などとの交易ルートを確保していたと想像されるのである。この潟湖の周辺に自然と人が集住して文化が生まれ、交易によって富が蓄積されてその地域が繁栄していった。同じ『丹後国風土記』逸文に見える「浦島子」の「水の江」とは、まさしくこの地域を繁栄させた、潟湖のことであろう。

『丹後国風土記』逸文に浦島子説話と共に天女説話が残る背景には、このような弥生・古墳時代からの潟湖を中心とする中国・朝鮮半島や日本海ルートの海上交易が背景に存在したことが想定される。先述したように『丹後国風土記』逸文の奈具社の天女も、外来の先進技術であった酒造に携わる集団が存在し、それが各地を回る天女像として投影されていったのではなかろうか。

おわりに――浦島子と天女説話の共通点

『丹後国風土記』逸文には、奈具社の天女説話のほかに有名な「浦島子」の説話が残る。浦島子説話は中国の神仙思想の影響を色濃く受けており、『捜神記』・『捜神後記』・『幽明録』などの神仙小説によく見られる仙境滞留譚である。また日本でも浦島子と天女説話の他に、『万葉集』『懐風藻』の吉野の柘枝の仙女説話があり、『懐風藻』には藤原不比等や丹比真人広成がこの伝承を基にして漢詩を詠んでいるところから、奈良時代には神仙思想が広く弘まっていたと考えられる。大宝律令を選定した右大臣の藤原不比等や、遣唐使として唐に渡った丹比真人《たじひのまひと》広成《ひろなり》や山上憶良などの貴族層は、教養としてこのような神仙思想を理解していたと考えられ、浦島子説話を書いたとされる伊預《いよ》部連《べのむらじ》馬養《うまかい》も、『日本書紀』持統三年（六八九）に「撰善言司」に任ぜられ、文武四年（七〇〇）には大宝律令の選定に関係して従五位下を授けられている。

浦島子説話には明らかに神仙思想の影響が認められるが、『丹後国風土記』逸文や『近江国風土記』逸文の天女説話には、神仙思想の影響は直ちに認められない。しかし天女は元々インドで飛天として現れ、やがて中国では天衣（羽衣）を纏う飛天が出現し、以前から存在していた神仙思想の飛仙と混交する。法隆寺玉虫厨子須弥山図には鳳凰に乗る仙人と共に飛天の姿が見え、日本では遅くとも七世紀代には神仙思想と共に飛天の天女像が受容されていたことが分かる。また法隆寺金堂釈迦三尊像台座や法隆寺金堂旧壁画、さらに川原寺裏山遺跡出土塼仏像などにも飛天の姿が見えるところから、仏教世界の一部として飛天が受容されていたことも知られる。

神仙思想における仙女の受容が明らかなのは、『万葉集』『懐風藻』の吉野の柘枝の仙女説話であるが、柘枝の仙女説話で浦島子や天女説話と共通する点は、まず仙女が登場しその仙女と結婚して仙人世界へ行くことである。柘枝の仙女説話も元々は天女伝承であったことを考えると、天女も仙女と考えられていたと思われる。したがって天女説話も同じように神仙思想の影響が背景にあって、日本の古代の貴族はこのような神仙思想に憧れをもっていたと考えられる。

　このように古代の貴族社会では、浦島子説話や天女説話、柘枝の仙女説話などの仙女との出会いの物語があり、仙人に代表されるような神仙思想に憧れがあった。浦島子説話も天女説話もそれらの神仙思想の物語の代表であり、それが受容されてさらに『丹後国風土記』逸文の天女のように、日本的な神に変容していったと考えられる。

（1）高木敏雄「羽衣伝説の研究」『増訂　日本神話伝説の研究2』東洋文庫二五三　平凡社　一九七四年、中田千畝『浦島と羽衣』坂本書店出版部　一九二六年、赤羽正春『白鳥』ものと人間の文化史一六一　法政大学出版局　二〇一二年
（2）日本古典文学大系『風土記』　岩波書店　一九五八年　七五〜七七頁　以下『風土記』は日本古典文学大系を用いる。
（3）『風土記』四五七〜四五八頁
（4）『捜神記』東洋文庫一〇　平凡社　一九六四年　二七〇頁
（5）『風土記』四五七頁
（6）新編日本古典文学全集『風土記』小学館　一九九七年　五七八頁では、「参考」に留める。
（7）上代文献を読む会編『風土記逸文注釈』翰林書房　二〇〇一年　三頁
（8）下出積與「神仙思想の性格」『古代神仙思想の研究』吉川弘文館　一九八六年
（9）桐畑長雄『江州余呉湖の羽衣伝説』野津龍監修　余呉町　二〇〇三年
（10）『風土記』四六六〜四六八頁

(11)新日本古典文学大系『続日本紀』一　岩波書店　一九八九年　一九七頁
(12)吉田東伍『増補　大日本地名辞書』第三巻　中国・四国　富山房　五四頁。ただし吉田も足卜山（磯砂山）も紹介し、定めがたいとしている。
(13)『丹後州宮津府志』『丹後郷土史料集』第二輯、龍燈社出版部、二〇八頁、一九四〇年
(14)日本歴史地名大系『京都府の地名』平凡社　一九八一年　七九一頁
(15)新訂増補国史大系『延喜式』前　吉川弘文館　二八〇頁
(16)『風土記』四二七頁
(17)『風土記』五二六～五二七頁
(18)日本思想大系『古事記』岩波書店　一九八二年　二一五頁
(19)『風土記』三一九頁
(20)井上通泰「上代歴史地理新考　南海道・山陽道・山陰道・北陸道」『井上通泰上代関係著作集』十三　三省堂　一九四一年
(21)京丹後市史資料編『京丹後市の考古資料』京丹後市　二〇〇九年、瀧音能之・三舟隆之『丹後半島歴史紀行』河出書房新社　二〇〇一年

第二章　『出雲国風土記』に描かれた説話と古墳

東　真江

本稿では、古墳を一般的な古墳研究において行われる古墳の形態や被葬者像を検討するものではなく、古墳時代に築造されたモニュメントを、後世の人々がどのように見ていたのか、遺された説話などから考えてみるために、古代と近世の史料が比較的遺っている出雲地域の二つの古墳を取り上げ、この変化について比較する。それぞれ、現在の島根県安来市内と松江市内に所在する前方後円墳で出雲地方を代表する古墳の一つであり、いずれの古墳も発掘調査により古墳の考古学的評価がある程度定まっているものである。

文献史料としては、古代の資料である『出雲国風土記』と、近世の資料である『雲陽誌』を取り上げる。『風土記』は元明天皇が和銅六（七一三）年に詔し、全国で編纂された地誌の一つである。『出雲国風土記』は天平五（七三三）年完成し奏上された。全国で伝えられる『風土記』のほとんどが部分的な残存であることに対し、『出雲国風土記』は唯一完本が伝えられており、古代の出雲国内の様相を詳細に見ることが出来る貴重な史料である。『出雲国風土記』の特徴として、『播磨国風土記』や『常陸国風土記』といった他の『風土記』には、土地の神や地名の由来など多くの説話が所収されるが、『出雲国

図２－１　遺跡位置図　筆者作図

風土記』では、そういった説話が他の風土記と比較して少ないということが挙げられる。

『雲陽誌』は江戸時代、松江藩三代目藩主松平綱近が年番頭役兼御書方御用であった黒沢長顕、斎藤豊宣に命じて出雲国の古跡や社寺などを集録させたことに始まり、享保二（一七一七）年に松江藩の儒学者で黒沢長顕の弟である長尚が完成させた地誌で、出雲国十郡を郡町村ごとに神社、仏閣、山川、池沼、橋梁、名所、古戦場等の由来・伝承が記されたものである。『出雲国風土記』からの引用がされており、近世において『出雲国風土記』がどのように読まれていたか推察できるものである。

一　魚見塚古墳

魚見塚古墳は、現在の松江市朝酌町一二九三番地外に所在する前方後円墳である。全長六二メートル、後円部は現状で東西二八メートル、南北三二メートル、後円部墳頂部の高さは一九・五メートルで、見かけ上の墳裾から墳丘の高さは西側六・五メートル、東側五メートルを測り、規模に対して墳丘高が高い印象を受ける古墳である（図2-2）。朝酌川と大橋川の合流点である谷地帯の標高約一五メートルの丘陵上に立地し、古墳から約一五メートル先で急な崖となって朝酌川岸に至る。この地点は川の北岸の和久羅山と南岸の茶臼山から続く丘陵が川に迫り川幅が最も狭くなる地点である。谷を挟んだ南側には『出雲国風土記』の「朝酌下社」が現在は多賀神社として祀られており、神社の南側に古墳群が認められる。また、「朝酌渡」は『出雲国風土記』において国府付近で古代山陰道と直交し、隠岐へ続く枉北道上にあり、宍道湖と内海を繋ぐ交通の要衝地として描かれており、魚見塚古墳に隣接する位置に推定されている。南岸の茶臼山周辺は意宇平野が広がり、出雲国府や出雲国分寺がおかれ当古墳も古代出雲の中枢部付近に位置していると考えられる。

平成二四年度から二五年度にかけて島根県教育委員会により学術調査が行われ、それまで古相を示す墳丘形態から中期の古墳と位置づけられていたが、出雲周辺の首長墓（古墳）祭祀儀礼具として特徴的な須恵器子持壺の編年研究が進展したことで、現在は魚見塚古墳から出土した須恵器子持壺破片を六世紀代のものとして評価し、古墳時代後期の意宇地域の首長墓の一つとされている。

それでは奈良時代の『出雲国風土記』と江戸時代の『雲陽誌』において朝酌地域付近がどのように記されているか見てみることにする。

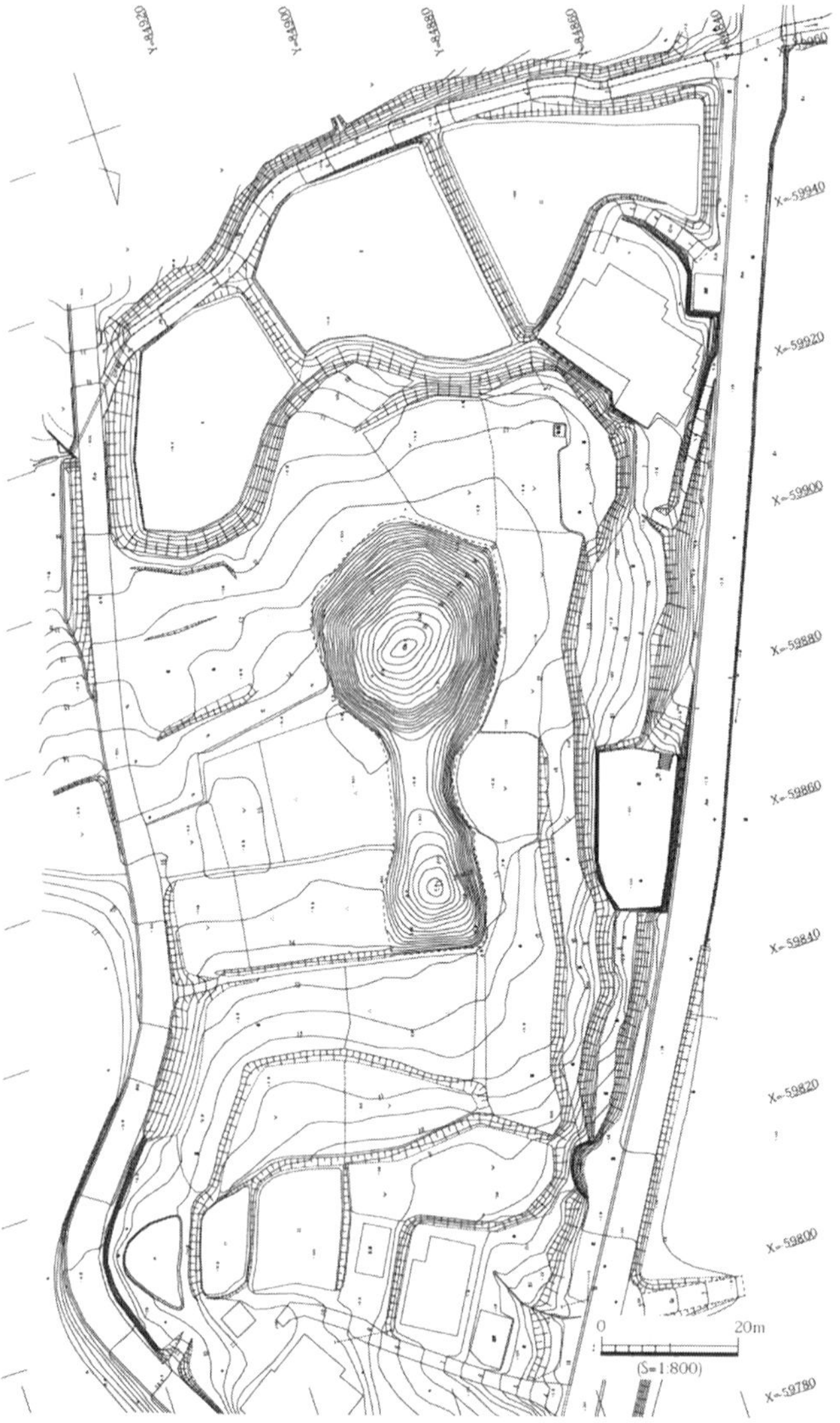

図２－２　魚見塚古墳測量図　島根県教育庁埋蔵文化財調査センター 2016
（埋蔵文化財調査センター提供）

『出雲国風土記』島根郡　朝酌郷

熊野大神命レ詔　朝御餼勘養夕御餼勘養　詔二而五贄緒之處定給一故云二朝酌一。

意味としては、次のとおりである。熊野大神命がおっしゃられて、朝御餼勘養、夕御餼勘養（御餼は神の食事、勘養は穂の付いた稲）のために、五つ贄《にえ》を奉仕する集団の居所をお定めになった。だから、朝酌という。

ここでは、熊野大神の詔により贄を奉仕する集団を朝酌に定めたことが記されている。これは、朝酌郷周辺が筌漁や白魚、海鼠の記載、盛んな漁業の様子が描かれており、出雲国造出雲臣氏が祭る神である熊野大神と関わりがあることと合わせ、出雲国造が熊野大神を祭ることを通じ、漁場や交通の要衝を掌握したものと考えられる。

『雲陽誌』島根郡　朝酌

【風土記】に載る朝酌郷者、熊野大神の命の朝の御餼勘養、夕の御餼勘養、五贄緒之處定給、故に朝酌といふ、（以下省略）

多賀明神　伊弉諾尊に神直日神大直日神を祭る、（中略）當社の縁起を見に朝酌郷布自岐美社多賀明神は伊弉諾尊なり、此山を月向山といふ、東西一町南北一町半あり、朝酌とは此所に鎮座したまひて朝御餼勘養夕御餼勘養五贄緒之處定給によりて朝酌と名つけたまふ、（中略）社の北に小山二あり、魚見山といへり、陰神伊弉册尊は秋鹿郡佐陀山の麓に別宮を定たまふ、陰神陽神出雲国に鎮座したまふゆへに、此国にては十月を神在月といふ、日本の八百万神十月十一日神佐陀山の麓の社に集たまひ、同廿五日神佐陀山の社より此宮に集たまひ、八百万神朝の御饌夕の御饌聞召給時に、多賀明神恵美酒に宣て魚くにて御氣津に備たまへとあれは、恵美酒竹木を天盤舟に積猿田彦命船長となり、梶を取是より坤の方の水中に竹木を指て魚を釣たまふ、是筌の始なり、此故に世人筌の宮ともいふ、（中略）八百万神は山に上りて恵美酒の魚釣たまふを見たまへる故に魚見山とはいふなり、十月廿五日には幣をさゝけて魚見山を清ること古来より今に至て怠す、（以下省略）

ここでは、風土記には描かれていない、エビス神による御饌の漁と魚見山に登りそれを見学する神々の姿が描かれている。これらの史料から、奈良時代には、熊野大神が贄を奉る集団に指定したのが朝酌地域であったが、近世では、朝酌郷の布自岐美社の多賀明神がエビス神に命じ、神在月に全国から集まる八百万神に供えられる朝と夕の御饌として供えられる魚を釣るエビスを、八百万神が見学するための山なので魚見山というのである。エビス信仰や魚見塚古墳の立地や風景が加味されて、具体的に贄を獲るエビスを見学するために神々が登る山に比定された。朝酌地域の神が贄を求める土地としての本質は変わっていないが、そこに魚見山の伝承が加わるといった変化が見られるのである。

写真２－１　魚見塚古墳遠景：南から　島根県教育庁埋蔵文化財調査センター 2016
（埋蔵文化財調査センター提供）

写真２－２　魚見塚古墳近景：北から　筆者撮影

二　毘売塚古墳

次に、近世以降行われてきた祭りと、明治期に伝承によって意味づけられた古墳の例を見ることにしよう。舞台は、現在の島根県安来市毘売塚古墳である。この古墳は、安来平野の北東の丘陵上の一角にあり、風土記編纂時には北方にある十神山が砥神島という島であったことから、当時は中海に突き出た岬の先端部に立地していたと推測され、現在の安来市黒井田町浜垣一九八六番に所在する（図2-3）。発見の経緯は、明治四四（一九一一）年に新たに確認された塚で、それまで古墳の存在は知られていなかった。古墳発見以降、地元の有志により、この地を猪麻呂が娘を葬った処とする記念碑を建立され、以来この地を毘売塚と称するようになった。大正九（一九二〇）年には毘売塚へ参詣する人への便宜のため道路を改修し、毘売塚付近を地ならしした際に偶然に舟形石棺を発見し（図2-4）、これを受け、同年十一月に発掘し石棺を開口した際の写真が今日も残されている（写真2-3）。また、昭和四一（一九六六）年に、参道や石碑付近の整備と石棺の補修の為、改めて発掘調査が行われている。これらの調査などから、毘売塚古墳は前方部を南向ける古墳時代中期の前方後円墳であり、全長四一・八メートルを測る。主体部は舟形石棺が納められ、主な遺物として石棺内に人骨一体、剣一振、鍍金鈴三個、石棺が納められていた墓壙内からは、ヤス、鉄鏃、鉄鉾が出土している。

次に文献資料である『出雲国風土記』と『雲陽誌』を見ていこう。

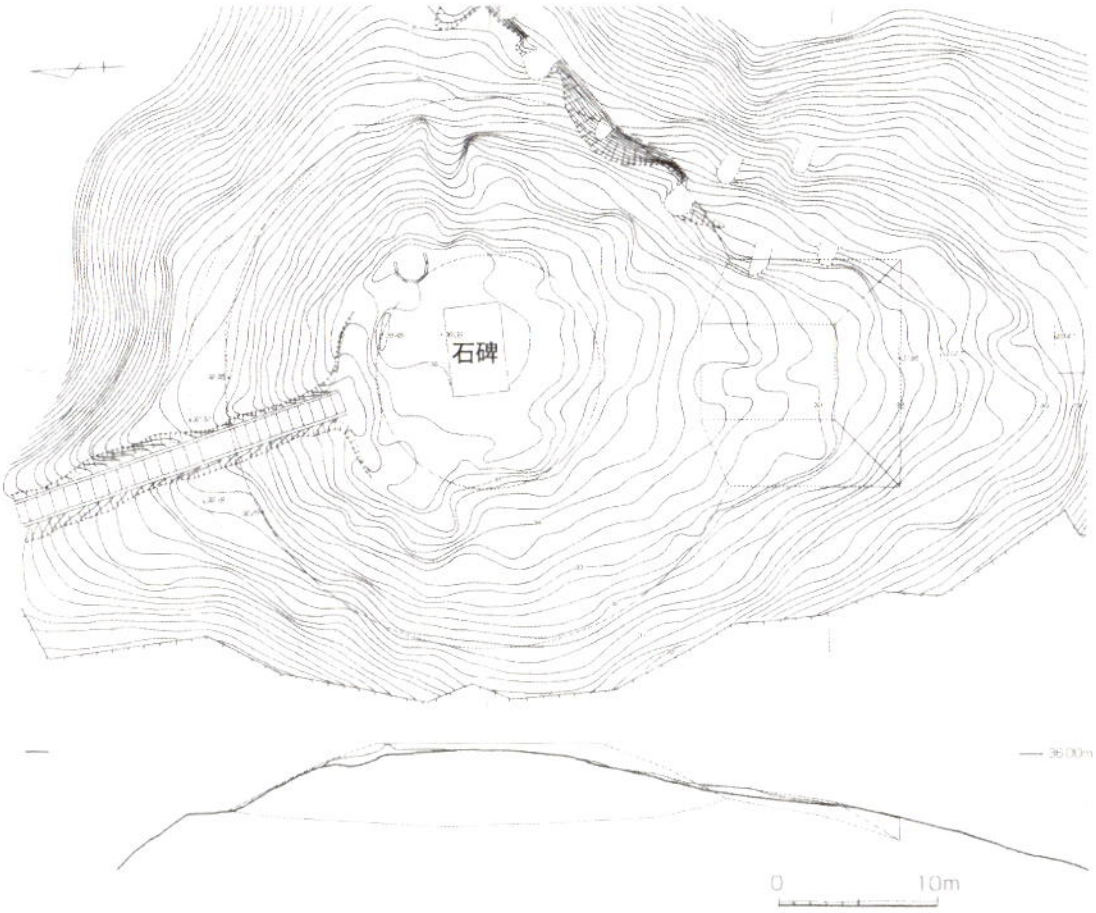

図２－３　毘売塚古墳墳丘復元図　内田律雄・曳野律夫・松本岩雄 2010（一部改変）

写真２－３　人骨発見状況　島根県古代文化センター 2015（島根県古代文化センター提供）

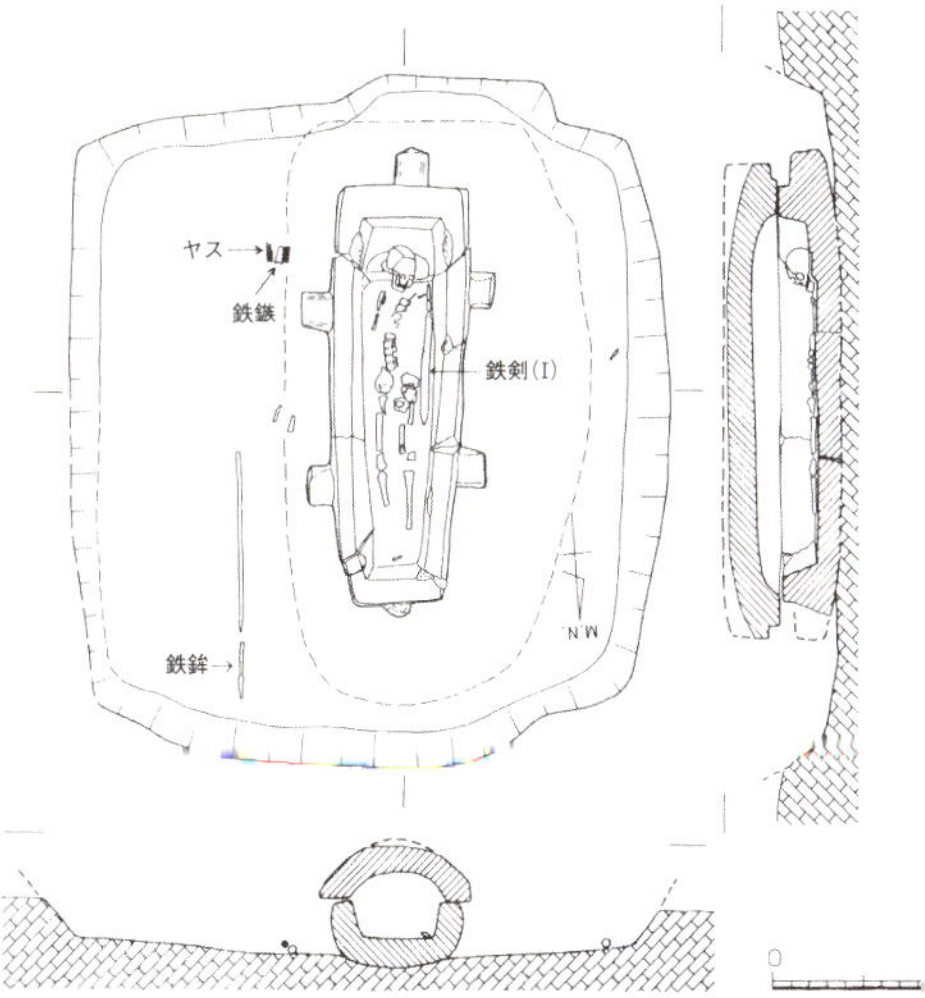

図２－４　毘売塚古墳墓壙図　大谷・清野 1996（一部改

『出雲国風土記』意宇郡条　安来郷

即北海有二毘売埼一　飛鳥浄御原宮御宇　天皇御世甲戌年七月一十三日　語臣猪麻呂之女子　逍二遥件埼一　邂逅遇二和爾一　所二賊不一返　爾時　父猪麻呂　所レ賊女子斂二毘売濱上一　大発二声憤一　号レ天踊レ地　行吟居嘆　昼夜辛苦　無レ避二斂所一　作レ是之間　経二歴数日一　然後　興二慷慨志一　磨レ箭鋭レ鋒　撰二便処一居　即擡訴云　天神千五百万・地祇千五百万　并当国静坐三百九十九社　及海若等大神之和魂者静而　荒魂者皆悉依二給猪麻呂之所レ乞　良有二神霊一坐者　吾所レ傷助給以レ此知二神霊之所レ神者　爾時　有二須臾一而　和爾百余　静囲繞二一和爾一　徐率依来　従二於居下一　不レ進不レ退猶囲繞耳　爾時　挙二鉾而刃中央一和爾一　殺捕已訖　然後　百余和爾解散　殺割者　女子之一脛屠出　仍和爾者　殺割而挂レ串　立二路之垂一也　安来郷人語臣与之父也　自二爾時一以来　至二于今日一　経二六十歳一

意味としては、次の通りである。この郷の北海に毘売埼がある。飛鳥浄御原宮御宇天皇（天武天皇）の御世、甲戌（六七四）年七月十三日、語臣猪麻呂の娘がこの埼を散歩していて、偶然に和爾（サメ）に出遭い、殺されて帰らなかった。その時、父の猪麻呂は、殺された娘を浜のほとりに埋葬し、大層悲しみ怒り、天に叫び、地に踊り悶え、歩いてはむせび泣き、座り込んで嘆き悲しみ、昼も夜も悩み苦しみ、この場所を去らないでいた。

そうする間に数日を経た。ついに憤激の心を奮い起こし、矢を研ぎ鋒を鋭くし、然るべき場所を選び座った。神々を拝み訴えて言ったことには、「天津神千五百万、地祇千五百万、それにこの国に鎮座なさる三百九十九の神社よ、また浄神たちよ。大神の和魂は静まり、荒魂は皆ことごとく、猪麻呂の願うところにお依りください。まことに神霊がいらっしゃるのなら、私に和爾を殺させて下さい。それにより神霊が神であることを知りましょう。」と言った。

その時暫くして、和爾百匹余り、静かに一匹の和爾を取り囲み、ゆったりと連れだち近寄って来て、猪麻呂の居場所の下につき従い、進みも退きもせず、ただ囲んでいるだけであった。その時猪麻呂は、鉾を揚げ真ん中の一匹の和爾を刺し殺し捕えた。それが終わると百匹余りの和爾は散々に去って行った。殺した和爾を切り裂くと、娘の脛一切を切り出した。そこで和爾を斬り裂いて串刺しにし、路傍に立てた。猪麻呂は、安来郷の人、語臣与の父である。その時から以後、今日まで六十年経つ。

『雲陽誌』能義郡　安来

糺大明神（中略）【風土記】に調屋社同社とあるは加茂糺両者なりと神職の談侍とも未分明、安来郡家より三町坤斯社あり、八町去りて鴨宮あり、此間を古今てうや縄手といふ、両者の祭礼五月五日九月九日なり、七月十四日より十五日まで安来市店白布の旗を立、男女老少鴨糺の両社へ拝参する神事あり、是は猪麻呂か故事なりといひつたふ、（中略）

姫崎　十神山西の洲先なり、【風土記】に載る邑売崎これなり、浄御原天皇甲戌七月十三日此所にて猪麻呂の女の脛を和爾くらひてけり、父猪麻呂なきかなしみ天神地祇当国にキします三百九十九社、及び海若等神霊ましまさは、しるしみせたまへと天にさけひ地におとりしかは、須史ありて和邇百あまり一の和邇を囲繞してきけり、其時父の猪麻呂鉾をあけて一の和邇を殺けれは、百あまりの和邇は解散す、彼和邇を割みれは女の脛あり、和邇をは串にかけて路のほとりに立たりとそ、故に此処を姫崎といふ、古老伝に猪麻呂は揖屋明神の神宮なり、

ここで取り上げる毘売崎の伝承には、幾つかの要素が含まれていると、出雲古代史研究の泰斗である関和彦氏は指摘している。この伝承の要素として①古代における「忌日」の存在の想定、②伝承の背後にある海神の世界、③古代人の「さまよい」と神との出会い、④古代における「みちきり」を析出した。この伝承の特異な点として、神話を語る存在である「語部」が主人公となっている事で、詳細な日付が記載されている点がある。これは話の内容そのものは、風土記が書かれた時代の六十年ほど前の事件だが、語臣与の姉妹の話であり風土記が書かれたのと同時代の話であることも要因の一つと指摘する。④については関氏の指摘する②海神の世界について、古墳被葬者の姿から浮かびあがるこの説話の舞台である毘売崎は江戸時代以降、現在の安来市安来町の丘陵が比定され、その丘陵上で、明治時代に新たに見つかった塚は猪麻呂の娘の墓として毘売塚古墳と名付けられた。古墳からは漁具であるヤスや銛が出土しており、語部が銛（地元ではホコとも呼ぶそうである）でワニザメを突いていることから漁を行う漁師としての一面が共通して窺える。明治時代以降に新たにこの丘陵の塚が見つかると、先に述べた通りこの古墳こそがワニザメに襲われた毘売を葬った塚として、地元の人々により、見物人の誘致の為に、

毘売崎伝承に古墳の存在を付足し、石碑を立て、道路を整備した。古墳被葬者の人骨は、がっしりとした体格の壮年男性だったそうである。七世紀後半の猪麻呂の娘の墓とするには、時代も被葬者の性別も合わない。だが、漁師などを生業とする古墳時代中期の古墳被葬者の姿は、古代の語臣猪麻呂が娘の仇を討つために漁具を巧みに操る姿に重なる。殺したワニザメを串に刺して、道の垂《ほとり》に立てたという動作は、村境などの境界で行われる「みちきり」行為と同質と考えられているが、この行為が引き継がれ、現在の「月の輪神事」となったと考えられる。「月の輪神事」は、『雲陽誌』では、紀大明神条の七月十四日から十五日まで行われ、安来の市店が白布の旗を立て、皆が鴨社と紀社の両社へ拝参するとのみ書かれている。昭和初期に書かれた能義郡誌によれば、鉾の先が月の輪形になった武器、（又はワニザメの肉の形を半月に見立てたものとも言われる）を作り、毘売塚の麓の浜潟で篝火を焚き、歌舞音曲を奏し慰霊祭を行っていたものが、元禄年間に町内の乗相院別当が「大念仏」と称し、ご神体として月の輪型の灯篭を掲げ、行列を練り歩いたのが、現在の月の輪神事の元になったと言われている。猪麻呂の娘の悲劇は出雲国風土記から、江戸時代には月の輪神事通じ、人々に伝承され、明治時代以降には古墳や祭りの観光化によって、より広い人々に伝えられている。

おわりに

二つの古墳と出雲国風土記の説話の関わりを見てきた。古墳を築いた者達の意義は、時代を経て失われてしまっても、そこに古墳が存在することで、新たな意味を付加し、ストーリーが語られるようになる。奈良時代の『続日本紀』には、平城京築城の際、古墳を破壊した場合には、丁寧に祀るようにと記載されている。古代末から中世には各地の古墳は破壊や盗掘がされていったが、祟りの伝承など、一概に古墳は忘れ去れた存在になるのではなく、地域の中で畏敬の念で存在が認められ続けた。江戸時代以降、古墳の存在や評価に新たに観光の視点が加わり、様々な説話が掘り起こされ、創作されていく。魚見塚古墳と恵美酒神の説話や、毘売塚古墳と月の輪神事の関係は、まさに好例と言えるだろう。

参考文献
蘆田伊人編『大日本地誌体系　雲陽誌』雄山閣、一九三〇年
内田律雄「『出雲国風土記』意宇郡安来郷のいわゆる「毘賣崎」伝承について」『出雲古代史研究』第一一号、二〇〇一年
内田律雄・曳野律夫・松本岩雄「出雲の前方後円墳丘測量報告八　安来市黒井田町毘売塚古墳等中海南岸所在の前方後円墳測量報告」『島根考古学会誌』第二七集、二〇一〇年
大谷晃二・清野孝之「安来市毘売塚古墳の再検討」『島根考古学会誌』第一三集、一九九六年
加藤義成校注『出雲国風土記』報光社、一九九八年（初版一九六五年）
桜井準也『歴史に語られた遺跡・遺物　認識と利用の系譜』慶應義塾大学出版会、二〇一一年
島根県古代文化センター編『解説出雲国風土記』島根県教育委員会、二〇一五年
島根県立古代出雲歴史博物館企画展図録「倭の五王と出雲の豪族　ヤマト王権を支えた出雲」島根県立出雲

古代歴史博物館、二〇一四年
島根県教育委員会『島根県遺跡地図』二〇〇三年
島根県教育庁埋蔵文化財調査センター編『魚見塚古墳・東淵寺古墳発掘調査報告書―松江市東部における古墳の調査（二）―風土記の丘地内遺跡発掘調査報告書二三』島根県教育委員会、二〇一六年
島根大学考古学研究会「魚見塚古墳実測報告」『菅田考古』第一三号、一九七二年
関和彦「第四論　毘売埼伝承」『日本古代社会生活史の研究』校倉書房、一九九四年
能義郡刊行会『郡史　誇り』能義郡刊行会、一九三四年
山本清『山陰古墳文化の研究』山本清先生退官記念論集刊行会、一九七一年

第三章　「みやび」の伝播伝承
——『万葉集』巻一六・三八〇七

石川久美子

はじめに

『万葉集』巻一六には、次のような歌と左注の組（三八〇七）がある。それを一つの「説話」と見なし、その「説話」について考察する。

安積山影さへ見ゆる山の井の浅き心を我が思はなくに

右の歌は、伝へて云はく、「葛城王《かづらきのおほきみ》の陸奥国《みちのくのくに》に遣はされし時に、国司の祗承《しじょう》緩怠《おほろか》なること、異《こと》に甚《はなは》だし。時に、王の意悦《こころよろこ》びず、怒《いかり》の色面《おも》に顕《あらは》る。飲饌《いんぜん》を設《ま》けども、肯《あ》へて宴楽せず。ここに前《さき》の采女ありけり。風流《みやび》なる娘子《をとめ》なり。左の手に觴《さかづき》を捧げ、右の手に水を持ち、王の膝を撃ちて、この歌を詠めり。すなはち王の意《こころ》解け悦《よろこ》びて、楽飲すること終日《ひねもす》なりけり」といへり。

都から遣わされた葛城王は、陸奥国の国司の接待がひどく粗略であったため、怒って宴を楽しもうとはしなかった。そこで以前「采女」であって、「風流《みやび》」を身につけていた「娘子《をとめ》」が左手に盃を捧げ、右手に「水瓶《すいびょう》」（伊藤博『萬葉集釋注　八』）を持ち、王の膝で拍子を打ちながら「安積山」の歌をうたった。「安積山」は現福島県郡山市辺りの山だが、歌は上三句が序詞として「浅き（心）」を呼び起こし、（安積山の影までもが映って見える山の浅い泉）浅い心で私はあなたを思うわけではないと詠まれている。そうして王の気持ちは和み、終日楽しく飲んで過ごしたという。このように本説話は、怒る王の心を鎮めたのが、以前「采女」であった「娘子《をとめ》」の「風流《みやび》」な振る舞い、歌であったことを語っている。

葛城王

そもそも史料等に見られる「葛城王」は、A欽明王子、B敏達王子、C長谷部王の子（厩戸王子の孫）、D舒明王子、E天武八年（六七九）七月に亡くなった者、F和銅三年（七一〇）正月蔭叙、天平八年（七三六）十一月に賜姓された者（橘諸兄）の六人を挙げることができる（倉本一宏「律令制成立期の皇親」『日本古代国家成立期の政権構造』一九九七）。

『万葉集』の「葛城王」は他に二場面（巻六・一〇〇九、二十・四四五五、四四五六）に見られ、それがFの橘諸兄であるゆえ、従来この場面の「葛城王」もFが有力とされてきた。しかし橘諸兄が陸奥に下向したということも、さらに葛城氏と陸奥の繋がりも確認することができない。このことは歌と左注を伝承として捉えた方がいいことを意味している。

陸奥、国府

左注は、この舞台が陸奥国の国府、すなわち現宮城県多賀城市（仙台市の北東）に位置する多賀柵（城）であることを示している。

「陸奥国」について確認しておけば、養老二年（七一八）に陸奥国から石城国（陸奥国の石城、標葉、行方、宇太、曰里郡と常陸国の多珂郡から割かれた菊多郡）と石背国（白河、石背、会津、安積、信夫郡）が独立する（『続日本紀』五月二日条）。しかし神亀五年（七二八）以前に二国は再び陸奥国に統合されたと見られている（虎尾俊哉編『延喜式』補注、二〇〇七）。多賀柵（城）は、多賀城跡の出土木簡によって、養老五年（七二一）頃から造営が始まり、神亀元年（七二四）には完成したことが示される（進藤秋輝『古代東北統治の拠点 多賀城』二〇一〇）。文献では『続日本紀』天平九年（七三七）に初めて「多賀柵」と見え、多賀城碑によれば、天平宝字六年（七六二）までには「多賀城」と改称されているという。それ以前は現仙台市の郡山遺跡（Ⅱ期官衙）が国府であったと見る説もある。いずれにせよ、八世紀前半以降、奈良時代の陸奥国の中心（国府）は現在の宮城県仙台市辺りである。伝承であるにせよ、その辺りが本説話の舞台である。

しかし歌は「安積山」を詠んでいる。なぜ現在の福島県郡山市辺りの「安積山」なのか。そしてこの話は何を語ろうとしたものなのだろうか。

一　采女と「風流」

采女

その問題を考察するにあたり、まず「采女」について確認しておく。『令集解』「後宮職員令」（第三）に次のようにある（日本思想大系『律令』）。

其貢二采女一者。郡少領以上姉妹及女。形容端正者。皆申二中務省一奏聞。

「采女」は郡司の少領《しょうりょう》以上で、の美しい姉妹及び子女が選ばれていることがわかる。「後宮職員令」（第三）にも水司（六人）、膳司（六十人）に仕えていることが示され、このほか、他の後宮諸司の女嬬になったり、縫司や縫殿寮に配属される者、さらに掌膳、掌侍などに昇任する者もいる（磯貝正義「采女」『国史大辞典』）。陸奥国からの采女の貢進については『続日本紀』に、

令下筑紫七国及越後国簡二点采女・兵衛一貢上之。但陸奥国勿レ貢。（大宝二年〈七〇二〉四月十五日条）

其国授刀・兵衛・々士及位子・帳内・資人、并防閤・仕丁・采女・仕女、如レ此之類、皆悉放還、各従二本色一。（養老六年〈七二二〉閏四月二十五日条）

と見られる。史実と捉え、先の「娘子」は右の二十年の間に采女となった人物と考える説もあるが、今述べたように、本稿では本説話を伝承として捉えているため、抽出すべきは、「娘子」が都から地元に帰ってきた者、すなわち「風流《みやび》」を身につけた者として位置づけられているということである。

風流

その「風流《みやび》」について、当該箇所で「風流」を「みやび」と読んでいるが、「風流」は『遊仙窟』の古訓に「ミヤビカ」（真福寺本）「ミヤビヤカ」（醍醐寺本）とある。「みやび」は動詞ミヤブの連用形名詞で、ミヤは宮（宮廷の意）、「ブ」は「～の様子をする、～の状態にある」などの意を表す接尾語である（我妻多賀子「みやび」『古典基礎語辞典』二〇一一）。つまり「みやび」は「宮廷風」という意味である。

谷戸美穂子氏は、聖武天皇の治世となる神亀から天平（七二四～七四九年）の間に「みやび」が集中して見られることを指摘している（「都市と『みやび』」古橋信孝編『万葉集を読む』二〇〇八）。そこで『万葉集』における「風流」（みやび）を確認すれば、

①　石川女郎《いらつめ》の大伴宿禰田主に贈れる歌一首　即ち佐保大納言大伴卿の第二子、母を巨勢朝臣といふ

遊士《みやびを》と我は聞けるを屋戸《やど》貸さず我を帰せりおその風流士《みやびを》

大伴田主は字《あざな》を仲郎《なかちこ》といへり。容姿佳艶《ようしかえん》にして風流秀絶なり。見る人聞く者、嘆息せざるはなし。時に石川女郎といへるものあり。自ら双栖《さうせい》の感《おも》ひを成し、恒に独守の難を悲しぶ。意《こころ》

に書《ふみ》を寄せむと欲《おも》へども、未だ良き信《たより》に逢はず。ここに方便を作《な》して賤しき嫗に似せ、己れ堝子《なべ》を提げて、寝《ねや》の側に到り、哽音蹢足《かうおんてきそく》して、戸を叩き諮《とぶら》ひて曰はく、「東隣の貧女、火を取らむとして来《きた》る」といへり。ここに、仲郎、暗き裏に冒隠の形を識《し》らず、慮《おも》ひの外に拘接《こうせふ》の計《はかりごと》に堪《あ》へず。念《おも》ひのままに火を取り、跡に就きて帰り去らしめき。明けて後に、女郎、すでに自媒《じばい》の愧《は》づべきことを恥ぢ、また心の契《ちぎり》の果たさざるを恨みき。よりてこの歌を作りて謔戯《きやくき》を贈れり。

大伴宿禰田主の報《こた》へ贈れる歌一首

遊士《みやびを》に我はありけり屋戸貸さず帰しし我そ風流士《みやびを》にはある　（巻二・一二六、一二七）

②　天皇に献《たてまつ》れる歌一首　大伴坂上郎女の佐保の宅《いへ》にありて作れり

あしひきの山にし居《を》れば風流《みやび》なみ我《わ》がする業《わざ》をとがめたまふな　（巻四・七二一）

③　梅の花夢《いめ》に語らく風流《みや》びたる【原文：美也備多流】花と我思《あれも》ふ酒に浮べこそ　一《ある》は云はく、「いたづらに我《あれ》を散らすな酒に浮べこそ」　（巻五・八五二）

④　松浦川《まつらがは》に遊ぶ序

余《われ》、暫く松浦の県《あがた》に往《ゆ》きて逍遥し、聊《いささ》かに玉島の潭《ふち》に臨みて遊覧せしに、忽《たちま》ちに魚《うを》を釣る女子《をとめ》らに値《あ》ひき。花容双びなく、光儀匹《たぐひ》なし。柳の葉を眉の中《うち》に開き、桃の花を頬《ほほ》の上に発《ひら》く。意気は雲を凌ぎ、風流は世に絶えたり。……（巻五・八五三）

⑤　冬十二月十二日、歌舞所《うたまひどころ》の諸の王・臣子たちの葛井連《ふぢゐのむらじ》広成の家に集ひて宴せる歌二首

このごろ、古儛《こぶ》盛りに興りて、古歳漸《やくや》くに晩《く》れぬ。理にともに古情を尽くして、同じく古歌を唱《うた》ふべし。ゆゑに、この趣に擬《なぞら》へて、すなはち古曲二節を献《たてまつ》る。風流意気《ふうりういき》の士、儻《たまさか》にこの集ひの中にあらば、争ひて念《おも》ひを発《おこ》し、心々に古体に和《こた》へよ。

わが屋戸《やど》の梅咲きたりと告げやらば来《こ》といふに似たり散りぬともよし

春さればををりにををり鶯の鳴くわが山斎《しま》そ止まず通はせ　（巻六・一〇一一、一〇一二）

⑥　春二月、諸の大夫たちの左少弁巨勢宿奈《こせのすくな》麿朝臣《まろのあそみ》の家に集ひて宴せる歌一首

海原の遠き渡を遊士《みやびを》の遊ぶを見むとなづさひそ来《こ》し

右の一首は、白き紙に書きて屋《や》の壁に懸《か》着けたり。題して云はく、「蓬莱《とこよ》の仙媛《しまひめ》の化《な》れる嚢《ふくろ》蘰《かづら》は、風流秀才《ふうりうしうさい》の士のためなり。こは凡客《ぼんかく》の望み見らえじか」といへり。（巻六・一〇一六）

となる。①は藤原京末期頃の歌であり（中西進編『万葉集事典』一九八五）、「風流」のほかに「風流士《みやびを》」、「遊士《みやびを》」と見られる。「風流士」、「遊士」は風流人のことをいうが、ここでは「みやび」がどういうもの

か、みやび論争をしている。理念が形成されていく過程であるから論争するわけで、ということは、これは「風流」が定着する直前にあたるといえる。②は題詞に「天皇」とあり、聖武天皇を指している。③は天平二年（七三〇）に大宰府の大伴旅人邸で行われた梅花の宴での歌々に対して、「後に梅の歌に追ひて和《こた》へたる四首」のうちの一首である。「梅花の宴に参加しなかった人の後日の詠のようだが、実際の作者は旅人。吉田宜《きつたのよろし》に贈る際、新たに詠み加えたもの」とされ（多田一臣『万葉集全解』二〇〇九）、この頃の歌と考えられる（中西編前掲書）。神仙思想の中で④「風流」、⑥「遊士」「風流秀才《ふうりうしうさい》の士」が見られる。「風流秀才の士」も風流な人の意で、⑤「風流意気《ふうりういき》の士」も同意である。④は、③と同じく天平二年頃、⑤は天平八年、⑥は天平九年の歌とされる（中西編前掲書）。⑤には、この頃「古舞」が盛んであることが書かれており、「古歌」が求められている。そこで「古体」（古い詠みぶりの歌。一〇一一、一〇一二）が呈上されたわけだが、一方で「梅」や「鶯」など、歌には新しい題材が詠みこまれている。谷戸氏は「新風（漢）と古風（倭）」という二つの要素が「みやび」を形成するといっている（谷戸前掲[1]）。なお『藤氏家伝』（下）にも、神亀頃のこととして「風流侍従」の人々（六人部王・長田王・門部王・狭井王・桜井王・石川朝臣君子・阿倍朝臣安麻呂・置始工等十余人）が挙げられている。

このように①は聖武天皇の治世の直前、②〜⑥は聖武天皇の治世のものとみられ、宮廷生活の定着期に「風流」が求められていることがわかる。本説話も「風流」が定着する過程で求められた地方の話と位置づけることができるだろう。

二　史料に見られる安積

「はじめに」において、本説話の舞台は陸奥国国府（現宮城県）であるように語られているが、歌は「安積山」（現福島県）を詠んでいるという疑問点を述べた。ではそもそも「安積」とは、どういう場所なのだろうか。

史料における「安積」の初見は、先に触れた①『続日本紀』養老二年（七一八）の陸奥国の分割記事である。養老二年（七一八）に陸奥国から「安積」を含む五郡が石背国として独立するが、神亀五年（七二八）以前に再び陸奥国に統合されたと見られていた。その後、延喜六年（九〇六）一月には安積郡から安達郡が置かれる（『延喜式』民部省　土御門本頭注）。

陸奥国の一括改賜姓等

次に挙げるのは、神護景雲三年（七六九）三月十三日の陸奥国一括改賜姓記事である。

②陸奥国白河郡人外正七位上丈部子老・賀美郡人丈部国益・標葉郡人正六位上丈部賀例努等十人、賜二姓阿倍陸奥臣一。安積郡人外従七位下丈部直継足阿倍安積臣。信夫郡人外正六位上丈部大庭等阿倍信夫臣。……並是大国造道嶋宿禰嶋足之所レ請也。

	郡名	代表者名	人数	改賜姓
(a)	白河郡	丈部子老	10	阿倍陸奥臣
	賀美郡	丈部国益		
	標葉郡	丈部賀例努		
	安積郡	丈部直継足	1	阿倍安積臣
	信夫郡	丈部大庭	1	阿倍信夫臣
	柴田郡	丈部嶋足	1	阿倍柴田臣
	会津郡	丈部庭虫	2	阿倍会津臣
	磐城郡	丈部山際	1	於保磐城臣
(b)	牡鹿郡	春日部奥麻呂	3	武射臣
(c)	日理郡	宗何部池守	3	湯坐日理連
(d)	白河郡	靫大伴部継人	8	靫大伴連
	黒川郡	靫大伴部弟虫		
(e)	行方郡	大伴部三田	4	大伴行方連
	苅田郡	大伴部人足	1	大伴苅田臣
	柴田郡	大伴部福麻呂	1	大伴柴田臣
(f)	磐瀬郡	吉弥侯部人上	1	磐瀬朝臣
	宇多郡	吉弥侯部文知	1	上毛野陸奥公
	名取郡	吉弥侯部老人	9	上毛野名取朝臣
	賀美郡	吉弥侯部大成		
	信夫郡	吉弥侯部足山守	7	上毛野鍬山公
	新田郡	吉弥侯部豊庭	1	上毛野中村公
	信夫郡	吉弥侯部広国	1	下毛野静戸公
	玉造郡	吉弥侯部念丸	7	下毛野俯見公

表3－1　陸奥国の一括改賜姓（新大系『続日本紀』補注参照）

最後の一文に、この一括改賜姓は大国造である嶋足の申請によるとある。熊谷公男氏によれば、嶋足は牡鹿《おしか》地方（現宮城県桃生《ものう》郡矢本町および石巻市付近）を拠点とした豪族で、「東国からの移民のうちの比較的有力な一族であった」とみられている（「古代東北の豪族」須藤隆ほか編『古代の日本9　東北・北海道』一九九二）。また熊谷氏は「一般に令政下の改賜姓は、請願に基づいて実施されるもの」であるので、「嶋足が申請者となっているが、これは彼が陸奥国の部姓の有位者たちの要望を集約し仲介したものであろう」と述べ、嶋足は「陸奥国の非蝦夷系の諸豪族に対してはむろんのこと、蝦夷系の豪族に対しても、陸奥国司をしのぐほどの権威を有しており、彼らの要望を中央政府に取り次いだり、逆に中央政府の意向を受けて地元で調停役を果たすこともあった」との見解を示している（熊谷前掲論文）。

安積郡の場合、「丈部直継足」が「阿倍安積臣」

を賜っている。記事が多いため、氏姓を中心に整理したものが表3−1である（新大系『続日本紀』補注、一九九五）。

改賜姓の特徴として、十八の郡にわたること、その対象者は（a）丈部（b）春日部（c）宗何部（d）靫大伴部（e）大伴部（f）吉弥侯部の部姓をもつ氏であること、丈部国益（無位）と丈部賀例努（正六位上）を除いて、みな外位の保持者であること、（a）の丈部は阿倍、（d）の靫大伴部と（e）の大伴部は大伴、（f）の吉弥侯部は上毛野、下毛野の各氏との「一定の歴史的関係が想定される」こと等が挙げられる[2]（新大系『続日本紀』補注）。また改賜姓の多くが「中央氏族名＋地名＋カバネ」という「特異な複姓」である（熊谷前掲論文）。そして安積郡の「丈部直継足」だけがカバネを保持している点が注目される。考えられるのは、中央に重要な役割を与えられた一族が安積に土着していたか、もしくは、他の地域でそのような役目を担っていた一族が安積に移ったかである。しかしいずれにせよ、そうした一族が安積郡にいたことは確かである。垣内和孝氏は、このカバネを保持する継足を国造系の豪族と見ている（「陸奥国安積郡と阿倍安積臣」『郡と集落の古代地域史』二〇〇八）。熊谷氏は、改賜姓の対象者の「ほとんどが部姓者」であり、「一般にカバネ姓が支配層に対応する姓であるのに対して、部姓は基本的に一般農民層の姓であるから、これら部姓の有位者は、……この地域の伝統的な首長層とは出自を明確に異にする在地の有力農民層の出身者」、すなわち八世紀後半の積極的な対蝦夷政策の中で見い出された「新興階層」の人々と述べている（熊谷前掲論文）。

その後、『続日本紀』には、

③陸奥国安積郡人丈部継守等十三人、賜二姓阿倍安積臣一。（宝亀三年〈七七二〉七月十七日条）

④授二陸奥国安積郡大領外正八位上阿倍安積臣継守外従五位下一。以レ進二軍粮一也。
（延暦十年〈七九一〉九月五日条）

とある。③では安積郡の「丈部継守等十三人」に「阿部安積臣」が与えられている。日本歴史地名大系『福島県』は「継守」について、先の「継足の直系であろう」と述べているが、垣内氏は、「直」のカバネがないことから直系関係にはないだろうと述べている（垣内前掲論文）。④は対蝦夷戦の兵糧を提供した、大領の継守に「外従五位下」が与えられている。

軍団

また時代は下るが、『延喜式』（兵部式）には、安積郡に伝馬五疋が置かれていることが示され、弘仁六年（八一五）八月二十三日の太政官府に（『類聚三代格』巻十八「軍毅兵士鎮兵事」）、

一分レ番令レ守二城塞一事
兵士六千人並功九等已上白丁已上
旧数二千人名取団一千人

玉造団一千人
今請㆓加四千人㆒　白河団一千人　安積団一千人
行方団一千人　小田団一千人

とある。もともと名取と玉造に軍団があったが、白河、安積、行方、小田にそれぞれ軍団一千人を新設要求していることがわかる。安積は軍事の主要な地であったのである。

神社

最後に神社について触れておけば、陸奥国の「一百座大十五座・小八十五座」のうち、安積郡には三座大一座・小二座「宇奈己呂和気《うなころわけ》神社名神大　飯豊和気《いいとよわけ》神社　隠津島《おきつしま》神社」がある（『延喜式』巻十・神名下）。名神大社である「宇奈己呂和気神」（現郡山市）は、『神社名鑑』の由緒書によれば、「按察使藤原小黒丸、征夷大将軍大伴家持」が蝦夷征討を祈願し、霊験があったといわれる。また承和十四年（八四七）に無位から従五位下（『続日本後紀』同年十一月四日条）、貞観十一年（八六九）に正五位下が授けられている（『三代実録』同年三月十二日条）。

このように安積郡は国家体制に組み込まれていった。一括改賜姓記事において、他の地域とは異なって「丈部直継足」とあることは、他地域からの移住者であろうとも、安積郡に、いうならば中央から役割を与えられた一族がいたことを示していた。その点で、都の文化からいえば、この辺りは先端的な地域であった可能性がある。そして安積は軍事の重要な地であったのである。

三　陸奥の歌、安積の歌

次に文学の側、すなわち『万葉集』から「安積」を考えたいのだが、実は『万葉集』には、当該歌の他にその例がない。そこで『万葉集』における陸奥国の歌を見てみる。

陸奥の歌

東歌（巻一四）には「陸奥国の歌」が四首ある。場所に注目すれば、

①「会津嶺《ね》」（三四二六）……福島県中北部、会津地方の山。磐梯山。

②「陸奥の可刀利《かとり》」（三四二七）……不明

③「安達太良の嶺《ね》」（三四二八）……福島県中北部。安達太良山。「狭義の安達太良山山頂は郡山市に属する。連峰とその裾は二本松市・安達郡大玉《おおたま》村・郡山市・福島市・耶麻郡猪苗代町にまたがる」（日本歴史地名大系『福島県』）。

④「安達太良」（三四三七）……右同

である。②の場所は不明だが、安達太良山が③④の二例あり、①を含め、現在の福島県中部の北の山が詠まれている。[3] 東歌以外にも、

⑤ 陸奥の安達太良真弓弦《つらは》着けて引かばか人の我《わ》を言《こと》なさむ　（巻七・一三二九・譬喩歌）

と見られる。上三句が序詞として「引く」を導いている。安達太良山は都人にとっても、「良弓をうる檀で知られた」のである（中西進『万葉集』脚注、一九八一）。それを産物伝承と捉え返してもいい。巻三・三九六には「笠女郎《かさのいらつめ》の大伴宿禰家持に贈れる歌」が見られる。

⑥ 陸奥の真野《まの》の草原《かやはら》遠けども面影にして見ゆといふものを

「真野《まの》の草原《かやはら》」は現在の福島県南相馬市にあたるとされる。それにしてもなぜ、都でこのような場所をうたうのだろうか。「遠い」ところはいくらでもある。例えば、別れた人のことを深く思っていると「真野の草原」でその人の夢を見たというような伝承があり、先の例を合わせ、陸奥国伝承を都人が知っていたということだろう。そして⑤⑥の場所もまた、現在の福島県にあたっている。

他に『万葉集』には、天平感宝元年（七四九）、陸奥で金が産出されたという詔書を言祝ぐ、大伴家持の歌がある（巻十八・四〇九四～四〇九七）。『続日本紀』天平勝宝元年（七四九）二月条に「天平廿一年二

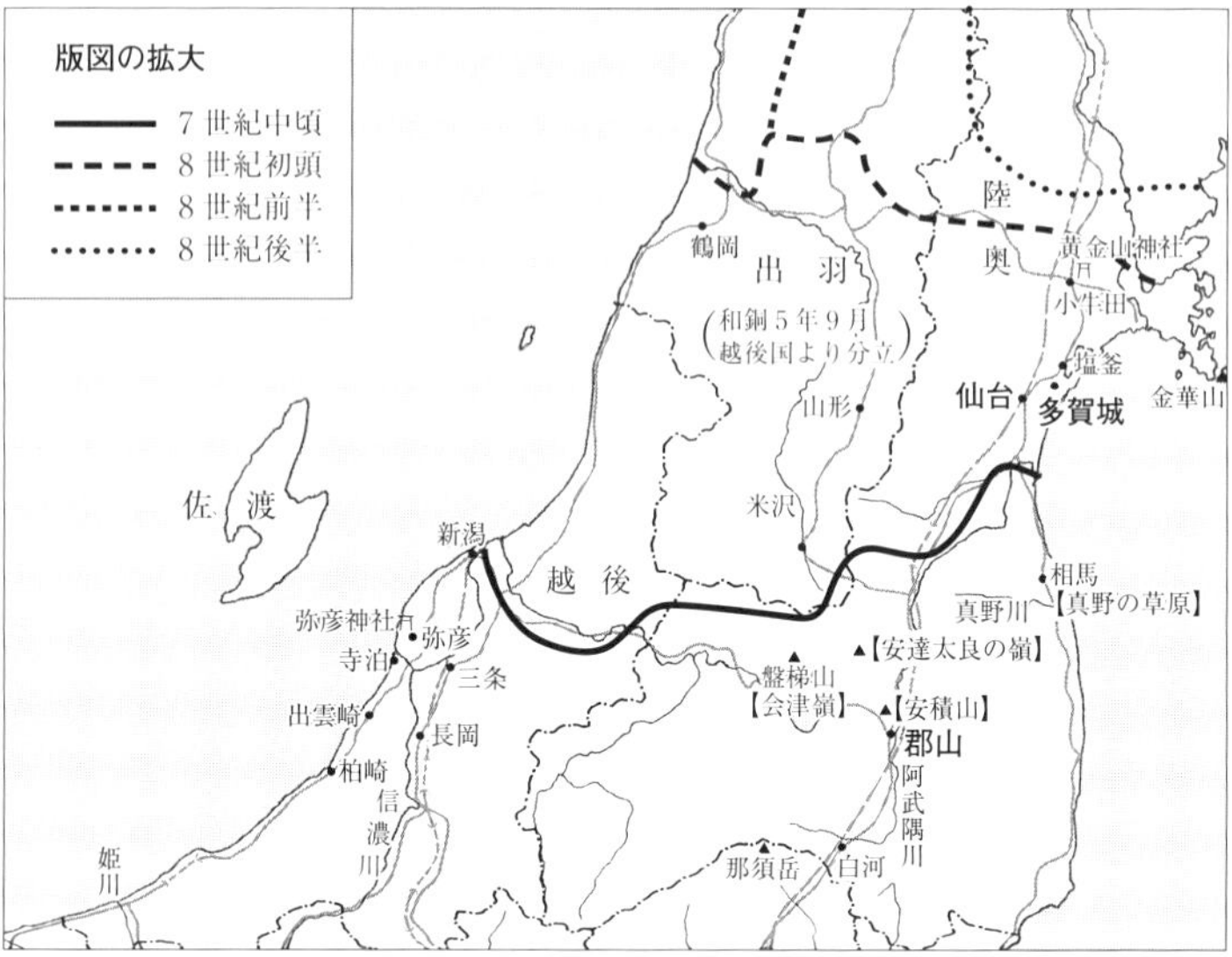

図3－1
中西進編『万葉集事典』(講談社、1985)の地図をもとに、村田晃一「版図の拡大と城柵」(熊谷公男編『蝦夷と城柵の時代』吉川弘文館、2015)に従って版図の拡大を示した。

月丁巳、陸奥国、始貢二黄金一」とあり、[4]同年四月に陸奥国守従五位上百済王《くだらのこにきし》敬福《きやうふく》から、部内の小田郡より金が産出したとの報告があり、「黄金九百両」が貢上されたことが見られる。家持の歌には「陸奥の　小田なる山」「陸奥山」とあるが、それは陸奥国小山田郡の山で、現在の宮城県遠田郡にあたる。右に見てきた歌々より北の地を歌っていることになるが、これは金が出たことに基づく歌であるので、①〜⑥までの歌とは異なる。

このように『万葉集』に詠まれる陸奥国の地名は、現在の福島県北部、中部の北に集中していることがわかる。

そういう中に一例だけ、多賀城(辺り)を舞台とした本説話がある。本説話は『万葉集』における最北の舞台ということになる。七世紀中頃~八世紀後半にかけて、版図（支配領域）は右図のように拡大する（村田上掲論文）。「風流《みやび》」が求められた八世紀中頃に、版図の拡大と対応して、本説話があるだろう。しかし歌は「安積山」を詠んでおり、地元の歌ではない。つまり版図が拡大しても、この地域に風流な歌がなかったことを本説話は示している。「風流」が伝わるのは容易なことではなかったのである。

安積の采女と歌

歌に「安積山」とあるのは、この「前《さき》の采女」が安積出身で、地元の安積の歌を詠ったからではないか。それも、都の葛城王に対して詠うのだから、たとえば地元の神話に関わるような、安積にとって重要な歌であったに違いない。そのような歌が、怒った王に奉られたのである。それは国魂《くにたま》を奉るのと同じような働き、いわば服属的な意味をもつだろう。

しかも、歌には方言がない。陸奥国の歌には、たとえば「陸奥の安達太良真弓弾《はじ》き置きて反《せ》らしめ来《き》なば弦《つら》はかめかも」（巻一四・三四三七）というように、方言が見られる。この場合、「せら」が「そら（反ら）」の訛り、「つら」は「つる（弦）」の訛りといわれている。その上、小松英雄氏は、『万葉集』の防人歌や東歌にみられる方言は「ナマの東国方言」ではなく、都人が理解できる程度に直されていると述べている（『日本語はなぜ変化するか』二〇一三）。安積山の歌に方言がないということは、「前《さき》の采女」によって、都の言葉に直され、都風の所作をもって和歌として奉られたことが考えられる。

門脇禎二氏は「平城京の采女」について、奈良時代中ば頃から采女が国造に任じられる例の見られることを指摘する（『采女』一九六五）。例えば、宝亀二年（七七一）二月に因幡国高草采女従五位下国造浄《きよ》成女《なりめ》ら七人は「因幡国造」という姓を賜ったが、同年末に浄成女は因幡国国造に任ぜられている（『続日本紀』同年二月九日条、同十二月十四条）。「掌膳《かしはでのまつりごとひと》常陸国筑波采女従五位下勲《くん》五等壬生《みぶ》宿禰小家《をやか》主《ぬし》」「掌膳上野国佐位采女外従五位下上野佐位朝臣老刀自《をいとじ》」も本国の国造に任命されている（『続日本紀』神護景雲二年〈七六八〉六月六日条）。門脇氏は大化前代の国造は、大化以後には郡司になった原則を述べ、そうした地方の伝統的な豪族は奈良時代中頃から、「新興の富豪ら」の成長によってその地位が危ぶまれるようになり、新旧の郡司層の間にも「階級的な分解と対立」が激化したため、采女が「いまた官人としての身分をもって生家の危機」を支えたとの見解を示している。それに対して保坂達雄氏は、この国造は「旧来の国造と異なり、一国に一国造が置かれ、その国の神祇祭祀を掌ったとされる」（新大系『続日本紀』補注、一九八九）ことを受け、帰郷した采女の役割について、「宮廷信仰の地方への流布・宣布」という点を強調する（「采女―変容する伝統―（続）」『女性文化研究所紀要』一一号、二〇〇二）。要するに采女が地方に都の文化を伝える役割を担ったということである。この話の「前《さき》の采女」も、そうした役割を果たしている。

『万葉集』には一例、地元の、郡司の妻の歌が見られる。

上総国の朝集使、大掾大原真人《おほはらのまひと》今城《いまき》の京《みやこ》に向かひし時に、郡司が妻女《め》らの餞《うまのはなむけ》せる歌二首

足柄の八重山越えていましなば誰をか君と見つつ偲はむ

（巻二〇・四四四〇）

立ちしなふ君が姿を忘れずは世の限りにや恋ひ渡りなむ　（四四四一）

上総国での送別の宴における歌である。一首目ではあなたが行ってしまったら、誰をあなたと見て偲んだらいいのかといい、二首目では、あなたの姿を忘れずに、きっと生きている限り恋し続けるでしょうといっている。まさに想い慕う相手に向けた歌である。しかしこの歌は自分の夫に向けてうたった歌ではない。朝集使である今城《いまき》に対してうたわれているゆえ、上総の郡司の妻は、今城の疑似妻（恋人）になっているといえる。本説話の場合も同様である。そして郡司の妻の素姓はわからないが、歌から見れば、方言もなく、都の文化を習得しているといえる。こうした女が宴において都人の相手をしたのである。「前の采女」も宴に呼ばれたのかもしれない。

前節において、都の文化から見れば、「安積」が先端的な地域である可能性のあることを述べたが、このように本説話も都から王が訪れ、安積出身の「前《さき》の采女」によって、「安積」という一地方の歌が都風の和歌に直され、みやびな所作をもって奉られたことを示す。これは多賀城辺りの地域に風流な歌がなかったことを意味し、これからこの地域に風流が定着するだろうことを語る。『万葉集』において、最北における「みやび」の伝播はこのように語られているのである。

四　古今和歌集と歌木簡

この安積山の歌と難波津の歌（難波津に咲くやこの花冬ごもり今は春べと咲くやこの花）が両面に記された「歌木簡」が一例、紫香楽宮跡から出土している。本節は補足的なものだが、最後にこの歌木簡について触れておく。

この二歌は『古今和歌集』仮名序に、

> 難波津の歌は、帝の御初《おほむはじ》めなり。大鷦鷯《おほさざき》の帝、難波津にて皇子《みこ》と聞えける時、東宮を互ひに譲りて位につき給はで、三年《みとせ》になりにければ、王仁《わに》といふ人のいぶかり思ひて、詠みて奉りける歌なり。この花は梅の花をいふなるべし。安積山の言葉は、采女の戯《たはぶ》れより詠みて、葛城王《かづらきのおほきみ》を陸奥《みちのおく》へ遣はしたりけるに、国の司《つかさ》、事おろそかなりとて、設《まう》けなどしたりけれど、すさまじかりければ、采女なりける女の、土器《かはらけ》とりて詠めるなり。これにぞ王《おほきみ》の心とけにける。安積山影さへ見ゆる山の井の浅くは人を思ふものかは。この二歌《ふたうた》は、歌の父母《ちちはは》のやうにてぞ、手習ふ人の、始めにもしける。

と見られる。古注の書かれた時代の問題があるが、それは藤原公任（九六六～一〇四一）の時代には加わっていたと考えられている（片桐洋一『柿本人麿異聞』二〇〇三）。また安積山の歌の古注は、「前《さき》の采女」ではなく、「采女なりける女」とあるものの、伝承自体は同様のものといえる。
栄原永遠男氏によれば、木簡の大きさは推定で約二尺、埋没年代の下限は天平十六年（七四四）末から十七年（七四五）初め頃までで、歌は万葉仮名で一行に書かれ、類例から見て「難波津の歌」→「安積山の歌」の順であるという（『万葉歌木簡を追う』二〇一一）。ただし二歌は異筆の可能性があり、「手習い」と認識されていたかは不明だが、『古今和歌集』の仮名序より約一五〇年前の「八世紀中葉にセットとしてとらえられていたことは確か」とされる。その用途について犬飼隆氏は、難波津木簡は「典礼用」で、安積山の面を合わせ、歌の「学習」に使われたと考えた（『木簡から探る和歌の起源』二〇〇八）。栄原氏は、儀式や宴において木簡に書かれた難波津の歌が朗詠され、その後、安積山木簡は「別の場」で「何かに利用された」と述べている。難波津木簡については、両氏とも公的な場で利用されたと考えている点が共通する。

先の古注の内容に戻れば、難波津の歌の古注は、王仁の歌が大鷦鷯（仁徳）の皇位継承を決意させる契機となったことを示している。「王仁」（和邇）は応神の時代に百済から渡来し、文筆を専門とする書《ふみの》首《おびと》らの祖で（『古事記』『日本書紀』）、『日本書紀』においては皇太子である菟道稚郎子《うぢのわきいらつこ》が王仁から「諸《もろもろの》典籍《ふみ》」を習ったとあり、『古事記』においては王仁と論語十巻、千字文一巻が合わせて献上されたことが記される。千字文は「漢字を覚えるための小学入門書。書法初学の書」でもある（川口久雄、高瀬允「千字文」『国史大辞典』）。つまり王仁は、習字、文筆に深く関わる、手習いに通じる人物ということになる。一方、安積山の歌の古注は『万葉集』同様、「采女なりける女」の風流な歌、振る舞いが、怒る

「葛城王」の心を慰めたことを語る。そもそも『古今和歌集』仮名序の冒頭には、「やまと歌」（和歌）の働きとして、

力をも入れずして天地《あめつち》を動かし、目に見えぬ鬼神《おにかみ》をもあはれと思はせ、男女《をとこをむな》の仲をもやはらげ、たけき武士《もののふ》の心をもなぐさむるは歌なり。

とあり、和歌は、天地を動かし、鬼や神の心にも響き、男女の仲を和らげ、荒ぶる者の気持ちを慰めるものといわれている。『古今和歌集』仮名序の示す和歌の理想的なあり方は、二歌のあり方と一致する。つまり右の理由によって、二歌は「手習い」と位置づけられていることが考えられる。

それも①「仁徳―王仁」は「天皇―臣下」の関係で、その歌は公的な関係におけるものといえる。②「葛城王―采女なりける女」は「男―女」の関係で、歌は①に対して「私的」な関係におけるものといえる。確かに「王―臣下」の関係とも解せるが、歌は恋する相手への思いを詠んでいる。ならば、この二歌は「歌の父母」に呼応して、男子の手習い歌（公的）と女子の手習い歌（私的）を象徴しているのではないか。もちろん『源氏物語』（若紫）にその例があるように、男子は難波津の歌、女子は安積山の歌だけを学ぶわけではないだろう。象徴的に、男子は臣下として王仁のように君子の心を動かす歌を、女子は「風流」をもって男の心を慰める歌をつくることが理想とされたということである。(5)

このように見てみると、難波津木簡が各地で出土するのは、この歌が男子の歌の理想としてあるため

と考えられるのではないか。一方で安積山の歌木簡が今のところ一例しか確認されないのは、それが国家、宮廷における女の役割を象徴する歌であること、そして出土場所が紫香楽宮跡であるのは、先に触れた聖武天皇の時代に「風流」が求められ、この頃の話であると考えられたことと関係するかもしれない。

（1）なお「遊士《みやびを》」については他に、⑦「春日なる三笠の山に月の船出づ　遊士の飲む酒坏《さかづき》に影に見えつつ」（巻七・一二九五）、⑧「若宮年魚麻呂《あゆまろ》」が伝誦したという歌（巻八・一四二九）に見られる。⑧の時期は不明だが、⑦は「春日山を東に望む平城京で作られた歌」（新大系『万葉集』脚注）と捉えうる。

（2）「丈部《はせつかひべ》」と「阿倍」氏との関係について触れておく。佐伯有清氏によれば、そもそも「丈部」は「使部」の前身で、軍事的性格を帯び、「杖部」と書くのも、杖《じょう》をもって宮廷の警護などにあたったことに由来するという（「丈部氏および丈部の基礎的研究」『日本古代史論考』一九八〇）。大塚徳郎氏は、丈部は阿倍氏の私民ではなく、「中央において、宮廷で雑用に使われていた丈部と、それを中央で統轄していたのではないかとみられる阿倍氏との関係が、ここに生じてきたのであろう」と述べる（『みちのくの古代史』一九八四）。なお『日本書紀』において阿倍氏の祖は、孝元天皇皇子「大彦命《おほびこのみこと》」とされる。「大彦命」は崇神の時代（十年九月）に、征討のため「北陸《くぬがのみち》」に遣わされている（『古事記』では「高志《こし》道」「高志国」）。『古事記』では「大彦命」の子「建沼河別命《たけぬなかはわけのみこと》」とし、先の征討の後、父親と会津で落ち合っている。

（3）東歌（未勘国）に「松が浦にさわゑうら立ち真《ま》人言《ひとごと》思ほすなもろ我が思《も》ほのすも」（巻　四・三五五二）とあり、「松が浦」が福島県相馬市の松川浦とする説がある。

（4）「天平廿一年二月」は、編纂にあたっての錯入とみられている（新大系『続日本紀』補注）。

（5）七世紀後半〜八世紀にかけて、各地（三分の一は地方の、官衙的な性格をもつ遺跡）で出土している『論語』の一部を木の札に書き付けた「論語木簡」から、「象徴」という点について述べられた論（三上喜孝「論語木簡と古代地方社会」『日本古代の文字と地方社会』二〇一三）がある。三上論文に取り上げられている論語木簡の大きさは、現存部が一〇～六三・五センチで、木簡は『論語』の学而篇、それも冒頭部分を記した例が顕著であり、三上氏は「典籍を実用的に習得する、というよりもむしろ、典籍の冒頭部分を暗唱できたり文字化できたりすることに大きな意味があったことを示している」と述べている。要するに『論語』は「文字文化を習得する官人たちにとって象徴的な意味をもっていた」というのである。

引用文献（辞書、注釈書類を除く。―掲載順）

倉本一宏「律令制成立期の皇親」『日本古代国家成立期の政権構造』吉川弘文館、一九九七年

進藤秋輝『古代東北統治の拠点　多賀城』新泉社、二〇一〇年

谷戸美穂子「都市と『みやび』」古橋信孝編『万葉集を読む』吉川弘文館、二〇〇八年

熊谷公男「古代東北の豪族」坪井清足・平野邦雄監修、須藤隆・今泉隆雄・坪井清足編集『新版〔古代の日本〕第九巻　東北・北海道』角川書店、一九九二年

垣内和孝「陸奥国安積郡と阿倍安積臣」『郡と集落の古代地域史』岩田書院、二〇〇八年

村田晃一「版図の拡大と城柵」熊谷公男編『蝦夷と城柵の時代』吉川弘文館、二〇一五年

小松英雄『日本語はなぜ変化するか』（新装版）笠間書院、二〇一三年

門脇禎二『采女』中央公論社、一九六五年

保坂達雄「采女―変容する伝統―（続）」『女性文化研究所紀要』第一一号、二〇〇二年三月

片桐洋一『柿本人麿異聞』和泉書院、二〇〇三年

栄原永遠男『万葉歌木簡を追う』和泉書院、二〇一一年

犬飼隆『木簡から探る和歌の起源』笠間書院、二〇〇八年

佐伯有清「丈部氏および丈部の基礎的研究」佐伯有清編『日本古代史論考』吉川弘文館、一九八〇年

大塚徳郎『みちのくの古代史』刀水書房、一九八四年
三上喜孝「論語木簡と古代地方社会」『日本古代の文字と地方社会』吉川弘文館、二〇一三年

『万葉集』『古今和歌集』については、多田一臣訳注『万葉集全解』（筑摩書房、二〇〇九～二〇一〇）、小町谷照彦訳注『古今和歌集』（筑摩書房、二〇一〇）に基本的に従っているが、表記等一部改めた箇所がある。『続日本紀』は新日本古典文学大系（岩波書店、一九八九～一九九八）によった。

第四章　絵画と説話
――古代において仏教説話はいかに語られたのか

多田伊織

一　説話と韻文、図像

日本最古の仏教説話集『日本霊異記』は漢文で記されるのであるが、散文の物語の後に「賛」が付されている説話がある。「賛」は本来は韻文に含まれるが、『日本霊異記』の賛は必ずしもそうなってはいない[1]。このことは、『日本霊異記』編纂者の中国語力の限界を示しており、同時に『日本霊異記』を個人の創作とは見なせない根拠となる。もし、『日本霊異記』が一人の手で撰述されたものであれば、正しく押韻された賛とそうでないものが混じるような語学的な齟齬は生まれないからだ。

一体に仏典は韻文と共に生まれ、まず韻文として、次に韻文と散文を交えたテクストとして、インドの周辺地域へ拡がり、更に海路・陸路を経て世界に伝わって行った。仏典の散文部分の成立は、バラモン教の聖典の韻文と散文の関係と同様に、韻文より遅れる。賛は、まさに釈尊の説法に淵源を持つ、仏典中の「偈頌」と呼ばれる韻文の後裔なのだが、『日本霊異記』でも、『日本霊異記』研究でも、著しく軽視されている。

表4―1 『日本霊異記』押韻する賛

説話	題名	賛	韻	韻字
上巻 第一四縁	僧憶持心經得現報示奇事縁	四言八句	○	笑効
上巻 第二二縁	勤求学仏教弘法利物、臨命終時示異表縁	四言四句	○	唐
上巻 第二五縁	忠臣小欲知足諸天見感得報示奇事縁	四言八句	○	仙山
上巻 第三三縁	妻爲死夫建願圖繪像有験不焼火示異表縁	四言八句	○	魂痕文
下巻 第一二縁	二目盲男敬稱千手観音日摩尼手以現得明眼縁	四言五句	○	陽庚

インドの辺境、西北インドの地、現在のインド・ネパール国境近くの小国の王子に生まれた釈尊の母語は、マガダ語であったと推定されている。しかしながら、すでにマガダ語は滅び、マガダ語の文献も残っていない。釈尊入滅の後、その説法は口承によって弟子達の間で伝えられたが、やがて書承による伝承も起こり、中期インド語で俗語（プラークリット）のパーリ語や、雅語であり正統バラモン教の聖典の言語であったサンスクリットに書き換えられていった。今でもパーリ語を聖典の言語とする上座部（南伝）仏教では、書承の仏典よりも、仏典の暗誦を重んじる。師から弟子に授ける口承の法灯を溯っていくならば、最後は釈尊の説法に至るからである。多くの仏典は、漢訳では「仏説」と題され、その冒頭は、パーリ語では「evam me suttam（このようにわたしは聞いた）」、漢訳では「如是我聞」で始まる。こうした措辞は、釈尊の説法の機会に参じ、釈尊の言葉を直に耳にした弟子達が記憶したという立場を表わしている。

仏典の最古層を伝える法句と見做されているのは、パーリ語 Sutta-Nipāta の第四章 Aṭṭhakavaggo（八詩誦の経）である。現代語訳に携わった荒牧典俊氏は、その第十五経は釈尊の「金口の言葉」であることを論証し得るであろう、としている。(2) 原文を挙げよう。これは一句八音節で一つのスタンザが四句からなる Siloka（skt. Śloka）で、原文の下に韻律の構成を示した。—は長音、∪は短音である。

15. attadaṇḍasuttaṃ
atta-daṇḍā bhayaṃ jātaṃ, janaṃ passatha medhagaṃ.
—∪——|∪———‖∪——∪|∪—∪—‖
saṃvegaṃ kittayissāmi, yathā saṃvijitaṃ mayā. (953)
————|∪——∪‖∪——∪|∪—∪—‖

このように、最初期の仏典は詩頌の形で伝えられた。詩頌は、言葉が美しく、リズムは快適で、散文に比して情報をコンパクトに纏めることが可能で、しかも記憶しやすい。書記メディアが入手しにくく、長期保存には困難が少なくなかった古代において、人間の記憶こそが、テクストを保存し、伝承できる最も確実なメディアであった。

荒牧典俊氏による日本語訳は以下の通りである。

第十五経　他のひとびとや生き物たちに暴力をふるうことについて

他のひとびとや生き物たちに暴力をふるって悪業を積むようなことになってはならないという不安が生じてきた。さらに論争したり喧嘩したりしているひとびとを見よ。わたくしが、どのようにしてこの世の存在を厭い捨てる心をおこしたか――厭い捨てる心のことを語ろう。（953）[3]

荒牧典俊氏はこのように詩頌を散文で訳している。梵語・パーリ語・チベット語・漢語に関して、日本でも有数のエキスパートである荒牧典俊氏の力をもってしても、パーリ語のSiloka の形を日本語に反映して訳出することは困難なのだ。

Sutta-Nipāta は、漢訳では『義足経』[4]に相当し、呉の支謙（一九五？～二五四）が訳出、漢訳仏典の中でも古層に属する。しかし、パーリ仏典と漢訳では内容にかなりの階梯があり、原型となった詩頌が成立した後、それぞれ異なった伝承過程があったと推察される。[5]上記に相当する部分の漢訳を挙げよう。

闘訟変何従起、致憂痛転相疾、
起妄語転相毀、本従起願説仏。

網掛で示したように、漢訳では、偈頌の二句目末と四句目末を、t-入声（日本漢字音では「ツ、チ」）で押韻している。恐らく、支謙の使用した原典も、偈頌の部分はSloka であったと思われるが、漢訳に際しては、一句六言（漢字六文字）とし、偶数句末に押韻する形で訳出している。一応、形こそ韻文だが、音節の長短を組み合わせるインドのものとは、その様式は全く異なっている。

仏教を中国に伝えた言語は、インドの言語、あるいは胡語と呼ばれる周辺地域の言語で、概ねインド＝ヨーロッパ語族に属する。仏典を、言語的には類縁関係がなく、文化的背景もシンタックスも異なる中国語に訳出する際には、様々な制約を受けざるを得なかった。その苦労を、東晋の道安（三一二〜八五）は「五失三不易」として纏めているが、[6]仏教が日本で受容される際には、やはり、中国で起きたのと同様、言語の違いが生む問題に逢着した。文字を持たなかった日本語は中国語から漢字を借用したが、シンタックスに関して言えば、中国語と日本語の間には大きな懸隔がある。また、日本漢字音には、中国語音の「四声」に相当するアクセントの違いがない。「押韻しない賛」が存在してしまう理由には、こうした言語的背景がある。更に、当時の日本語の詩歌は、拍で構成され、五音・七音を一句の単位とするが、押韻の概念は存在しない。日本語や漢文を記すために漢字を並べることは出来たが、中国語特有の音韻に関する知識はともすると乏しかった。

しかしながら、仏教説話伝播の過程についていうならば、やはり韻文は大きな役割を果たしている。パーリ（南伝）大蔵経に Jātaka として纏められている「釈尊の前世物語（本生譚）」は五百を超える説話の宝庫だが、韻文である偈頌の部分が先に成立し、後から散文部分が付け加えられた。いまなお、サーンチーやバールフトの欄楯を飾る浮彫は Jātaka の図像を含み、紀元前二〜一世紀頃に制作された。Jātaka は、釈尊の生涯の記録である「仏伝」文学の隆盛によって、増広されていったものである。前世物語は、「仏伝」が必須とする釈尊の事蹟という前提を必要としない。なぜ、今生で、広大な世界で、釈尊ただ一人だけが煩悩を離れ、偉大な悟りを開き、教えを説き、迷える衆生を済度するに至ったのか。釈尊入滅後、数え切れない前世において積んだ善行が実を結び、釈尊は今生で仏陀となりえたのだ、と考えられるようになった。かくして、仏教徒はJātakaを無限に拡張できるようになったのである。

一方で「仏伝」には、そもそも、仏教教団の生活規則である律（Vinaya）の犍度部（Khandhaka）に記された釈尊の生涯の事蹟が、律の組織を破壊するほどに増広され、遂には律から取り出され、ひとつの文学ジャンルへと成長した歴史がある。二世紀に活躍した仏教詩人Aśvaghoṣa（馬鳴）は、古典期サンスクリット文学を代表する美文体カーヴィヤ（kāvya）の先駆けとなる仏伝叙事詩Buddhacarita（漢訳『仏所行讃』）を著した。仏伝を題材とした浮彫もやはりサーンチーやバールフトの欄楯を飾る。サーンチーやバールフトの例に明らかなように、Jātakaも仏伝も、韻文である偈頌を持ち、図像表現を伴う。仏教説話は、その興起から、韻文と図像とを伴って拡がっていったのである。

二　『日本霊異記』をめぐって

かつて筆者は、『日本霊異記』について、次のように述べた。

『日本国現報善悪霊異記』すなわち『日本霊異記』という書物は、危うい書物だ。成立の下限西暦八二二年頃、嵯峨天皇の弘仁十三頃であり、都が平安京に移ってからすでに三十年近く経た時になるのだが、収められている説話のほとんどは平城京に都があったときまでものだ。撰述は薬師寺の僧景戒。すでに古都となっていた奈良の、もとは私度僧であった景戒が、過ぎにし時代の説話を編纂した書物が『日本霊異記』だ、ということになる。

『日本霊異記』の説話に特徴的なのは、その過ぎにし時代の話柄が、時間、場所、人物の氏姓を詳しく留めていることだ。(7)

そして、奈良時代の土地制度について言及した。

土地制度に着目すると、聖武天皇の代とされる説話には、天平十二年（七四〇）以前の成立に限定されるものがある。(8)中一六縁もそのひとつである。発掘成果によると、当時の讃岐国香川郡坂田村には、現在「坂田廃寺」として知られる寺院があった。中一六縁は天平十二年以前の説話ということになるが、これは坂田廃寺の発掘報告と一致する。

中一六縁の中核をなす綾君氏は、『古事記』『日本書紀』ではヤマトタケルノミコトの子孫とされるが、本来は『播磨国風土記』の「漢（アヤ）」君であり、渡来系氏族と考えられる。(9)『倭名類聚抄』にみえる讃岐国阿野（アヤ）郡がその本拠地で、中一六縁の綾君氏は香川郡坂田の村に住むその一族である。以上から、中一六縁は坂田廃寺で話されていた説話であり、坂田廃寺は坂田村の綾君氏の氏寺であった可能性がある。(10)

そして、次のように結んだ。

奈良時代末（『日本霊異記』ではほぼ上二五縁以降の説話）までに、四国では、数多くの寺院が建立された。讃岐では、六七五年から国分寺建立が始まるまでの七四〇（天平一二）年のあいだに二五か寺が創建された。この時期、讃岐には、寺院を建立するだけの経済力と技術力があり、それを支えていたのは、讃岐の郡司層を中心とする地方豪族だった。寺院建築は当時先端の外来技術であり、中心となったのは渡来系技術集団である。寺院の建立は、その地の豪族が渡来人と密接な関わりを持っていた証左だ。

考古学的見地から、これらの寺院の多くは建立から五十年前後で急激に衰えた、と考えられている。光仁・桓武朝は、寺院への締め付けが厳しく、従来の郡司層は没落していった。私寺の衰亡は、この歴史的事実を裏書きするものだ(11)。

天平一二年以前とされる聖武天皇の時代の説話だが、四国の例でみたように、七四〇年までに多くの私の寺が全国で建立されている。これらの説話の多くは、こうした私寺で語られていたものだろう。

ところで、『日本霊異記』の説話で土地制度と時代設定が矛盾するものは、上巻には見当たらず、中下両巻に収められている。説話内の時代設定では淳仁天皇（七三三〜七六五　在位七五八〜七六四）以後だが、そこに記される土地制度は天平一二年以前のものなのだ。こうした説話が生まれたのはなぜだろうか(12)。

これは、説話の再生を意味するだろう。古い説話を「現代」に移す際に、いくつかの要素（登場人物の名や時代）を「現代」に移したものの、土地制度の指標については改変されず元の形のまま残った、と見る。『日本霊異記』の説話は、時代順に並んでいるものとして扱われるが、光仁（七〇九〜七八一　在位七七〇〜七八一）・桓武天皇（七三七〜八〇六　在位七八一〜八〇六）の時代に掛けられている下一六縁以下の八説話は、この両天皇が厳しい寺院政策を行い、私寺の檀那であった、郡司層、地方豪族の没落がおこりつつある当時のものである。信者の信仰心を励起し、寺院を存続するために、「現代」の信者に適合した説話が再生産されたのではないか。私寺を中心に氏族の文化を継承していた郡司層・地方豪族の最後の光芒が窺える。

『日本霊異記』はともすると、「庶民の仏教」を代表するものといわれる。だが、高位の学僧ではなく、前歴は私度僧であった景戒が、何故『日本霊異記』を編纂し得たのか。

そこには、あらたな視点が必要である。

日本に仏教を、そして漢字を媒介とする読み書きをもたらしたのは、渡来人といわれる、半島・大陸からの人々である。彼らは、いうなれば文化移民であった。『続日本紀』が渡来人系の編纂者をもつように、平安時代に至っても、渡来人の子孫は中国語のエキスパートとして重用されている。代々受け続がれる「家学」が、彼らの中国語力を培ったのである。さらには、地方の私寺で、漢字による僧尼の修学が可能であったのは、渡来系氏族の存在を抜きにしは考えられない。景戒自身、こうした渡来人と関係の深い地方豪族の出身であっただろう。

漢訳仏典を用い、氏族の集落に私寺を置き、その寺で語られる説話として「翻訳」されたのが『日本霊異記』の説話であり、仏教は日本の地に土着化し始めた。中国語は、仏教の言語、律令制の言語であるとともに、朝鮮半島においても書記のために用いられたことを忘れてはならない。

すなわち、第一義的に、『日本霊異記』における翻訳とは、日本語へのそれではなく、日本というあらたな土地への翻訳であり、土着化とは、日本化ではなく、文化移民があらたな土地で自らの文化との接点を見いだしながら為した土着化なのである。

文化の移動という視点なくしては、『日本霊異記』の説話は見えてこないだろう[13]。

小論は、掲載誌の編集上の問題のため誤字が多く、そのままでは読み通せないのだが、いま敢えて、若干の修正を加えて再掲した。

『日本霊異記』を読んで、最初に気が付くことは、小論で指摘したように、説話の中に多くの地名や日時が詳しく書されている場合があることだ。「いつ」については、巻を追うごとに詳しくなる。日時や地名を記す必要が出てくるのは何故だろう。それは説話の話し手のためではない。説話の享受者のために記されているのである。「いつ」「どこ」の詳しい記述によって、享受者がより共感し、説話の話柄を、わがことに置き換えられるように組み込まれているのである。

実際の問題として、『日本霊異記』が語る「奇異」は、インドから東漸して日本に至る過程で派生した多くの説話群と比較すると、仏教説話としては、そう目新しいものが多いわけではない。いや、寧ろ、そうした視点を変えるべきなのではないか。かつて「仏土」で起きた奇異が、この「日本」でも起きている、それが『日本霊異記』の主眼ではないのか[14]。

語る主体は、日本からは離れない。小論での指摘を敷衍するならば、大陸や朝鮮半島から、漢字と当時の先進文化・技術を齎らして日本に渡った渡来人集団は、日本に落ち着き、自らの宗教である仏教を、より広く深く浸透させる媒介として、説話を用いたのであろう。仏教儀式の合間に、その場に集う善男善女のために、自土の奇異として、かつて、他の仏土―それは日本より先に仏教が伝来した東アジアの諸地域をも含むが―で起きた奇異を語る、それが『日本霊異記』の持つ位相である。

三　再構成される『日本霊異記』説話

『日本霊異記』編纂の事情を離れると、現在までに見つかっている『日本霊異記』伝本には所謂「善本」はなく、いずれも不善本であり、今本『日本霊異記』が諸写本の寄せ集めであるのは、不思議ではない。(15)

表4－2　『日本霊異記』諸本概略

写本名	装幀	巻数	話数	書写年代	所蔵、伝本の経緯	欠損、異同
現行本			上35、中42、下39			
興福寺本	巻子本	上巻一巻	上35、中0、下0	最古の写本　延喜四年（九〇四）の古写本を写したもの	奈良市興福寺国宝館所蔵。大正十一年、興福寺東金堂の天井裏から発見される	

来迎院本	綴葉装	中下巻二冊	上0、中14、下38	末尾を欠くが、平安後期初め、院政期の一二世紀初め頃の写本	京都市大原来迎院所蔵。昭和四七年に来迎院如来蔵の函から発見される	中巻：第十四縁後半以下欠損
真福寺本	巻子本	中下二巻	上0、中42、下39	識語を欠くが、鎌倉初期ごろの写本らしい	名古屋市宝生院所蔵	
高野本	巻子本	三巻本	上31、中28、下20	建保二年（一二一四）の識語をもっていた	原本は和歌山県高野山金剛三昧院旧蔵だが、現在原本は所在不明。水戸彰考館によって写され、広く世に流布	上巻：上三十二縁以下逸脱、三寶絵詞所収説話五話は省略せず。中巻：中六、七、八、一五、二〇、二四、二九、三〇の八条欠損→三寶絵詞にあるからと省略。中一二欠損→中八が類話なので省略。中三五縁途中〜中三七縁、中四〇縁以下欠脱
前田家本	胡蝶装	下巻一冊	上0、中0、下39	嘉禎二年（一二三六）の識語	東京前田育徳財団尊經閣文庫所蔵。明治十六年夏に発見される	下巻：説話条に異同有り

語られる場を離れた説話は、新たな場の説話に再生される。その過程において、書写され残ったのが、今ある諸伝本であろう。

では、『日本霊異記』に収められた諸説話は、いつ語られていた場を喪ったのだろうか。上巻第三三縁に注目してみよう。

先の表「『日本霊異記』諸本概略」にあるように、上巻三十三～三十五縁は、高野本系の写本では欠けており、唯一これらの説話を伝える興福寺本に依るしかない。ただ、興福寺本では、写本の上部が損傷して、文字の判読できない部分がある。同話は鈴鹿本『今昔物語集』巻十二に「河内国ノ八多寺ノ仏、火ニ焼ケザリシ語第十八」として再話されているので、適宜参照しつつ、本文を校訂した。校訂については、原文にその旨注し、脚注とした。字数節約のため、漢文で注記してある。[16]

上巻第三十三縁　妻が亡くなった夫のために願を立て描いた像に霊験があって、火に焼けず、異表を示した縁

河内国石川郡の八多寺には、阿弥陀仏の画像がある。

八多寺の里人は次のように言う。「昔、この寺の辺りに、賢い女性がいた。名前は伝わっていない。その夫が亡くなろうという日に、この仏像をおつくり申し上げたいと願を立てたのだが、貧しくて思いを遂げられずにいた。長い年月を経て、遂には秋まで落ち穂を拾い、そこで画師に、自分で供養をしたい、亡き夫が立てた願をのべ、泣きむせんだ。

画師は、かわいそうに思い、この婦人と一緒になって仏像を作ろうと発心をした。絵は美しく描かれ、そこで開眼の斎会を開いた。すぐに八多寺の金堂に安置して、いつも敬い、礼拝を欠かさなかった。

後に、泥棒が放火して、八多寺の金堂はすっかり焼けてしまった。ただ、この婦人の御仏が一つだけ残り、全く損なわれていなかった。」と。

これはこの婦人が、すべて幸せであるようにとの天の配慮を受けたのだろう。

賛にいう、

すばらしいことだ、貞淑な女性よ。亡き人を偲んで、仏の恩に報いた。

秋には法会を準備し、その真心を皆がほんとうに知った。

火事の炎は激しかったけれども、尊い阿弥陀仏の像は焼けなかった。

天が助けて下さったのだ、これ以上なにもいうことはない、と。

上巻第三十三縁　妻為死夫建願図絵像有験不焼火示異表縁

河内国石川郡八多寺、有阿弥陀画像。

其里人云、「昔於此寺辺有賢婦。名不伝焉。其夫将死之日、願奉造斯仏像、而縁貧未遂。多経歳月数、終迄[17]秋拾穂、便請画師、親戴供養、霊[18]情泣悼。画師矜之、共同発心[19]。絵絢画畢、因設斎会[20]。即安置[21]金堂、恒為敬礼。後盗人放火[22]、其堂皆焼。唯婦仏[23]独存。曾无損。」

此乃婦人、其咸[24]所祐乎哉。
賛[25]、
善哉、貞婦、追遠報恩（上平二四　痕）。
迄秋設会、誠知其敦[26]（上平二三　魂）。
炎火雖烈[27]、尊像不焚（上平二〇　文）。
上天所祐、知復何論（上平一八　諄・上平二三　魂）。

信心篤い弱き者の奉納した仏像が火事に焼けずに残ったという説話は、中国にもあり、仏の徳を讃え、貧者の一灯が嘉されたという類型に属する[28]。

最後に賛が付されているが、四言八句からなる賛は、偶数句末で押韻し、それぞれの韻は通押可能な範囲内であり問題ない。少なくとも、中国語の音韻の知識を持つ人物が、この賛を作成したと考えられる。

さて、上三三縁では「願奉造斯仏像、而縁貧未遂。多経歳月数」として、亡き夫が造像の立てた仏像を作る願を引き継いだものの、経済的余裕がなく、この女性は秋には落ち穂拾いをしてまで、造像の費用を捻出しようとした。そこで、悲願を知った「画師」が発心して、共に造像することになった、という。

この「画師」とは一体どんな存在なのだろうか。

着目すべきは、この説話の舞台が「河内国」である、という点である。河内国は、漢系氏族の居住地であり、仏教が盛んであった。

『日本霊異記』完成に先立つこと数年、嵯峨天皇（七八六〜八四二　在位八〇九〜八二三）の弘仁七年（八一六）、古代日本の氏族の系譜を記した『新撰姓氏録』が成立した。全三〇巻に目録一巻を付した大著であったが、残念ながら、現在伝わっているのは節略本である。

「画師」を名乗る氏族の一つに、「河内画師」があった。『新撰姓氏録』では河内国諸蕃に分類されている。「諸蕃」とは、渡来人の子孫である氏族を指す。「河内画師」氏は、

河内画師。上村主と同じき祖。陳思王植の後なり。

と、三国魏の武帝曹操（一五五〜二二〇）の子で文帝曹丕（一八七〜二二六）の同母弟曹植（一九二〜二三二）の後裔を称する。「画師」と名乗ることから分かるように、大陸・朝鮮半島から渡来した画業を職掌とする技能集団が河内国に定住し、擬制的親族関係の基に氏を名乗ったのがその始めであった。彼らの「画師」の画業とは「要求されるあらゆる場所に絵を描くこと」であり、仏具や仏寺の荘厳、壁画、仏像の装飾などを、およそ彩管の働かねばならぬところ、その技能を揮った。正倉院文書を見てみよう。「造石山院所解（案）[29]」では、画師に次のような業務を割り振っている。

画工　壱伯陸拾肆人司工九十三人　雇工七十一人

奉彩色埝観世音菩薩一躯高一丈六尺工九十四人
彩色神王二躯各高六尺工四十六人
彩色菩薩并神王御坐礒形一条長三丈　広一丈五尺工廿四人
押金薄工　陸人雇工
　奉押金薄菩薩宝冠一具
（略）
以前、起天平宝字五年（七六一）十二月十四日、尽六年（七六二）八月五日、請用雑物并作物及散役
等如件、以解、
天平宝字六年閏十二月廿九日案主下
別当主典安都宿祢

埝像、すなわち塑像の観世音菩薩像と神王像二体、さらにこの三体の仏像の台座に彩色を施す「画師」は、一六七人必要で、その内、「司工」すなわち「画工司」に属する官人画師が九三人、「雇工」すなわち民間の画師でまだ官人でない者七一人が加えられた。この文書が示すように、天平宝字年間（七五七～六五）になると、写経所の経師の他、画師でも「雇工」を必要としていたことが分かる。これは、「画師」をその氏に持つ渡来系の氏族たちが、世襲の仕事である画業に努める官人画工以外に、新しい技術や知識を身につけた民間画工が国家的事業に参加するようになったことを意味する。これは、擬制

的親族関係内での技術継承によって保たれてきた技術職集団が、その技術の「古さ」によって本流から追われ、実力本位で画工の再編成が行われる前段階と言ってよいだろう。同時に、定住地と職掌を氏姓として名乗ってきた古い渡来系技術者集団が、その軛を離れ、新たな氏姓の下に再編を図り始めていたのもこの時期である。

天平宝字三年（七五九）十一月乙亥。造東大寺判官外従五位下河内画師祖足等十七人賜姓御杖連。(30)

河内画師氏は、本貫と職掌を示す古い氏を棄て、天平宝字三年十一月から新たに御杖連を名乗るようになった。このような改氏姓は、河内画師氏に限った話ではない。渡来人としての過去を示す古い氏は、賜姓という形で、新たなより日本風の氏に置き換わり、歴史の中に埋没してゆくのである。『新撰姓氏録』は、賜姓による改氏姓で、古い氏族が氏姓を変えていった時期に編纂されている。渡来系氏族の改氏姓には、渡来系の母高野新笠(31)を持つ桓武天皇の施策が大きく関わっている。

従って、『日本霊異記』や『新撰姓氏録』が完成・成立した時期、かつて河内画師氏もしくは河内氏を名乗っていた人々はみな御杖連となっていた。正倉院文書でも、賜姓以降は、御杖（連）として記録されている。

四　画師と仏教

先に見たように古代の「画師」の生業は、伝統的に使用されてきた、あるいは時々の遣唐使等が齎らした大陸の新しい様式を伝える「様（ためし）」に従って、模様を描いたり、仏画を制作することであった。寺院の装飾に用いられた「様」では、正倉院中倉に残る「宝相華文図」がその少ない遺例の一つである。巻子本に仕立てられ、『続々修正倉院古文書』第四六帙第四巻第一四紙として知られる「宝相華文図」は、以前は最古級の「木版画」と見做されていたが、二〇〇三年度に正倉院事務所が行った科学的調査により、「宝相華文を表す線には肥痩が見え、起筆終筆の痕跡が窺え」ることから、「墨で描かれた描画」であると断じられるに至った。(32)

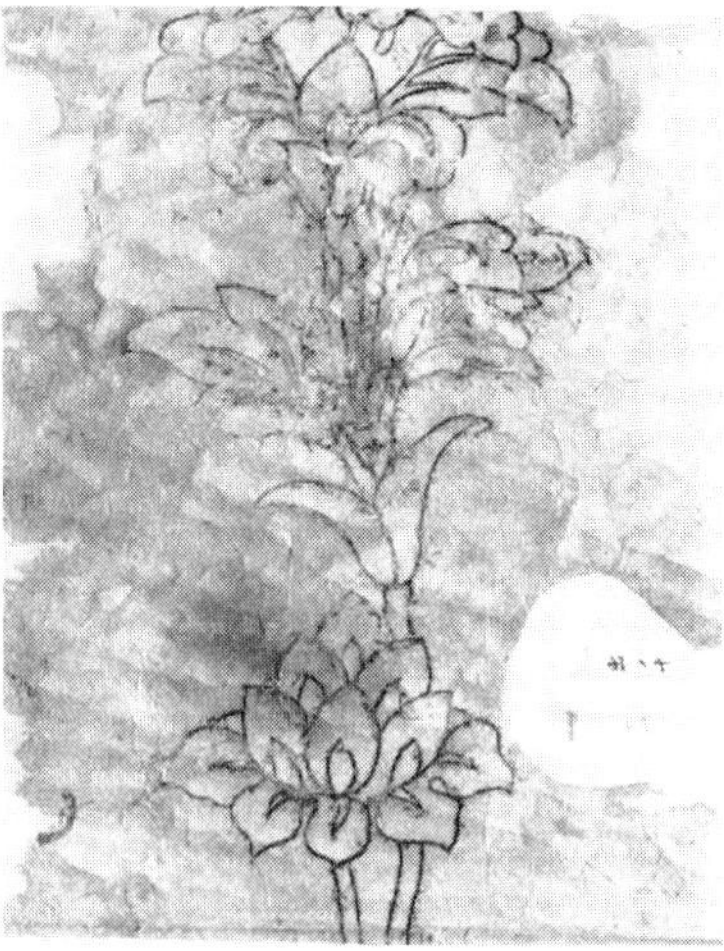

図4－1　「宝相華文図」正倉院宝物　中倉二〇　続々修　正倉院古文書　第四六帙第四巻第一四紙　西川明彦・成瀬正和「年次報告」六、『正倉院紀要』第二五号　二〇〇三年　一二二～五頁より転載

同調査では

　造花様は裏面にベンガラが塗られていることから、表から角筆等で宝相華文をなぞって何かに文様を転写

するための念紙として用いたものと考えられる。また、「六」、「白六」、「丹カ」、「子」、「井カ」という彩色指定の符号が記されており、念紙として使うほかに、転写先に彩色をする際に手元に置く粉本であったことも分かる(33)。

と記す。現在の「宝相華文図」は「表に描かれた宝相華は上下とも不自然な位置で断ち切られ、当初の姿を残していない(34)」のだが、往時は、念紙、すなわち転写用型紙として完形であり、柱や天井などを飾る宝相華文を描くために「画師」達に使われていた実物なのである。

「様」は、自ら写すべきものであったようだ。「様」に用いる料紙が与えられていたことが、正倉院文書に見える。

充厨子彩色帳　勝宝閏三月十八日（大橋本〈七〉(35)）

弟一厨子（花厳宗）

充弓削大成　千万呂　潤三月一八日充様料紙卌八張

弟二厨子（法性宗）

充簀秦麿　閏三月十八日充様料紙卌八張

弟三厨子（三論宗）

充秦堅魚　閏三月十九日充様料紙廿張、又自政請五十張

弓削大成、千万呂、簀秦麿、秦堅魚に与えられている「様料紙」がそれで、彼らは「南都六宗」と呼ばれる法相宗、三論宗、倶舎宗、成実宗、華厳宗、律宗の仏典を収めた「六宗厨子」に彩色を施していた。ここでは、華厳・法性・三論の三宗の名が見えている。「写書所解」（大橋本四）[36]によれば、六宗厨子の彩色には

画師参伯陸拾七人（采色六宗厨子）

と、三六七人というかなりの数の画師が充てられた。なるほど、「様料紙」として、それぞれ二十張、四十八張もの大量の料紙が必要になるわけである。六宗厨子に施す模様の「様」は、大量に複写されて画工たちの手に渡り、下絵に用いられたのである。

国家的な仏教施設造営だけではなく、小規模な仏寺、すなわち私的な、あるいは地域的な小規模な仏堂などの建立に際しても、画師たちの作業には「様」が必要だっただろう。なぜなら、仏像は「儀軌」に従って造形されねばならなかったからである。儀軌は尊格の顔や手足の数、身体の色、持物などを厳密に定規している。儀軌通りの仏像を描き、造像するためには、手本であり、型紙であった「様」が何より必要だった。これらの「様」は、一般には寺院で保管されたと考えられるが、画師集団がそれぞれ継承していた「様」もあったと思われる。

さて、画師たちの生業は理解出来た。では、「阿弥陀仏の画像」を制作するのに必要な費用を集めるのに長年苦労しなくてはならなかったのは何故か。

それには、『阿弥陀経』や『無量寿経』に描写される極楽世界の様子を見る必要があるだろう。『阿弥陀経』は次のように説く。

それから舎利弗よ、極楽の国土には七宝の池があって、八功徳水がその中に満ちあふれており、池の底にはみな金の砂が敷き詰められている。池に降りる四方の階段になった通路は、金・銀・琉璃・頗梨で作られている。上には楼閣があって、これもやはり金・銀・琉璃・頗梨・車璩・赤珠・馬瑙（の七種類の宝物）で見事に飾られている。池の中の蓮の花は、車輪ほどの大きさで、青い蓮華は青く光り、黄色い蓮華は黄色に光り、赤い蓮華は赤く光り、白い蓮華は白く光っている。

それから舎利弗よ、阿弥陀仏の極楽の国土では、いつも天の音楽が流れ、黄金が地面となっていて、昼も夜も四六時中、天から曼陀羅華が降ってくる[37]。

金銀を始めとする七つの宝で作られた仏国土が阿弥陀如来の西方極楽浄土である。そして、『無量寿経』では、

一つ一つの蓮華の花からは三十六百千億光が放たれ、一つ一つの光の中からは三十六百千億の仏

が出現し、身体の色は紫金に輝き、（御仏に特有の）身体的特徴はまことに優れている。(38)と「紫金」に光輝く数え切れない仏の姿が語られる。「阿弥陀仏」の画像を完成させるためには、高価な金を用いた豪華な装飾が必要だったのである。

これは宮中での話だが、「阿弥陀浄土図」一鋪を制作するのに必要な絵の具は、仏像制作で使われる量に匹敵した。正倉院文書を繙いてみよう。

「阿弥陀浄土図彩色料注文(39)」では、高さ八尺の「阿弥陀浄土図」を制作するために、次のような注文をしている。

阿弥陀浄土一鋪（三幅）高八尺
可用白絁二丈四尺（追筆）商布一条（縁料）苧太一斤
金青三両　朱沙二両　胡粉四両　白青四両　緑青四両　同黄一分　丹三両　白緑一両　紫土一両
金薄一百枚　炭二石（追筆）単五十八人（日別六十文）
又懐温石借事

一方、薬師仏・千手千眼菩薩・妙見菩薩の三体の仏像制作にかかる「仏像彩色料注文(40)」が要求するのは次のような画材と画工だ。

薬師像一躯　千手千眼菩薩一躯　妙見菩薩一躯（並彩色者）
可用朱沙一両　金青三分　白青三分　緑青一両二分　丹二両　紫土一両　中烟子四枚　銀薄十枚
阿膠十両　白緑一両二分
画師一人　単十二日

仏像の法量が明記されていないので、単純な比較は難しいけれども、「阿弥陀浄土図」と三体の仏像が使用する絵の具の量に大差はないだけでなく、「阿弥陀浄土図」では

金薄一百枚

を要求しているのが目に付く。『阿弥陀経』が描く「池の底や地面が黄金で出来ている」極楽浄土や、『無量寿経』が語る「紫金の身体を持つ仏達」を絵画として表すには、高価な顔料はもちろんのこと、大量の金箔が必要とされたのである。到底、貧しい一介の庶民が制作し得る仏画ではなかったのだ。

それだけではない。三体の仏像は一人の画師が十二日かかって制作できるとしているのに対し、「阿弥陀浄土図」には、画師五十人分の労力が必要とされている。

八多寺金堂の「阿弥陀仏画像」とは、壁画ではなく、「阿弥陀浄土図」のように紙か絹に描かれて奉納された、と想定される。「絵絢画畢、因設斎会。即安置金堂、恒為敬礼。」という行文からは、画師の

工房で制作された「阿弥陀仏画像」を八多寺金堂に運んで開眼供養をし、その後は金堂に置き、常時供養を行った様子が窺える。「其堂皆焼。唯婦仏独存。曽无損。」という措辞からは、焼け落ちた金堂で、火災をものともせず、無傷のままの阿弥陀仏像が燦然と光輝いている様が窺えるではないか。

賛の押韻が不自然ではないのは、この八多寺の説話の作成に関わった人物の中国語力の確かさを示す。

なお、「阿弥陀浄土図」のように「鋪」を単位として数えられる仏画は、必要に応じて運ばれ、阿弥陀悔過などの仏教儀礼の主役となっている。「天平宝字六年七月九日卯時」の紀年を持つ「政所　牒石山院[41]」には、

一阿弥（陀脱カ）浄土一鋪裏帛一匹　細布二丈一尺　縹絁三丈　緋枚綱一条

担夫六人四人着浄衣　部領四人己知帯成　釆女山守　長屋大山　波多稲持

右、為坤宮官七七　御斎会所奉造也。

とあり、「阿弥陀浄土図」が運ばれたことが分かる。坤宮とはすなわち藤原仲麻呂が権勢を振るい、光明子垂簾の政を支えた紫微中台であり、この「阿弥陀浄土図」はそもそも光明子追善の七七日の斎会のために制作されたものであった。「阿弥陀浄土図」を運ぶのに六人の人夫を要し、その内四人は浄衣を身につけて臨んだ。天平宝字六年といえば、光明子歿後二年後のことである。

五　小結——解体される氏

『新撰姓氏録』は、氏姓の混乱を整理するために編纂されたことになっているのだが、現実には、御杖連へと改姓した河内画師氏のように、渡来系の氏族が、改姓を求め、新たな氏姓を賜うという記事は、『続日本紀』以降の六国史では枚挙に暇がない。『新撰姓氏録』では「諸蕃」に繰り入れられ、渡来人である出自を明らかにしていた氏族が、「皇別」「神別」に分類される氏姓に変わったり、新たな氏姓を手に入れたりする。「諸蕃」であった氏族が、その氏姓を変え、「皇別」「神別」に列する氏姓に組み入れられれば、その後はまず出自を問われることはないだろう。

『日本霊異記』が編纂されていたのは、まさにその時期である。

日本における仏教伝播と普及を考えるならば、技術者集団として渡来した文化移民である大陸や朝鮮半島の人々が、自らの信仰する宗教として仏教を齎らしたのは間違いないだろう。氏族の紐帯を強め、高度な技術を要する寺院建立全般に関わることで、彼らは中央政府や地方の有力者と関わってきた。それが解体・再編される時期が、『日本霊異記』説話の後半を占める光仁・桓武天皇の治世に当たる。都は平城京の北、長岡京次いで平安京に遷り、朝廷の厚い保護を受けて栄えていた南都奈良の大寺院は、最大の庇護者を失った。最澄（七六七〜八二二）や空海（七七四〜八三五）は、唐に渡って、新しい密教を齎らし、仏教界の勢力は一新されつつあった。

新しく渡来した密教では、儀軌は複雑かつ高度なものとなる。日本にはそれまでにも密教は伝わっていたが、古い仏教の知識や技術だけでは、到底、新しい儀軌の要求に叶う造像や寺院の建立や荘厳は不可能であった。一方で、天平宝字年間以降、官人の技術者集団では足りず、民間の技術者集団を仏教施設の建設や更新に携わらせた結果、技能を主眼とした人選が行われるようになり、世襲に基づく技術伝承を続けてきた古い技術者集団とそれを支えてきた官人組織の解体・再編に至る。

かくして、古い仏教とそれを支えてきた人々とが、押し寄せる新しい仏教の波と、政治の中心であることを喪い、古都となった奈良で、危機的な状況下、今一度自らの信仰を見つめ直した記録が、『日本霊異記』である、ということができよう。『日本霊異記』は、「歴史その儘」ではない。記憶の中の古い仏教の姿を、時にはその時代の要請に合わせて書き換えながら、中国・朝鮮半島から齎らされた外来の宗教仏教が、日本に根付いていく過程を反映したテクストなのである。

個々の地域、個々の人々に結びついて信仰されてきた小さな宗教集団内で共有できた説話は、やがて、その固有の地名、人名を書き換えられて、新たな説話として語り直されるようになる。そして、それは、仏教東漸以来、仏教が至ったどの地域でも行われてきた、説話の死と再生の営みである。

（1）表5―1『日本霊異記』押韻する賛

（2）訳：荒牧典俊・本庄良文・榎本文雄『スッタニパータ［釈尊のことば］全現代語訳』二〇一五年五月一日発行　講談社「注」（Kindleの位置No. 4400–4404）。Kindle版。
　荒牧典俊『スッタニパータ［釈尊のことば］全現代語訳（Japanese Edition）』（Kindleの位置No. 3311–3314）。Kindle版。

（3）同右『スッタニパータ［釈尊のことば］全現代語訳』（Kindleの位置No. 3308–3314）。Kindle版。

（4）『大正新脩大蔵経』四　No.一九八　呉・支謙訳

（5）水野弘元「Arthapada Sutra（義足経）について」、『印度學佛教學研究』一九五二年一巻一号　八七～九五頁

（6）道安「摩訶鉢羅若波羅蜜経抄序」梁・僧祐『出三蔵記集』巻八『大正新脩大蔵経』五五　No.二一四五

（7）拙論「翻訳と土着化」『印度學佛教學研究』第四六巻第二号　平成一〇年三月　一九九～二〇三頁

（8）土地制度と時代区分
　国・郡・里→霊亀元（七一五）年以前
　国・郡・郷・里・房戸→霊亀元（七一五）年～天平十二（七四〇）年（霊亀・養老・神亀・天平）＝元正～聖武の二十五年間
　国・郡・郷→天平十二（七四〇）年以降

（9）『古事記』景行天皇段此倭建命、……又娶吉備臣建日子之妹、大吉備建比売、生御子、建貝児王、……次建貝児王者、讃岐綾君、伊勢之別、登袁之別、麻佐首、宮首之別之祖。
『日本書紀』景行天皇五十一年条
　初日本武尊、……又妃吉備武彦之女吉備穴戸武媛、生武卵王與十城別王。其兄武卵王、是讃岐綾君之始祖也。
『播磨国風土記』
　飾磨郡。……右、称漢部者、讃芸国漢人等、到来居於此処、故号漢部。

(10) 拙論「翻譯と土着化」

(11) 木造建築は維持管理が欠かせない。それには経済力が必要である。手入れができない寺院は倒壊するか、朽ちるに任され消えた。

(12) 中一〇、三九、四一縁、下八、一一、一四、一六、一七、二二、二三、二七、二八、二九、三二、三三、三四縁

(13) 拙論「翻譯と土着化」

(14) 仏教東漸の過程で、仏教説話が土着のものとして語り直される現象については、桑山正進『大乗仏典　中国・日本篇　大唐西域記』一九八七年二月　中央公論新社参照のこと。

(15) 表二『日本霊異記』諸本概略参照。

(16) 京都大学附属図書館所蔵　国宝『今昔物語集』鈴鹿本
https://edb.kulib.kyoto-u.ac.jp/exhibit/konjaku/frame/kj12/kj12fr21.htm
https://edb.kulib.kyoto-u.ac.jp/exhibit/konjaku/frame/kj12/kj12fr22.htm

(17) 終迄、迄字、興本闕。依残画及賛作迄。

(18) 『東域伝燈目録』に「『霊情研神集』三十巻」が見える。

(19) 画畢上画字、興本闕。依残画作画。

(20) 斎字、興本作済。

(21) 安置二字、興本作買、『今昔』作安置。従『今昔』改。按、置与買、草体相似。当作置。

(22) 火字、興本作光。今昔作火。従『今昔』改。按、火与光、草体相似。

(23) 婦仏、婦字、興本闕。依残画作婦。

(24) 其咸、大正蔵一〇№二七九　于闐国三蔵実叉難陀奉制訳『大方広仏華厳経』第二十三巻　兜率宮中偈讃品第二十四「但為救済一切眾生、令其咸得一切智心、度生死流、解脱眾苦。」

(25) 魂、痕、漢韻、隋通押。魂、痕、文韻、漢魏通押。

(26)其敦、敦字、興本作孰、訓釈作敦。従訓釈改敦。按、敦与孰、形相似。伝写之訛歟。

(27)烈字、興本作列。按、烈与列、草体相似。

(28)聖典が火を逃れて焼け残る話柄は、二一世紀の現代でも好まれる。Facebookの投稿によると、二〇一九年三月三日、アメリカウェストバージニア州の教会で火災が発生、猛火にも拘わらず多くの紙の聖書が無傷で焼け残り、CNNも同月六日に報道した。

https://www.facebook.com/CCVFD105/posts/1508634686013394?__tn__=-R

https://www.cnn.co.jp/usa/35133775.html

(29)『大日本古文書』五―三三五～三五四　続修後集三四断簡裏

(30)『続日本紀』巻二二

(31)高野新笠は、百済王族佐平余自信（自進とも）の後裔で、父は和乙継《やまとの》。光仁天皇即位後に、高野朝臣に改氏姓する。佐伯有清『新撰姓氏録の研究』考證篇第五　一五～二三頁。吉川弘文館。一九八三年。

(32)西川明彦・成瀬正和「年次報告」六）中倉二〇　続々修正倉院古文書　第四六帙第四巻第一四紙『正倉院紀要』第二五号　一二二頁

(33)同前

(34)同前

(35)『大日本古文書』三―五六七

(36)『大日本古文書』三―五七一

(37)大正蔵一二№三六六　姚秦亀茲三蔵鳩摩羅什訳『仏説阿弥陀経』

又舎利弗、極楽国土有七宝池、八功徳水充満其中、池底純以金沙布地。四辺階道、金・銀・琉璃・頗梨合成。上有楼閣、亦以金・銀・琉璃・頗梨・車璩・赤珠・馬瑙而厳飾之。池中蓮花、大如車輪、青色青光、黄色黄光、赤色赤光、白色白光、微妙香潔。舎利弗、極楽国土成就如是功徳荘厳。

又舎利弗、彼仏国土、常作天楽、黄金為地、昼夜六時天雨曼陀羅華。

(38) 大正蔵 一二 No.三六〇 曹魏天竺三蔵康僧鎧訳『仏説無量寿経』巻上
一一華中出三十六百千億光、一一光中出三十六百千億仏、身色紫金、相好殊特。

(39)『大日本古文書』五―二五六 続々修四六―四

(40)『大日本古文書』五―二五六～七 続修別集三四裏

(41)『大日本古文書』五―二四三～四 正集五断簡一（八）

第五章　平安初期仏教界と五台山文殊信仰

――『日本霊異記』上巻第五縁五台山記事が語るもの

曾根正人

はじめに――問題の所在

『日本霊異記』上巻に、日本最古の五台山文殊信仰の痕跡と見られる記述がある。日本仏教黎明史概観に絡めて、大部屋栖野古の事績と冥界巡礼を語った第五縁の記述である。その冥界巡礼譚は説話の後半で展開される。概略を述べておこう。

推古天皇三三年に急死した屋栖野古は、冥界で雲の道を歩んで黄金の山に至る。そして麓に待っていた聖徳太子と共に、その山に登頂する。山頂には僧がおり、聖徳太子はその僧に、近々起こる災難を避ける仙薬を屋栖野古に与えてほしいと懇請する。これに応えて僧は、手に巻いていた玉を一つ取って屋栖野古に飲ませ、「南無妙徳菩薩」と唱えさせながら三度礼拝させる。次いで太子は、屋栖野古に早々に帰宅して仏を作る場所を掃除しておくよう命じ、自身も悔過を行った後に宮廷に帰って仏を作ると述べる。かくして冥界巡礼を終えて蘇生した屋栖野古は、その後人花上の位を受け、九〇歳で亡くなった。

以上が冥界巡礼譚の概要であり、説話本文はこれで終わっている。そしてその後に、屋栖野古に対する「賛」があり、最後にこの説話についての、以下のような解説が付されている。

「妙徳菩薩」は、文殊師利菩薩である。「飲ませた一つの玉」とは、災難を免れさせる薬である。「黄金の山」とは、五台山である。聖徳太子が「宮廷に帰って仏を作る」と言ったのは、聖武天皇として日本に生まれ変わって、寺院を建て仏像を造ったことをいう。聖武天皇と同時代を共に生きた行基大徳は、文殊師利菩薩の化身である。これは実に不思議なことである。

『日本霊異記』が成立したのは、弘仁一三年（八二二）頃とされている。この時期南都薬師寺僧であった景戒は、ここに見える知識・信仰を持っていたのである。その知識・信仰とは、まずは厄除けに効験ある尊格としての文殊菩薩信仰、次いで五台山が文殊菩薩の住処であるとする五台山信仰、そして聖武天皇を聖徳太子の生まれ変わりとし、行基を文殊の化身とする信仰である。また聖徳太子が比丘に「仙薬」を所望していること、「賛」の屋栖野古の人物評に「仙道を貴び、仏法に従う」とあること等を見るに、五台山がらみの文殊信仰には、神仙道的な要素も絡んでいたと考えられる。

本稿は、これらの中核となる文殊信仰に焦点を当てる。そして課題とするのは、平安初期仏教界における文殊信仰の存在様態の解明である。まず背景を含めて、課題の内容を具体的に述べておこう。

第一の課題は、日本において五台山文殊信仰が流布し始めた時期と状況の明確化である。旧来の一般的理解では、それは五台山巡礼を果たした円仁の帰国からとされている。ただ後述するように、渡唐以前の円仁は、五台山および五台山文殊信仰についての知識をほとんど持っていなかった。入唐後に、初めてその概要を知るのである。ちなみに円仁の入唐は承和五年（八三八）～同一四年であり、『日本霊異記』が成立した弘仁年間から少し後になる。五台山文殊信仰が見える『日本霊異記』成立より後に入唐した円仁が、五台山情報をほとんど知らなかったのである。まずはこうした事実の背景にある、五台山知識や信仰の流布状況を明らかにしたいと考える。またこの時期、唐における五台山文殊信仰は、金剛界密教に基づく不空流のそれになっている。円仁が請来したのもこれである。ただ金剛界密教自体は、先んじて空海が請来したことになっている。だとすると、五台山文殊信仰についてはどうだったのだろうか。円仁請来以前には、日本に存在しなかったのだろうか。この点も考察しながら、流布状況の分析を進めたいと考える。

第二の課題は、奈良時代からの伝統的文殊信仰の状況を再検討して、第一課題で分析した五台山文殊信仰との位置関係を照射し、この時期の文殊信仰全体の存在様態を明らかにすることである。これと関連して、円仁が渡唐する少し前の天長年間（八二四～八三三）の南都で、勤操を中心にした文殊会創始・振興の運動があったことが、夙に指摘されている[1]。そして近年、この運動にいかなる政治的・宗教的背景があったかが議論の対象となっている[2]。こうした研究動向も踏まえて、五台山文殊信仰だけでなく他の文殊信仰も含めた総体を照射し、当時の文殊信仰全体の存在様態に迫りたいと考える。

行基文殊化身信仰についても併せて考察しておきたい所だが、この信仰が本格的展開を見るのは、一〇世紀以降のことである。本稿の主対象とする九世紀段階では端緒しか見えておらず、史料もほとんどない。よってこれについては他の機会に後世の状況とも併せて、行基文殊化身信仰の展開という主題で扱いたいと考える。

一　円仁・最澄と文殊信仰

まず円仁入唐時の五台山認識を、『入唐求法巡礼行記』から確認しておこう。承和五年（唐開成三年）に揚州に上陸した円仁は、当地でいくつか仏書を書写している。そのなかには、五台山縁起である『清涼山略伝』や、五台山霊験譚も載せる『法華霊験伝』『感通伝』が含まれている。従って揚州上陸時点で円仁が、五台山についてまったく無知だったとは考えにくい。ただ以下に引く、翌年の赤山法華院における新羅僧聖林等との邂逅記事からするに、五台山は特別な関心対象ではなかったと考えられる。

（新羅僧聖林が言うには、）「北に向かって巡礼すれば、五台山がある。ここから約二千里であり、南の天台山は遠く、北の五台山は近い。また聞いた所では、天台宗の玄素座主の弟子で志遠・文鑒という座主が法華三昧を会得して、いま五台山で天台法門を伝えている。また五台山北台に宋谷寺という寺があって、かつてある僧が法華三昧を修行して得道したという。最近では、進禅師という楚州龍興寺の僧が、涅槃経一千部を持って五台山に入り、志遠禅師から法華三昧を伝授され、さらに道場で普賢に逢うことを祈願して修行し、実際に大聖（普賢あるいは文殊）の示現を得たという。これは二〇年ほど前のことだ。」（中略）聖林との会話では、いつも聖地五台山の話が出て、彼の語るその盛儀は素晴らしいものだった。いま偶然にもそのような聖地の近くにいることが、とても嬉しく思われた。そこで当面天台山に行くのを休止して、ここから五台山に行くことを決心するに至った。(3)

五台山の位置ばかりでなく、その聖地としての概要についても、初めて知ったような書き方である。また五台山が文殊の住所であることは、当然聖林も説明しているはずなのに、『入唐求法巡礼行記』が記す聖林の五台山解説は、法華三昧関係のことばかりである。聖林は、「天台山に行く目的を追い続けて帰国を忘れ」、結果として赤山法華院に二〇年滞在している僧侶であるから、彼自身天台宗僧侶だったのであろう。それが同じ天台僧である円仁が相手ということで、五台山の紹介においても法華経関係の行業・事象が主となったのかもしれない。ただそれにしても、文殊にまったく触れないか（「大聖」を普賢と解した場合）、普賢に逢うという祈願と矛盾した文殊示現（「大聖」を文殊と解した場合）しか述べない円仁の記述からは、文殊信仰への関心は窺われない。この時の円仁において五台山は、天台法門を学べる、天台山代わりの巡礼地として選ばれただけだった。文殊の住所たる聖地という五台山本来の意味や信仰に、目は向いていなかったのである。

こうした円仁の認識は、五台山入山以後大きく変わっていく。入山後最初の停点普通院に着いて中台を望見・礼拝した際には、感激で「無意識に涙が流れた。」と記し、「これこそが清涼山である。金色世界にして、文殊菩薩が現に人々を教化している場所である。」と、高らかに宣言している[4]。この高揚・感激はその後の六月・七月の文殊の示現においてピークを迎え[5]、五台山文殊信仰者円仁の誕生を見ることになる。

ただ停点普通院の段階では、入唐前からの円仁の文殊認識が窺われる記述も見えている。それは、食堂の上座像が賓頭盧ではなく文殊であることを怪しんで、寺僧に質問をしたという記述である。この質問で想起されるのは、最澄の大乗戒壇創設運動において戒壇創設の根拠の一つであった、大乗寺食堂においては文殊が上座という主張である。そこでこの主張を再検証して、円仁の質問の背景を考察してみよう。

文殊上座の主張がもっとも顕著に展開しているのは、『顕戒論』巻中「文殊が上座たるべきことを明らかにする篇　第三」である。そのうち「大乗における上座の典拠を示す　十五」では『文殊師利般涅槃経』全文を引き、これを典拠として、大乗寺において文殊上座像を置くことは明らかであるとする。さらになかでも重視すべき経文をいくつか引いて、文殊上座像を安置・礼拝することで生ずる功徳（滅罪・守護の功徳や、悪道に墜ちず仏国土に生まれる功徳）を宣揚する。そしてこうした功徳のゆえに、インド・唐の大乗寺食堂では、文殊上座は常識となっていると述べて、自らの主張の根拠としている。また次の「唐における文殊上座という新制の証拠を示す　十六」では、諸寺食堂に文殊上座像を安置すべしとの不空上表を受けた大暦四年（七六九）の制文を引き、以後唐の諸寺では、みな文殊上座となっているとする。そして改めて、これがインド・唐の大乗寺における常識であると結論している。さらに続く「直前の入唐留学僧が文殊上座を言わない理由を示す　十七」では、僧綱からの反論（最近入唐留学した行賀や永忠は、唐における文殊上座の例を知らないと言っているとの反論）に対して再反論する。すなわち行賀は法相宗僧で永忠は三論宗僧であり、いずれも天台宗や密教のような大乗宗僧ではないとする。そして訪問寺院が大乗寺ではないから、文殊上座となっていなかったのだと主張するのである。

円仁が師最澄のこうした主張を知っていたとすれば、停点普通院で文殊上座を見た時の反応は不可解である。文殊の住所五台山の寺院で師の主張が証明されたのであるから、普通は大いに納得し喜ぶはずである。ところが円仁は、賓頭盧上座ではなくて文殊上座であることを怪しんでいるのである。この反応は、賓頭盧上座が普通と認識していたことを物語る。だとすれば最澄の文殊上座が正当という主張、少なくとも唐の諸寺はみな文殊上座となっているという主張は、円仁に伝わっていなかったと考えざるを得ない。文殊上座に関する最澄の主張は、日本仏教界どころか弟子にも浸透していなかったのである。

こうした状況からすると、最澄の食堂上座をめぐる文殊への注目を、無批判に天台宗全体に広げて考えることは出来ない。旧来の南都文殊会創始研究においては、最澄の文殊上座の主張をもって、天台宗における文殊信仰の隆盛の表象としてきた(6)。だが最澄のこうした主張は、天台宗全体のものではなかったのである。そしてさらに重要なのは、最澄においても、その文殊上座の主張を、そのまま文殊信仰の表出とは解し得ないということである。

繰り返すが、最澄の文殊への言及は、もっぱら大乗寺食堂の上座像の問題をめぐってなされている。つまりそれは、大乗戒壇創設の正当性を証明するための手段としての文殊への言及なのである。一方文殊信仰と言えば、普通それは文殊を特別な主尊として信奉し祈願する信仰のことである。『顕戒論』等における大乗戒壇創設を主張する手段としての文殊への言及や重視は、そうした信仰とは別次元のものである。そしてそのような文殊信仰の表出と見なせる明確な文言は、最澄の著作に見出せないのである。さらに最澄が文殊信仰を持していたならば、それは入唐帰国時の請来典籍にも反映されるはずである。だが最澄の請来した文殊関係経典は、『台州録』に見える『梵漢両字文殊師利五字陀羅尼』一巻だけである。これは後に触れる空海が、不空訳八部を中心に全一三部を請来しているのと比べて、あまりにも少ない。そこに文殊信仰者最澄の姿は、窺えないのである。ちなみに吉田靖雄氏によれば、南都には奈良時代からの『維摩経』問疾品に依拠した治病祈願の文殊信仰があったとされるが[7]、最澄がこれに注目していた様子も見えない。伝統的な信仰においても、文殊信仰者最澄の姿は見えて来ないのである。

さらに旧来の文殊会創始研究においては、最澄の文殊信仰を、不空のそれを継承したものとしている。だが確認しておくべきは、不空が宣揚したのは金剛界密教の文殊信仰であるという点である[8]。周知のごとく最澄は、入唐するまで密教自体に触れることすらなかった。さらに入唐時も、金剛界密教には接していない。そうした最澄が、金剛界密教の文殊信仰を受容し継承していたとは考え難い。実際『顕戒論』における不空表の引用をはじめ、最澄の文殊への言及に、転輪聖王と金剛界文殊を結びつけた不空流の解釈は見当たらない。金剛界密教についての理解を窺わせる文言も見られない。最澄が不空流の金剛界密教文殊信仰者であったとするのは、非現実的と言わざるを得ないのである。

結局いずれの意味においても、最澄を文殊信仰者とすることは出来ない。その文殊上座の主張は、あくまで大乗戒壇創設の根拠として用いるためのものであって、文殊信仰と呼べるものではなかった。またそうした手段としての主張だったためであろう、最澄の文殊上座の主張は、天台宗内でも浸透しなかった。それゆえ円仁も、五台山文殊信仰についてほとんど知らず、食堂上座像についても南都の常識的知識しか持たないまま、入唐することとなったのである。そしてその結果が、停点普通院における文殊上座を巡る言動だったのである。

以上の分析を踏まえるならば、円仁が入唐帰国する承和年間までの天台宗においては、五台山文殊信仰が流布していたとは考えられない。従って勤操を中心にした文殊会創始の運動の背景に、天台宗における文殊信仰の隆盛があったとすることは出来ない。また南都側にしても、『顕戒論』「文殊が上座たるべきことを明らかにする篇　第三」に引く僧綱の反論を見るに、五台山文殊信仰にはまったく触れていない。彼等も、五台山文殊信仰については不案内だったと考えられる。こうした点を勘案するに、円仁帰国以前の日本仏教界においては、五台山文殊信仰はほとんど流布していなかったと考えられる。では当時のそれを巡る状況は、いかなるものだったのだろうか。節を改めて考察してみよう。

二　平安初期日本における五台山文殊信仰

円仁帰国以前の五台山文殊信仰流入に関する史料は、『日本霊異記』上巻第五縁以外にもある。後世の史料では、保延六年（一一四〇）から数年の間の撰述とされる、大江親通『七大寺巡礼私記』興福寺玄昉の条に、玄昉『五台山記』の引用とする記事がある。これによれば、玄昉は慶寛と開元一三年（七二五）に入唐して五台山に入り、文殊菩薩の示現に逢ったという。ただ『五台山記』という書物は、他史料に見えない。玄昉の五台山入山のことも、やはりまったく見えない。『七大寺巡礼私記』が、南都諸寺訪問の際の私的な聞書きであることも考慮するに、この記事は誤伝と考える。

また『宋史』日本伝には、光仁天皇の二四年に霊仙と行賀を入唐させ、五台山を巡礼させて仏教を学ばせたとある。このうち行賀については、入唐年次が他史料や僧綱としての履歴と整合しない。また円仁が霊仙の記録を見た際の『入唐求法巡礼行記』記事では、行賀と同行したはずの霊仙は、単独で五台山に入山したように記されている。そして行賀にはまったく言及されていない(9)。さらに『宋史』以外の史料に、行賀と五台山や文殊を結びつけるような記述は残されていない。以上からして、これも誤伝の可能性が高いと考えられる。

一方霊仙については、実際に五台山に入っていたことが、『入唐求法巡礼行記』『続日本後紀』『類聚国史』等で確認できる。足跡を概観しておこう。霊仙はもともと興福寺の法相宗僧で、宝亀四年（七七三）ないし延暦二四年（八〇五）に入唐した。入唐後は中国仏教界で活躍し、般若三蔵の訳経事業にも協力したとされる。五台山には、弘仁一一年（八二〇）までには入っており、天長五年（八二八）以前に当地で毒殺されたとされる。また五台山在住の間に日本朝廷と連絡を取っており、表物を送ったり、逆に金を賜ったりしている。一一世紀の入宋僧成尋は、霊仙を五台山巡礼の先駆者と位置付けているが、現存史料から見ても霊仙は、五台山入山が確認できるもっとも古い日本人ということになる。また朝廷との交信関係からするに、淳和・仁明宮廷においては、それなりに知られていた僧侶だったであろう。だとすると、五台山あるいは五台山文殊信仰についての情報も、彼との通信を通じて、ある程度は伝わっていたと考えねばなるまい。

ちなみに少し後になるが、法脈も所属寺院も不明ながら、承和八年（八四一）の入唐を皮切りに、何度も日唐間を往復した恵蕚という僧がいる。彼は、『籌海図編』『入唐求法巡礼行記』『文徳実録』『元亨釈書』等によれば、承和八年をはじめ複数回の五台山巡礼を行っている。そしてこの巡礼は、嵯峨天皇皇后で仁明天皇生母の橘嘉智子の命を受けたものとされている。一方円仁の入唐は同五年で、五台山巡礼は同七年、帰国は同一四年である。そしてこの承和七年の五台山巡礼から翌年の恵蕚入唐までの間に、円仁が日本と交信を行った記録はない。だとすると橘嘉智子や恵蕚は、円仁帰国以前に日本で独自に五台山情報に接していたことになる。そこで先の霊仙の足跡を顧みるに、その情報も、もともと霊仙が淳和・仁明宮廷にもたらしていたものだったと考えられるのである(10)。

さらに、この恵蕚が渡唐・帰国過程で何度か行動を共にしていた、恵運という僧侶がいる。承和九年

（八四二）に入唐した東大寺真言宗僧で、安祥寺の開基である。彼は『安祥寺伽藍縁起資材帳』によれば、その入唐目的の一つに五台山巡礼を挙げている。そしてこの恵運の入唐の背後には、外護者として仁明天皇女御藤原順子がいたとされる。ここにも、霊仙が宮廷にもたらした五台山信仰の影響を見ることが出来るのである。(11)

こうした諸事象を勘案するに、淳和・仁明宮廷ことに仁明宮廷においては、霊仙を発信源とする五台山信仰が、ある程度は流布していたと考えられる。そこで次に、こうした霊仙起源の五台山信仰と、冒頭に挙げた『日本霊異記』の五台山文殊信仰との関係を考えてみよう。

『日本霊異記』という説話集の成立は、先述の如く弘仁一三年（八二二）頃とされる。収録された説話の成立はそれ以前ということになるが、上巻第五縁の本体説話だけから五台山文殊信仰の痕跡を抽出するのは困難である。基準となるのは景戒が解説を付した時期、すなわち『日本霊異記』編纂の弘仁一三年に近い時期ということになろう。一方霊仙の五台山入山は、弘仁一一年までのこととされている。だとすると、入山時期がいくらか早くても、その五台山情報が弘仁一三年頃までに景戒クラスの官僧に伝わって、『日本霊異記』の説話解釈に反映されるというのは、展開が速すぎる。ましてや『続日本後紀』『類聚国史』の霊仙関係記事を見れば分るように、霊仙と日本との通信は、渤海使等を経由した相当迂遠な経路で行われているのである。こうした点からするに、『日本霊異記』の五台山知識は、霊仙以前に得られたものと考えねばならない。そして既に見たように、『日本霊異記』成立以前の日本における五台山との交流についての記録は、信憑性の高い史料には見えない。これらからするに本縁に見える知識が、景戒の時代に近い時期に唐からもたらされた知識・信仰とは考え難い。吉田靖雄氏は、本縁に見える景戒の知識について、『請賓頭盧法』『文殊師利般涅槃経』『清涼山伝』等の所説についての耳学問から得たものであり、正式に受学して得た知識ではないとしている[12]。上記の考察からするに、これは妥当な見解と考える。上巻第五縁の五台山文殊信仰は、景戒が個人的に仏典から得た知識だったのである。

以上の考察を踏まえて、ここで円仁帰朝以前に五台山文殊信仰を知っていた人物を整理してみよう。まずもっとも古い時期の事例として、薬師寺景戒が挙げられる。次いで、大乗戒壇創設を巡って五台山文殊信仰に言及している最澄である。そして興福寺法相宗霊仙と、彼からの情報によって五台山信仰に接した仁明朝廷周辺の橘嘉智子と藤原順子、そして東大寺真言宗恵運と寺院・宗派不明の恵蕚となる。このうち景戒の知識は、先述の如く耳学問で得た個人的なものであり、広がりを持つものではなかったと考えられる。また最澄の五台山文殊信仰への言及も、引用した不空上表に出て来るだけの間接的なものである。最澄の知識も、聞きかじり程度のものと思われる。

ちなみに円仁においては、彼等と比べても、五台山文殊信仰と接する機会は少なかったと考えられる。円仁は、五台山文殊信仰関係の典籍がある南都と直接接触のない東国に育った。円仁の出家の師は、鑑真の「持戒第一の弟子」にして「東国の化主」（『叡山大師伝』）と呼ばれた道忠の弟子広智である。広智は自身も東国仏教の中心人物であったほか、最澄や空海とも早い時期から親交があった。だが会津の徳一のような、南都仏教教学の主流に連なる学僧ではなかった。円仁が広智から、五台山文殊信仰について教えられることはなかったと考えられる。そして円仁は、この広智から最澄に弟子入りすべく直接比叡山に送られ、最澄の下で受戒している。五台山知識を得られる南都との接触が、極めて少ない環境で育っているのである。そして最後に師事した最澄の五台山文殊信仰についての知識は、既に見た通りである。入唐以前の円仁には、五台山文殊信仰に親近する契機はほとんどなかったのである。彼の五台山文殊信仰に関する知識は、『入唐求法巡礼行記』から窺われる通りの、ごく簡略なものだったと考えられるのである。

結局現存史料で見る限り、円仁帰朝以前に五台山文殊信仰についての知識を持っていたのは、橘嘉智子・藤原順子・恵運・恵萼という、いずれも霊仙を情報源とするグループだけということになる。霊仙からの情報がもたらされる以前の日本では、五台山文殊信仰が注目されていた様子は見えないし、それに関する知識も流布していなかった。日本における五台山文殊信仰は、霊仙からの情報流入によって始まったのである。そしてこの時期に、勤操を中心とする南都文殊会創始の運動が起こっている。だとすると霊仙の情報が、文殊会創始に繋がる要因だったのだろうか。節を改めて考察してみよう。

三　南都文殊会成立の背景

この問題について旧来研究は、天台宗の文殊信仰隆盛以外にも、いくつかの要因を挙げている。先述の如く吉田氏は、奈良時代からの顕教文殊信仰の存在を指摘しており、これが勤操等による文殊会創始を導く底流になったことは間違いなかろう。ただ一方で吉田氏は、五台山文殊信仰知識の基本典籍である『清涼山伝』『華厳経伝記』が天平末年に書写された記録があり、また先述の『宋史』に行賀・霊仙の五台山巡礼記事があることをもって、奈良時代末までには、五台山やその文殊信仰についての知識は、「相当程度」流布していたとする[13]。

だが『宋史』の行賀記事が誤伝の可能性が高いことは、すでに指摘した通りである。また五台山文殊信仰情報が載っている典籍が書写されているからといって、それが即情報の敷衍を意味するわけではない。個人的な耳学問とはいえ、景戒クラスの官僧が情報を得ていたことからして、一部では知られていたのであろう。ただ前章の分析を踏まえるならば、「相当程度」流布という状況は想定しにくい。日本仏教全体としては、五台山文殊信仰に関する知識は、あまり広まってはいなかったと考えられるのである。

また上田純一氏は、文殊会創始は、最澄の文殊上座を振りかざした南都攻撃に対する巻き返しであるとする。そして同時に、疫病流行と天台宗の文殊信仰隆盛という状況を受けて、南都の伝統的治病祈願の文殊信仰を復活させたものとする[14]。だが前章までの考察で明らかなように、天台宗における文殊信仰の隆盛を確認することは出来ないし、南都や天台宗で五台山文殊信仰が流布していた様子も見えなかった。よってこれらの部分は認めることは出来ない。ただそれ以外の、文殊会創始の基盤を南都の伝統的文殊信仰に求める上田氏の指摘は、適切であると考える。

文殊会創始運動の本質を伝統的文殊信仰の振興と見る点は、中本由美氏も同様である[15]。中本氏が吉田氏・上田氏と共有する、天台宗における文殊信仰の隆盛、最澄における不空系文殊信仰の継承といった事実認識には従うことは出来ない。ただ南都の文殊会創始が、最澄の攻撃に対抗しようとして、既存の大安寺の法蔵系文殊信仰を行基菩薩信仰とを結合させて振興を図ったものとする指摘は、概ね適切と考えられる。

以上の旧来研究批判を踏まえるならば、最澄や天台宗の文殊信仰を除外した上で、南都文殊会創始についての有効な図式が見えて来る。すなわち南都の文殊会創始運動の底流は、伝統的な治病祈願の顕教文殊信仰にあった。『日本霊異記』上巻第五縁の説話本文の妙徳菩薩が屋栖野古に玉をのませた行為を、文殊菩薩が災難を免れさせる薬を飲ませたと解釈しているのは、こうした文殊信仰を反映したものであろう。景戒の五台山文殊信仰への関心も、一つにはこうした伝統的信仰から発していたと考えられる。そして天長年間の文殊会創始運動も、最澄の攻勢に対抗するという面はあるものの、基本的には伝統的文殊信仰の再興だったのである。

ただ本論で考察したように、最澄の攻勢は文殊信仰を基軸としたものではない。あくまでも大乗戒壇創設を主軸とする攻勢であった。そして大乗戒壇創設という文殊信仰とは直接関係のない最澄の攻勢が、文殊会創始運動を促した主要因だったとは考えにくい。やはり何らか直接文殊信仰を刺激した要因を求めるべきであろう。しかして前章までの考察を経て、そうした可能性のある要因として残っているのは一つしかない。霊仙からもたらされた、五台山文殊信仰情報の流布である。ところが現存史料で見る限り、霊仙からの五台山文殊信仰情報が、後宮や宮廷の枠を超えて広く流布した形跡はない。少なくとも淳和・仁明宮廷と、文殊会創始の中心人物勤操との繋がりを示唆する史料はない。これを勤操等の文殊会創始の直接の促進要因とするには、躊躇せざるを得ないのである。そこで最後に、もう一つの可能性を検討しておきたい。それは、空海による五台山文殊信仰の伝授である。

周知の如く空海は、入唐して不空の弟子恵果から胎蔵界・金剛界密教を受けている。不空畢生の事業である五台山文殊信仰宣揚やその教理的意味についても、聞いていたであろう。つまり空海は、天長年間頃までの日本において、不空流五台山文殊信仰を知悉している唯一の人間なのである。また先述のごとく不空訳文殊関係経典を八部を請来していることからして、彼自身も不空流五台山文殊信仰に関心を持っていたことが窺われる。五台山巡礼は行っていないが、帰国後の高野山開創の背景には、五台山のイメージがあったのではないかという推測もある(16)。十分可能性のある推測であり、五台山の存在は帰国後の空海において決して小さくはなかったであろう。これらからするに不空流五台山文殊信仰に関して空海は、宣揚役としてもっとも相応しい人物だったと言えよう。

また不空訳以外にも文殊関係経典五部を請来していることからするに、空海の関心は不空流のそれに限らず文殊信仰全般に亘っていたと考えられる。そうした空海にとって、南都の伝統的文殊信仰が存在する当時の仏教界は好ましい環境だったはずであり、それは新たな不空流文殊信仰の宣揚にも好適と見えたはずなのである。

ただこれらの好条件にも拘わらず、空海が五台山文殊信仰の宣揚を行った記録は、まったく残っていない。空海は、帰国後天長年間までの間に、灌頂や修法を国家仏事として定着せしめると同時に、東大寺別当に就任したり東寺を受領するなど、国家仏教に確固たる地位を占めていた。こうした立場で五台山文殊信仰の宣揚を行っていたならば、何らかの記録や痕跡は残るはずである。それがない以上、少なくとも表立った宣揚はなされなかったとする以外にない訳である。ただ一つ可能性として考えられるのは、僧侶個人レベルの交流における伝授である。

文殊会創始の中心人物であった勤操は、空海と親交が篤く、空海に求聞持法を授けたとも言われている。この個人的チャンネルを通じて、空海から不空流五台山文殊信仰を伝えられた可能性は考えても良いのではなかろうか。ちなみに勤操は、真言僧が兼学を義務付けられるなど、顕教教学のなかでは真言宗と最も関係の深い三論宗の学僧である。個人的交友でも専攻教学でも親近関係にあった空海から、未知の五台山文殊信仰の説明を受けることで、勤操は伝統的文殊信仰再興への大きな刺激を受けたのではなかろうか。

勤操を刺激しての文殊会創始を促したのは、不空流五台山文殊信仰であった。ただ勤操がそれを提示されたのは最澄からではなかった。不空流金剛界密教法脈に連なる、空海からだったと考えられるのである。

おわりに――円仁の五台山文殊信仰請来とその後

承和一四年に帰国した円仁によって、五台山文殊信仰は確固たる信仰としての歩みを開始する。それは嘗て霊仙からもたらされたそれと比べて、遥かに強い影響力をもって日本仏教界全体に流布することになる。円仁の帰国以後間もなく、五台山巡礼は、中国に渡航する全宗派の学僧の必須目的となるのである。

では霊仙からもたらされた五台山文殊信仰と円仁のもたらしたそれとの違いは、どこにあったのだろうか。まず何より大きいのは、円仁自身が五台山で文殊の示現に逢っていること、つまり五台山文殊による救済保証が現実に提示されていたことであろう。霊仙からもたらされたものも含め円仁以前の五台山文殊信仰は、知識レベルに留まるものである。霊験についても、中国における霊験譚という形で伝わっているだけであり、日本人が必ずしも確実な期待をかけられるものではなかった。中国での権威と霊異は聞き及んでいたとしても、日本人にとっては、遥かに仰ぐ信仰対象という域を出なかったのである。一方円仁の五台山文殊信仰は、円仁自身が現証を得ている。日本人でも救済を期待できる、確実な証拠を伴っていたのである。ここに、五台山文殊は、現実に救済してくれる可能性の高い有力信仰対象として立ち現れることになったのである。

さらに円仁は、文殊信仰と共に、五台山が擁していた多様で魅力的な仏教と他宗教の文化複合体をもたらした。五台山念仏もその一つである。これらも五台山という聖地の魅力を増幅させ、文殊信仰の振興を後押ししたであろう。かくして五台山文殊信仰は、円仁の属する天台宗という枠を超えて流布していくことになる。密教のみならず全文殊信仰の代表格として、日本仏教の有力信仰に成長するのである(17)。

一方勤操が創始した文殊会は、一〇世紀末には衰退する(18)。ただ再興された南都の顕教文殊信仰は、その後も密教文殊信仰の影響を受けて、様々な様態を生み出しながら存続する。そのなかで『日本霊異記』に見えていた、行基を文殊の化身とする信仰も保持されていった。一〇世紀後期には『三宝絵詞』巻中に見えるように、貴族社会にも常識として受容されるのである。

こうした以後の展開を見るならば、天長年間の南都文殊会創始、そして円仁の五台山文殊信仰請来は、単純な文殊信仰史の一コマではない。その後の日本仏教の在り方や日本仏教と中国仏教の位相を決定した、画期的事件だったのである。ちなみに冒頭に挙げた『日本霊異記』上巻第五縁の五台山文殊信仰関係知識は、直接こうした劇的展開と交差するものではない。ただ本縁に見える文殊信仰を取り巻く多様な信仰は、その後の展開に繋がる多くの可能性を提示していたのである。それは、平安文殊信仰が空海や円仁の刺激を受けて花開く前夜の、蕾の姿だったのである。

（1）吉田靖雄「文殊信仰の展開―文殊会の成立まで―」（『南都仏教』三八、一九七七。後に同氏著『日本古代の菩薩と民衆』吉川弘文館　一九八八に収録）。上田純一「平安期諸国文殊会の成立と展開について」『日本歴史』四七五　一九八七。
（2）中本由美「九世紀の日本における文殊信仰の特質―諸国文殊会を素材として―」『仏教史学研究』五九―二　二〇一七
（3）『入唐求法巡礼行記』開成四年七月二三日条
（4）同　開成五年四月二八日条
（5）同　六月二一日条・七月二日条

（6）上田純一　前掲論文。中本由美　前掲論文。また吉田靖雄前掲論文は、天台宗全体の文殊信仰隆盛には言及しないが、『顕戒論』の不空上表引用をもって最澄の文殊信仰の現れとしている。
（7）吉田靖雄　前掲論文
（8）中田美繪「五臺山文殊信仰と王権―唐朝代宗期における金閣寺修築の分析を通じて―」『東邦学』一一七　二〇〇九
（9）『入唐求法巡礼行記』開成五年七月三日条
（10）森公章『成尋と参天台山五臺山記の研究』吉川弘文館　二〇一三。田中史生『入唐僧恵萼と東アジア』勉誠出版　二〇一四
（11）森公章　前掲書
（12）吉田靖雄　前掲論文
（13）同右
（14）上田純一　前掲論文
（15）中本由美　前掲論文
（16）吉川真司「平安京」（『日本の時代史5　平安京』吉川弘文館　二〇〇二）
（17）曾根正人「平安仏教の展開と信仰」（『岩波講座　日本歴史　第5巻　古代5』岩波書店　二〇一五）
（18）上田純一　前掲論文

第六章　光仁王統と早良親王の「生首還俗」

保立道久

はじめに――「二条河原落書」と『今昔物語集』（巻三一第四話）

「二条河原落書」の「生首還俗」の語義については『中世政治社会思想』（下）〔百瀬今朝雄執筆分〕にも注記がなく、一定した解釈をみない。生首が転がっているような場所で僧侶が還俗するというような解釈もあるが、「生首還俗　自由出家」と並べられている以上、「生首」は形容詞的な働きをしていて、「自由」、不規律というような意味であると考えるべきではないだろうか。もし、そうだとすると、普通、剃髪した人が髻を結うことができる長髪に戻るためには約一年余の時間がかかるといわれるから、「生首」とは、還俗して項を覆う髪が伸びる余裕もなく、後首が白いままの状態をいうのではないか。

参考になるのは『今昔物語集』（巻三一第四話）である。それによれば、絵師の巨勢広高が「世の中をあぢきなしと思ひ」出家したが、「公、此の由を聞こし召して、〝法師にても絵書かむことは、はゞかりあるまじけれども、内裏の絵所に召して使はれむに便無かるべければ、速かに還俗すべし〟と定められて、召して還俗すべきと定めらるゝ由を仰せ定めつ」という。巨勢広高は「宣旨限りあれば力及ばず」

としたがったというから、これは橋本政良がいう「勅命還俗」というべきものにあたる。[1]

興味深いのは、朝廷が近江守某に「広高を預けて髪を生さしむ」という措置をとったことで、これは「内裏の絵所」で仕事をするためには髪が十分に生えていなければならなかったことを意味する。近江守某が「東山にある所に広高を籠めすゑて、人を付けて髪を生さしむ」という処置を取り、「（広高は）人にも会わずして髪を生しける」とあることからすると、朝廷の「髪」を生やせという命令は相当に厳密なものであったとしていい。問題はどこまで生えているべきかということだが、これは髻を結って冠物をつけられるようになるまでであろう。

このように還俗はしたが、そこまで髪が伸びていない状況を「生首還俗」といったのではないか。還俗者はその間は一種の過渡身分、境界的身分というべき状態におかれていたから、「生首還俗」とはそれを嘲笑した言葉なのであろう。以下、有名な早良親王の還俗についても、それがこの意味での「生首還俗」であったことを論じ、奈良時代末期から山城時代にかけての政治史の再検討をしてみたい。

一　光仁と、その「仁孝」の子・桓武

まずこの時期の王権の歴史全体を簡単に振り返っておくと、大ざっぱにいって七世紀王朝は皇極（斉明）とその息子天智・天武の在位期間が長く、その実質からいっても母子王朝という特徴をもっているが、[2]八世紀の王朝は、天武と持統の息子、草壁皇子とその息子文武が二人とも若死にしたために、聖

武とその娘、高野姫天皇（孝謙＝称徳を以下、こう称する）の在位期間が長く、その実質からいえば聖武・高野姫の父娘王朝というべき時代であるということができる。問題は、このような経過が、王権内部の母子・父娘などの狭い関係の外にいる王族に厳しい運命をもたらしたことである。奈良時代の宮廷は、聖武―高野姫の系列に属さない多数の王族が流罪・死罪の運命にさらされるという無残なものであった。[3]そして、高野姫天皇は、子どもにめぐまれないままに死去し、そのため、七七〇年に天智天皇の孫にあたる光仁天皇、つまり桓武と早良の父が即位したのである。

光仁と井上内親王

光仁が天智の子孫の中から撰ばれた理由は、彼が高野姫の異母妹、井上内親王を妻としており、二人の間の子供（第四男）・他戸親王が皇太子として、聖武の血を伝えるという合意があったためであった。[4]しかし、この合意は、すぐに覆されることになる。つまり、他戸が立太子した一ヶ月後、宝亀二年（七七一）二月、この経過を調整してきた北家藤原氏の永手が死去した。[5]すると、光仁は永手の弟の魚名を新しい相談相手として[6]過去の経過をご破算にする道を歩み始めた。魚名は妻の藤原家子の兄弟にあたる式家の藤原良継と百川の兄弟を使嗾し、また家子が尚膳としてもっていた後宮への影響力にも依拠して事態を動かしたのであろう。そこに良継・百川の弟で他戸の東宮坊の大夫であった蔵下麻呂がかんでいた可能性もある。九世紀に、藤原氏の内の北家と式家が権力の座に残った原点は、ここにあったといってよい。

他戸立太子の年の一一月に遣唐使船の造営が始まっていることに示されるように[7]、この陰謀はしばらく隠されていたが、他戸が立太子して一年と少しが経ったころ、宝亀三年（七七二）三月、光仁とその側近は、井上内親王が呪術によって謀反をたくらんでいるという疑いを暴き立てた。これは他戸の東宮庁に仕えていた槻本公老が桓武に通じているのを知った井上内親王が怒って折檻した事件に一つの根があったらしく（『類聚国史』巻七九賞功）、せいぜい内親王家の誰かが桓武（そして桓武の母の高野新笠）を呪詛した程度の事件であったろうが、これを口実に、光仁は井上内親王を廃后し、他戸親王を廃太子にして宮廷を追い出した。

この事件の翌年、宝亀四年（七七三）の一月、光仁の長男・桓武は、他戸親王にかわって皇太子となった。普通は、この廃后・廃太子事件の首謀者は藤原良継と百川であって、彼らは桓武立太子のために謀略を企てたのだとされる。しかし、これは悪行は臣下がやるものだという図式に過ぎない[8]。そこでは魚名の位置が見逃されているし、なによりも光仁自身の意思なしには、井上内親王と他戸親王の廃后・廃太子はありえない。老王光仁の妄執が、事態を底知れぬ混迷に落とし込んだのである。それをさらに陰惨なものとしたのは、桓武立太子の年の宝亀四年（七七三）一〇月に光仁の同母の姉の難波内親王が死去したことにあった。光仁は、これも井上内親王の呪詛によるものだとして、井上・他戸の母子を大和国の南部、宇智郡の家に幽閉する。翌々年、宝亀六年（七七五）四月二七日、井上と他戸はそこで死去した。二人の死が同日であることは、彼らが自死したか、殺害されたことを意味している。

そして、そのしばらく後から関係者の連続死のなかで井上内親王と他戸の怨霊の噂が広がっていった。

まず同年の七月に他戸の東宮大夫であった藤原氏式家の蔵下麻呂が死去し、翌々年、宝亀八年（七七七）九月には同じく式家の長者、良継が没する。そして、その二ヶ月後、一一月には光仁天皇自身が不予（病）となり、一二月に、今度は桓武が病の床につく。その直後に井上内親王の墓が改葬され、その墓を「御墓」と呼ぶと決められたことからすると、すでに、井上・他戸の怨霊の噂が無視できないものとなっていたのであろう。良継は六二歳であるが、蔵下麻呂は四二歳での死去であるから、すでに蔵下麻呂の死去の後に怨霊の噂がささやかれていた可能性が高い。

年を越えて、宝亀九年（七七八）正月元日の儀式は皇太子桓武の病によって廃朝となり、その恐れによってであろう、井上内親王の墓が再度改葬されるという騒ぎになる。そして三月には桓武の平癒祈願の祈祷が東大寺・西大寺・西隆寺（西大寺に対応する尼寺）の三寺で行われる。桓武の平癒がことさらに聖武王統の寺院で行われた意味は明らかであろう。さらに天下大赦が令ぜられ、大祓をして伊勢神宮に捧幣し、畿内の諸堺で疫神をまつるという慌ただしさである。続いて五月二一日、二五日と連続して地震が発生し、その直後に光仁の姉の坂合部内親王が死去した。桓武は相当の重病だったのであろう。十月になっても本復せず、自身で伊勢に参詣するという異例な展開となる。さらに、翌宝亀一〇年（七七九）六月に周防国の豪族の奴隷が「自らを他戸皇子と称して百姓を誑惑せり」という事件が発生した。噂は全国に広がっていたのである。これは同じ七月に唯一残った式家の兄弟の一人、百川が死去したことで、さらに決定的になったはずで、こうして、井上・他戸の怨霊の祟りの噂は正真正銘の事実と受け止められたのである。

こういう経過のなかで、天変地異が大きな話題となった。それは日蝕・落雷・鳴動や旱魃、さらには疫病の流行や飢饉などの諸記事に現れているが、問題は地震の多発である。まず、他戸が廃された翌年、桓武が立太子した宝亀四年（七七三）には、二月に二回、八月に一回、一〇月に二回と地震が続いた。また宝亀六年（七七五）には二月に一回、五月に一回、そして一〇月に一回と地震が起きている。とくに五月の地震は井上・他戸が四月末に大和宇智郡の幽閉場所で死去した直後であり、その一〇日ほど後には、藤原魚名の朝廷の座に野狐が侵入し、その翌日には「白虹天を竟る」という異変が起きている。そして七月に蔵下麻呂が死んだ後、一〇月六日にも地震が起きている。他は軽微なものであったろうが、これはある程度の大きさをもった地震であったらしい。一〇日ほど経って一九日には内裏に僧侶二百人を集めて大般若経の転読を行い、「風雨と地震」の恠異を払う大祓を行っている。ここで地震が大般若読誦と大祓で払うべき恠異であることが明記されているのはきわめて重要である。[9] 翌年も翌々年も、「災変」「宮中の妖怪」を理由として同趣旨の大般若経転読が大祓と一緒に行われている（『続日本紀』宝亀七年五月三〇日条。宝亀八年三月一九日条）。「宮中の妖怪」とは確実に井上・他戸に関係するものだったのであろう。

また宝亀七年（七七六）九月、約二〇日に渡って、夜毎に瓦・石と土塊が内裏の一部と京都の民屋の上に落ちるという事件が起きている。流星群の落下とも解釈されているが、その実態は不明としても、続いて一〇月、一一月と地震が連続した。拙著『歴史のなかの大地動乱』（岩波新書）で論じたように、長屋王の怨霊が地震を引き起こし、聖武の東大寺大仏建立はそれを鎮めるためのものという側面をもっていた。ただそれは史料に明記されているのではなく状況証拠による立論であった。それに対して、これらの史料は、井上・他戸の母子が地震を引き起こすまがまがしい怨霊となっていることを明瞭に示している。光仁・桓武にとっては、井上・他戸を死に追い込む上で共謀した式家の藤原良継・百川などが次々に死んでいったことは衝撃だったろう。

光仁は七八一年に天応に改元して恠異と疫気を払おうとしたが、二月に桓武・早良と同じ高野新笠の所生の娘、能登内親王が死去した前後から病づいてしまう。娘の死がショックだったのであろうか。こうして光仁は四月三日に譲位し、この年の年末、七三歳で死去することになる。『続日本紀』がこの年一〇回もの地震を記録しているのは、極めて小さい地震までを数え上げて譲位という事態の重大性を飾ったものかもしれないが、これくらいの頻度の地震記事は九世紀にも多い。これによって宮廷の状況が暗さをましたのは事実であろう。光仁譲位の詔には「嘉き政りごと頻りに闕けて、天下得治めず成りぬ。加以、元来風病に苦しびつ。身体安からず」とある。

桓武と酒人内親王

さて、この譲位の詔には桓武について、「子を知るは親と云へりとなも聞しめす。この王は弱き時より朝夕と朕に従ひて今に至るまで怠る事無く仕へ奉るを見れば仁孝厚き王に在り」とあるが、桓武の前半生は不明部分が多い。しかし、光仁即位のときには三二歳になっていた。重要なのは異母妹の酒人内親王（光仁と井上内親王との娘）との関係である。彼女は、光仁即位の年、宝亀元年（七七〇）に三品に叙されているが、そのとき桓武は四品に叙されているから、酒人は兄の桓武より上という異様に高い位置にいた。これが聖武の孫、高野姫の姪という地位によるというのも露骨なことである。しかし、宝亀三年（七七二）、母と弟が廃后、廃太子されるや、桓武と酒人の尊貴性は逆転した。酒人は、そのしばらく後、一一月に伊勢斎宮に卜定され、桓武は酒人の斎宮卜定の約二月後、宝亀四年（七七三）一月、三七歳で立太子した。そして酒人はその翌年、宝亀五年（七七四）に伊勢に向かったのである。(10)

問題は、この事情であるが、おそらく酒人の斎宮卜定は、井上と他戸の排除以前からの本来の計画であったのであろう。近年、酒人が斎王として伊勢に下った前後に異様なほどの規模の宮殿区画が成立したことが明らかになっているが、(11)それは以前からの計画とした方が、了解しやすいように思う。そして、もしそうだとすると、酒人と桓武の婚姻も早くから予定されていたのではないだろうか。つまり、酒人は宝亀六年（七七五）に大和国に幽閉されていた母と弟が毒殺された後に斎王から退下したが、宝亀一〇年（七七九）、桓武との間に朝原内親王を儲けている。こういう母と弟の殺害に責任のある側の人間と結婚するというのは、王族も人間である以上、酒人は当初から母井上も合意して桓武と婚姻することになっていたとした方が分かりやすい。

一般には、光仁―桓武は婚姻相手に式家の女性を選択したといわれている。たしかにまず式家の藤原良継の娘の藤原乙牟漏との間に、桓武が立太子した翌年、宝亀五年（七七四）、平城が生まれる。婚儀の時期は明瞭ではないが、桓武の立太子が七七三年一月、平城の誕生が七七四年八月一五日ということからすると、乙牟漏との婚儀は、桓武の立太子の前後であったろう。桓武の立太子の時には、すでに、酒人は斎王に選定されて神の許にいたから、桓武が立太子にともなって妃を迎えたのは自然なことであったろう。しかし、本来の計画では、むしろ乙牟漏よりも酒人と桓武の婚姻が先行すべきものであったのであろう。桓武が子供たちにさせた偏執的な異母兄妹婚は注目されているのに対して[12]、光仁についてはとくに指摘がないが、「親を知るは子」でもあったのではないだろうか。後々まで桓武は酒人のやや放縦な生き方を容認したといわれており、この仮定をおくことで、事態の経過と桓武と酒人との関係の微妙さを理解できるように思うのである。

二　早良親王の前半生と立太子の事情

光仁譲位と桓武の即位の翌日、早良親王が皇太弟として立太子した。注目すべきことは、桓武の即位の宣命に「掛けまくも畏き現神と坐す倭根子天皇我皇、此の天日嗣高御座の業を、掛けまくも畏き近江大津宮に御宇しし天皇の勅り賜ひ定め賜える法のままに」とあることであろう。この宣命は、桓武の王権を明瞭に天智→光仁の血統に属するものと位置づけているが、それは桓武の自己認識である前に、光仁の意思であった。光仁は、聖武の娘の子、つまり聖武の孫である他戸を排除することによって、天武→草壁→文武→聖武と続いた天武系王統に、自己の王統が取って代わったことを宣言したのである。しかし、光仁が深層意識においては自己の皇后であった井上内親王と他戸の怨霊を恐れていたことは前記の諸事実からいって明らかである。

仏僧としての早良

さて、以上のような父と兄の行動によって早良の人生は大きな影響をうけた。早良の経歴についてはまず生年が問題になる。『本朝皇胤紹運録』は立太子の時、早良は三二歳とする。『本朝皇胤紹運録』は後の史料なので、そのまま依拠するわけにはいかないとしても、誕生は天平勝宝二年（七五〇）、父の光仁（七〇九〜七八一）が四二歳の時のこととなる。同母の兄の桓武との年齢差は一二歳もあるので、これ以上、誕生が遅いと考えるのは難しいとすれば、少なくとも早良は七五〇年、あるいはそれ以前の誕生ということになるだろう。母の高野新笠（?〜七八九）の年齢は不明であるが、出産年齢としては相当の高さだったのではないか。淡海御船が銘文を草した大安寺碑文に、早良が光仁の「愛子」であったと特記されているのは年齢がいってからの子であったためと思しい。

早良は、最初、出家の道を歩んだ。出家の年齢については「大安寺崇道天皇御院八嶋院両所記文」（『校刊美術史料』寺院編上「諸寺縁起集」〈醍醐寺本〉）には「生年十一出家入道、廿一登壇受戒」とあるが、『一代要記』には「神護景雲二年出家、年十一」とある。後者の神護景雲二年は七六八年なので、『一代要記』は早良の誕生を天平宝字元年（七五七）と設定していることになるが、それは『一代要記』自体が（『本朝皇胤紹運録』と同じく）早良は立太子時に「年三二」であったとしているのと自己撞着する。それ故に、ここでは、二つの史料に共通する十一歳で出家という記述のみを事実を反映していると考えておきたい。どちらの史料も後次史料としてそのまま採用できないが、早良が十一歳くらいで出家したということは、当時の出家の慣習からいっても不思議ではないだろう。以上を前提とすれば、早良の出家は天平宝字四年（七六〇）、あるいはそれ以前ということになる。

その師は東大寺別当にもなった等定という僧侶であって、等定は河内西琳寺の大鎮であった。西琳寺は百済系の王仁後裔氏族の建てた寺であるから、等定も氏族的には親近な位置にあった可能性が高いという。[13] これは早良の側から言えば、おそらく母高野新笠の百済系の血にかかわるものであったのであろう。そうだとすると、この師弟関係は若年の桓武が百済王族との関係で生活をしていたとされるのと対応する事態である。その修行は本格的なものであったと推定される。

次に廿一歳で登壇受戒とする『本朝皇胤紹運録』の記述が正しいとすれば、早良は宝亀元年（七七〇）頃に受戒したということになる。これも当時の慣習からいって妥当な年齢であるが、宝亀元年がちょうど光仁即位の年であることは注目される。早良が光仁即位にともなって親王の号（あるいはそれに対応する地位）をうけているとしても、その親王号は、実際上は法親王であったことになる。その翌年に弟の他戸親王（七六一年～七七五）が立太子するが、この宝亀元年頃の受戒という推定が正しいとすれば、そこには他戸が、井上内親王を通じて聖武の血をうけた正統の地位に立つということを前提として、早良を僧の経歴のまま処遇するという判断があったものと考えられる。それは早良を天皇位の継承資格から外すという含意ももっていたであろう。

しかし、その前、早良は一九歳か二〇歳で大安寺東院に移住している。早良の登壇受戒は東大寺で行われたとされるが、早良は、拠点を東大寺から大安寺に移したのである。山本幸男が詳しく論じているように、早良は大安寺の「東院」に居住して「皇子大禅師」と呼ばれて僧侶としての生活を送っていた。[14]

大安寺は舒明・皇極天皇の百済大寺の由緒を継承して、天武天皇が大官大寺として整備し、さらに奈良時代に入って、霊亀二年（七一六）、平城左京への移建が始まり、少し後に唐から帰国した道慈が実質上の開基となった大寺である。道慈は、この寺をインドの龍樹（ナガール・ジュナ、二〜三世紀）が『中論』で展開した空論を基礎とする三論宗の拠点とした。『中論』の空の哲学は、五世紀初頭、鳩摩羅什によって漢訳され、日本にもっとも早く伝来した聖教であり、大安寺は、元興寺と並んで、徐々にこの三論宗の拠点となっていった。

普通、奈良時代の仏教を特徴づけるのは華厳宗であるとされる。田村圓澄によれば華厳経のヴィローチャナ＝輝く太陽というイメージが倭国神話のアマテラス中心化と響きあったというが[15]、聖武天皇は、これをうけて華厳経の思想の下に、黄金の大仏をもつ東大寺を「王家の氏寺」とするのみでなく、伊勢神宮を「王家の氏神」とする東大寺―伊勢神宮システムを作り出した。これが軸線となって、国家的宗教が強力に再編成され、それがいわゆる神仏習合を促進したものと考えられる[16]。しかし、中国において華厳宗はふるわず、華厳宗は、東大寺建立を支えた聖武王統の失速とともに、仏教全体に対する統合性を失っていった。とくに大きな問題となったのは、高野姫天皇が道鏡を寵愛するなかで、宮廷と伊勢神宮の祭祀のなかに仏教儀礼が浸透し、高取正男が論じたように[17]、「神仏隔離の原則」への侵犯がもたらされたことである。高取は、高野姫が重祚したときの大嘗祭において僧形の道鏡がその深奥の秘儀に参加し、また天皇の居所の庭に多数の僧侶が群集して俗人の行う「拍手」をもって拝礼したことの衝撃を詳細に描き出している。これは高野姫の個人的行動ではなく、聖武天皇の動きが神仏融合の方向をもっていたことの一つの結果であったのであろう。

本郷真紹は、この聖武の動きは、仏教を国家統治の手段とするという意味での律令制的な「国家仏教」(「鎮護国家」)原則とは相当に異質のものであったという。[18] これに対して、光仁朝廷は、宮廷祭祀と仏教儀礼の融合を排除し、おのおのを分離しつつ制度化していった。本郷のいうように、その際、仏教側の中心となったのが、早良のいた大安寺だったのであって、光仁は即位の翌年以降、大安寺を諸寺の序列のトップに位置づけ、国家仏教のシステムを「東大寺体制」から「大安寺体制」に復帰させた。光仁と大安寺の関係の深さは、光仁の一周忌が大安寺で行われたことにも明らかであり、現在でも大安寺で光仁天皇の忌日に光仁忌が催されている。

なお、大安寺の実質上の開基となった道慈は、『日本書紀』の編纂に参加した人物であるが、彼は唐の宮廷で「仁王般若経」を講ずべき高僧一〇〇人のなかに数えられたという(『懐風藻』)。そして天平九年(七三七)に、大安寺住持の実績をもとに、毎年、大般若経一部六百巻を転読する法会を営むことを認められた。興味深いのは、『続日本紀』が、その功徳を「これによりて、雷の声ありと雖も災害ある所なし」として、大般若経は「護寺鎮国」の経であるとしていることである。本郷は、これが災害などの社会異変にさいして大般若経の転読が行われるようになった直接の淵源であるとしているが、前述のように井上・他戸の怨霊との関係で大般若経の転読が目立つことは、この点で注目される。ここには異変に対する呪術としての大般若経の転読の意味が明瞭である。これらの祈祷を担ったのは大安寺であり、早良親王はそれに深く関わったに相違ない。

注目されるのは、前述のように、早良は宝亀元年（七七〇）に登壇受戒しているが、その翌年宝亀二年（七七一）以降、早良親王が「内親禅師」「禅師親王」「親王禅師」などという名称で登場し、宝亀一〇年（七七九）にも「親王禅師」と呼ばれていることである。これは正倉院文書のなかにみえることであり、これによって早良が、東大寺の運営にも指導的に関わっていたことが知られる。(19)この時も早良の住坊は大安寺にあった訳であるから、これはいわば「大安寺体制」の側からの東大寺への指導的介入ともいうべきことであろう。

注意しておくべきことは、この時期の造東大寺司のメンバーと立太子した早良の東宮坊のメンバーが重なっていることである。つまり、この時期、造東大寺司次官であった紀白麻呂が早良が立太子した後、東宮亮となり、同じく判官であった林稲麻呂が東宮学士となり、さらに造東大寺司次官に出世している。また同じく寺司判官であった大伴夫子は、後に早良が罪責を問われた藤原種継射殺事件に連座している。ようするに早良による東大寺への指導的介入は、後に東宮坊官人となるような早良の関係者を造東大寺司に配置することによって実現されていたのである。光仁朝廷が、聖武・高野姫の父娘王朝の仏教政策を転換することは大事業であって、皇子・早良がその先頭に立つ必要も実際にあったのであろう。

早良立太子の理由と不破内親王の娘

早良がこのような位置にあった以上、早良を立太子させるという判断は国家の仏教統制のあり方にもかかわる方向転換であったことになる。本郷真紹は「早良親王は、（僧籍からの還俗者であるという）皇太子としては異色の経歴を有する人物であった」と述べているが、そのような異例の判断がなぜ行われたかが問題となる。

光仁は奈良王朝が殺し合いと継承者の不足でもろくも倒壊していったことを見ていたが、詔に「子を知るは親となも云へり」とあるのは、子をどう動かすかは親の自由と思っていたのであろう。それが奈良王朝よりもさらに深い惨劇の元となったのである。そもそも早良立太子の時には、桓武の長子平城も八歳、次子嵯峨も六歳になっているから、桓武の子どもを皇太子に擬すということも可能であったはずである。それにも関わらず、早良を立太子させたことは、桓武が皇位継承権を独占しないほうがよいという判断があったことになる。これを主導したのは父の光仁であったろう。光仁は病によって譲位したとはいっても、十二月まで生きていたから、早良立太子が光仁の意向であることは間違いない。立太子の詔には「法の随に」とあるが、この「法」の意味は「天皇の即位と同時に皇太子を置く例に随って」ともされるが、もう一つ明瞭でない。

しかしともかく立太子の詔は桓武の発したものであるから、これは桓武も合意していたはずである。これは早良の立太子に十分な理由があったことを意味している。それが何であったかは、これまで明瞭に説明されたことはないが、私は、桓武と早良が同母である以上、これは、桓武と早良の王としての資格に関わる問題ではなく、その次の世代の血統、逆にいえば王妻の血にかかわる問題であったと考えるほかないと思う。つまり、そこには桓武の子どものみでなく、早良が儲ける可能性のある皇子が天皇となる可能性を残そうという判断があったのではないか。

この仮定のもとにこの時期、王権内部における尊貴な血統の女性をみてみると、まずは高野姫天皇の異母妹、聖武の娘の井上内親王、不破内親王の系列を挙げることができる。しかし、井上内親王は廃后の処置を受けていて問題外であるから、注目すべきは後者の不破内親王である。彼女は天平宝字八年（七六四）の藤原仲麻呂の蜂起のときに「偽王」として担がれ、殺害された塩焼王を夫としており、そのためもあって、七六九年、高野姫天皇を呪ったという理由で追放されていた。しかし、光仁即位の後、七七二年の井上、他戸の母子の廃后・廃太子事件の年に許されて、翌宝亀四年（七七三）一月一日には四品の位に復している。しかもその月半ばに桓武が立太子した後、五月には内親王は三品にまで品階を上昇させ、さらに天応元年（七八一）には二品にまで至っている。そしてこの不破内親王と塩焼王との間には、高野姫天皇を呪ったとして土佐に流された「志計志麻呂」（「しけし」は「穢」の意）、すなわち氷上川継という男児と未婚の娘がいたのである。このうち、川継は宝亀一〇年（七七九）に無位から従五位下に叙せられて朝廷に復帰しているが、これは母の不破内親王が三品に叙せられてからでも、六年は経っているから、何らかの理由があったのであろう。あるいは配流された地、土佐に留住することを選び、京へ戻ろうとしなかったのかもしれない。しかし、不破内親王の娘は、母と一緒にいたことは確実であろう。

前述のように、この時期の王統にとっての大問題は、光仁が井上・他戸の母子を追い出したことにあった。これはあまりに強引な処置であることは明らかであって、長く続いた天武から高野姫への王統を切断した光仁王統の血の正統性が問われていたはずである。そして光仁は明らかに井上・他戸の怨霊に怯える姿をさらしていた。この中で、光仁は、井上を廃后し迫害したことを醜く弁解するために、聖武の娘という資格において不破内親王を厚遇したのである。その延長線上において、光仁は不破内親王の娘を早良の妻にむかえ、自己の王統のなかに組み込む姿勢をみせたのではないだろうか。それは前述のような桓武と酒人の関係を考えればけっして不思議なことではない。結局、光仁は、二人の息子の両方に天武王統の然るべき系譜を継ぐ女性を妻としてあたえようとしたのである。[20] 桓武と酒人が異母兄妹婚であるのに対して、早良と不破内親王娘は従兄妹婚ということになる。私は、こう想定することによって初めて、事態を筋を通して理解できると考える。

三　早良親王の還俗と憤死

早良と不破内親王の娘の婚儀が日程に上ったのは、光仁の最晩年であろう。光仁は天応元年（七八一）の四月に桓武に譲位して一二月に死去しているが、死去の前の一一月一六日に不破内親王を二品にまで昇叙している。その前には早良と不破内親王の娘の婚儀が固まっていたと考えたい。

早良は宝亀一〇年（七七九）一二月六日の治葛請文に「親王禅師」という名を残している。その後七八一年の立太子までの一年五ヶ月ほどの間、僧籍に居続けていたかは厳密には不明であるとはいえ、山本幸男がいうように、早良の地位や居所の変更を伝える史料は無く、立太子の準備に入るまで大安寺に居住していたと考えるべきであろう。

こういう状況の下、事態はドラスティックに展開した。光仁は、譲位の年、天応元年（七八一）の一二月に死去するが（七三歳）、その翌年延暦元年（七八二）一月に、氷上川継が因幡守に任ぜられる。これによって普通の官人の道を歩まされることに、川継は不満を抱いたのであろうか。その翌月、閏一月に家来が武器をもって宮中に押し入るという事件が発生した。正確な事情は不明であるが、これによって川継は謀反の廉で逮捕され、伊豆に流された。そして同時に母の内親王と姉妹までが淡路国に流罪となったのである。

還俗と髪の毛

このようにして早良は父の指定した結婚相手の不破内親王の娘を奪われたのではないか。そしてこれは日程的に云ってぎりぎりであった。つまり、冒頭に述べたように、剃髪した人が髻を結うことができる長髪に戻るためには約一年余の時間がかかる。還俗が出家者にとって名誉に関わる問題であることは奈良時代においても基本的には同じであったであろうから、早良も髪が伸びるまでは結婚はできなかったはずである。つまり、立太子したといっても、僧形を残し、冠を普通にかぶることのできない皇太子というのは宮廷にとっては相当の抵抗感があったろう。高野姫重祚の際の大嘗祭において僧形の道鏡がその深奥の秘儀に参加して朝野の話題となった記憶はまだ生々しいものであったはずである。

しかし、もし、あと数ヶ月、光仁が生き延びて、早良の髪が儀式に必要なほどに伸びて、[21] 光仁の保護の下に婚姻の式が行われるということになれば事態は異なっていたかもしれない。そうなれば早良から不破内親王娘を奪うことは不可能となったであろう。光仁の死と（あまりに折良く起きた）氷上川継の「謀反」が早良の悲運の最初となったのである。逆にいえば、これは、「仁孝」の子、桓武が初めて光仁の差配に反抗したということであった。弟早良の髪が伸びて皇太子としての威儀を整え結婚して事態が面倒になる前に処置をし、不破内親王の一統を追い払ったのである。

これによって、聖武系の王家子孫は男女とも根絶やしとなった。これが朝廷にとってきわめて大きな事件であったことは、このとき、氷上川継の側と通じていたという理由で公卿トップの左大臣藤原魚名、公卿第六座の参議・大宰帥浜成、八座の参議・東宮大夫大伴家持、九座の参議・中宮大夫大伴伯麿などの貴族たちが罪を問われ、連座者が四〇人余の多数にのぼることに明らかである。彼らと川継との関係は娘を嫁がせていた浜成を除くと分明でないにも関わらず、研究史上、この事件はほとんど重視されてこなかった。これは八世紀前半までの微に入り細をうがった研究の状況と奇妙な対照をみせているが、重大なのは、ここで魚名が連座させられていることである。前述のように魚名は光仁の最側近の地位にあったのであるが、高野姫から光仁への王統と宮廷社会の切替をになっただけに聖武系の王族・貴族との関係も深かったのであろう。私は、彼が、罷免された後、次席の藤原田麿が東宮傅の職を襲っていることからすると、ほぼ確実に魚名は早良の東宮傅であったに違いないと考える。魚名こそが光仁の意思の下で早良の立太子、それ故に不破内親王娘との婚姻計画の元締めであったのであろう。彼が公卿トップの地位を追われたことは、桓武が光仁の影響を切り捨てたことを意味する。この魚名系の排除の影響が巨大であったことは、この時、魚名の子の藤成が下野に配流され、その子孫が藤原秀郷であることにふれて、以前、詳しく述べたところである。[22]

さらに問題は、東宮太夫の大伴家持が京外に退去させられたことである。右の推定が正しければ、この氷上川継事件によって東宮の傅藤原魚名と、大夫家持の両方が罪に問われたということになる。家持は閏一月の事件の後、四月には赦され、順次に参議や東宮太夫の地位に復されたものの、六月には陸奥出羽按察使として派遣されることになった。これは東宮庁に異族征服を委ねるという光仁朝以来の方針の一環であった可能性はあるが、早良にとって打撃であったことは明らかである。家持は歌人のイメージが強いが、その実像はむしろ不屈の陰謀家である。その編集した『万葉集』が早良親王に献上したものとされることは、家持のそのような政治的スタンスを表現していた可能性もある。

こうして、早良が皇太子になることを期待した光仁の意思とそれに応じた廟堂の雰囲気が一変させられた。廟堂に残ったのは、公卿第二座の藤原田麻呂、第三座の藤原是公、第四座の継縄などのみ。そして、その代わりに公卿に抜擢されたのが、式家の藤原種継であった。ちょうど、良継や百川はしばらく前に死去したところであったから、種継は、藤原氏の式家の代表として桓武に重用され、「中外の事、皆、決を取る」という立場に立ったのである。これが式家出身の后妃を通じての身内人事であったことはいうまでもない。

朝原内親王の伊勢行きと桓武・早良

こうして、早良は王統を継ぐ子どもを儲けるべき皇太子としての責任を果たす相手の女性、不破内親王の娘を奪われ、側近の貴族たちも剥ぎ取られたのである。早良は父の意思に従って還俗したことを後悔したに相違ない。彼は隠忍自重して機をみるほかなかったはずであるが、しかし、この年、早良は三三歳くらいになっていたとはいえ、還俗後、まだ約九ヶ月しか経っていない。慎重な政治判断はできなかったろう。

逆に国家中枢の掌握に成功した桓武は、遷都の構想をかため、川継事件の翌々年、延暦三年（七八四）、藤原種継を長岡京に派遣し、長岡京造営に着手した。その中で、早良がどういう状況におかれたかはよくわからないが、早良を怒らせたのは、おそらく延暦四年（七八五）八月、奈良で潔斎をしていた朝原内親王が齋王として伊勢に向かった前後の状況であったろう。

すでにふれたように朝原内親王は桓武と酒人内親王の娘であって、天応二年（七八二）に、四歳で伊勢斎宮となって、このとき七歳で伊勢に籠もることになったのである。桓武がそれを見送るために、長岡京を出て奈良に向かったのは八月二四日であった。朝原は九月七日に奈良を出発したが、多数の貴族官僚（「百官」）が大和と伊勢の国境まで見送ったという。桓武もそれまで奈良にいて出発する娘を見送ったに違いない。

重要なのは、朝原の祖母の井上は齋王から退下した後に光仁と、母の酒人内親王（井上娘）は桓武と同族婚をしていることである。これは朝原にも期待されたに相違ない。朝原を伊勢国境まで送っていった貴族官人の間では、朝原が退下したときに結婚する王子こそが次期の天皇であるという噂が飛び交ったのは当然のことであろう。そしてそれは平城のことであったのではないか。このとき桓武の長子、平城は一二歳。朝原とは似合いの年齢である。そして何よりも、実際に、後に斎王を退下した後、延暦一五年（七九六）に、朝原は一八歳で平城の妃となっている。桓武の心づもりとしても、この縁組みはある程度早くから考えられていたのではないだろうか。桓武が奈良に行ったのは、藤原種継の暗殺事件の約半月前であったが、その時には桓武は朝原を平城と結婚させることに決めていたであろう。その傍証は、朝原内親王の名の朝原は、山背国葛野郡嵯峨の渡来系氏族、朝原氏から内親王の乳母がでていたことを示すが、同族の朝原道永が、まさにこの年、延暦四年（七八五）一一月、早良の憤死の後に、平城が立太子するのにともなって東宮学士になっていることである。これは内親王の乳母と同族のものを平城の側に仕えさせるという人事であったに相違ない。

桓武は朝原内親王を伊勢に送り出したあと、翌九月八日、旧都平城から山背国の嵯峨に遊猟にいき、そこで何日かを過ごした後に平城宮に戻っている。ただ、この時に平城に戻るルートが問題で、あるいは桓武は長岡京に寄ってから平城に戻ったのではないだろうか。もし、そうだとすれば、その時に、早良と会い、兄弟の間で感情的なやりとりがあったのではないだろうか。このころ朝原と平城の婚儀が世評に上っていたとすれば、早良が不快であったのは当然であろう。早良親王は、このとき三六歳であるから、常識的には七歳の朝原内親王との組み合わせは考えられない。しかし、還俗して皇太子となったのち四年経っても、まだ婚儀をしていない早良にとっては、これは黙過できない問題であったろう。兄に対して、結局、王位は子どもの平城にまわすのかという疑心と反抗が噴出することはやむをえないことであったのではないか。

種継暗殺事件が起きたのは九月二三日のことで、その時、平城にいた桓武は長岡京に急行したというが、もし九月八日に平城から嵯峨に遊猟に出た後、平城に直帰して長岡京に寄らなかったということになると、桓武は一五日間にわたって新都長岡を明けていたことになる。もちろん、新都に弟を一人置いて反乱を誘発したということもありうるが、私は、桓武はそういう小細工はしない王であったと思う。長岡で早良に逢って感情的に対立したという方がありそうに思える。

おわりに――松童皇子

早良親王は歴史上最大の怨霊となり、死期をむかえてそれを恐れた桓武が新帰朝の最澄の法力に期待したことが、日本仏教史の転換を規定した。早良の怨霊が崇道神社に祭られて後々まで大きな影響を残したこともいうまでもない。このうち、早良親王論にとってもっとも注目すべき神社は洛北高野村の最奥にある崇道神社であって、この村が高野村と呼ばれるのはおそらく桓武・早良の母の高野新笠の関係があるのであろう。

またもう一つ指摘しておきたいのは、石清水社の末社として知られる松童社である。石清水の松童社に祭られた松童皇子は『宮寺縁事抄第十一』などにみえる石清水の地主神であるが、(23) 宗叡・行教・安宗などの石清水建立の関係者に大安寺との所縁が深いのは無視すべきでない。そこからみて、私は石清水の「松童皇子」は「崇道皇子」（早良）の音通として創作された皇子である可能性が高いと考えている。

そもそも大安寺には後々まで「崇道天皇大安寺御在所」が存在する。そして同寺が統括する「諸国崇道天皇御稲倉等修填」が桓武によって全国に設置されて崇道社の原型となったものであることもよく知られている（『権記』長保三年三月一八日条）。かつて柳田国男は、その崇道神社と諸国にある松童社と呼ばれる小社に何らかの関係があるかもしれぬとし[24]、牛山佳幸も部分的であれそれが成り立つ可能性を示唆している[25]。実際、松童社は美濃（『鎌』一八八五五）、紀伊（『鎌』五一一九三）、出雲（『鎌』四五七一一）、淡路（『鎌』五〇三六七）、鎌倉（『吾妻鏡』安貞二年七月）など、荘園の除田などとして全国に存在するが、このような全国分布は統一的な政策の中でしか考えがたく、これも「崇道社＝松童社」という想定を支えるだろう。

還俗の問題に戻ると、これまでの還俗についての研究は八世紀初頃までに限られていたが、早良親王の還俗は、日本の仏教化の深まりの象徴として後々まで影響を及ぼしたといってよい。ほかにこの時期の地震の問題もあり、早良親王が、歴史上、どのような隠れた意味をもっていたかについては、機会をえてまた論じたいと思う。

（1）田中卓「還俗」「続還俗」（『続日本紀研究』一巻一二、一九五四年、三巻一、一九五六年）、橋本政良「勅命還俗と方技官僚の形成」（『史学研究』一四一号、一九七八年）、宮崎健司「奈良初期の還俗について」（『仏教史学研究』三二―二、一九八九年）を参照。ただしこれらの研究は八世紀初めまでである。

（2）この母子王朝という規定については、「石母田正の英雄時代論と神話論を読む――学史の原点から地震・火山神話をさぐる」（『アリーナ』一八号、二〇一七年）を参照されたい。
（3）青木和夫『日本の歴史3　奈良の都』（中公文庫、一九六五年初刊）。
（4）これについての私見は保立『黄金国家』（青木書店。二〇〇四年）を参照。
（5）『続日本紀』。以下、特に注記がない場合は史料はすべて『続日本紀』によっている。
（6）瀧浪貞子「桓武天皇の皇統意識」（『日本古代宮廷社会の研究』思文閣出版、一九九一年）。
（7）これについても保立『黄金国家』を参照。そこで論じたように、遣唐使の発遣には、現任の王と次代の皇太子の名前を唐王朝に伝えるという意味があった。なお、これについては栄原永遠男「宝亀の唐使と遣唐使」（『東アジア世界史研究センター年報』二号。二〇〇九年）が同様のことを再説している。
（8）率直にいって、これまでの「古代史」研究は、史料自体が含んでいるこういう支配階級の自己弁護に対する史料批判が甘く政治史を通俗的に理解する傾向がある。王に対する人間的批判は史料読みのためにも当然に必要である。
（9）これは地震を払う読経の大法会の初見であって、七九七年（延暦一六）八月一四日の地震で営まれた同じような法会の先例をなすものである。この七九七年地震を「崇道天皇（早良の諡号）地震」（早良の怨霊の起こした地震）と呼ぶべきことについては、これがあるいは南海トラフ地震である可能性を含めて、保立「八世紀末の南海トラフ大地震と最澄」（総合科学研究機構編『CROSS　T&T』五一号、二〇一六年二月）を参照されたい。ただ論旨は維持できるものの、同論文には重要なミスがあり、石橋克彦氏から注意された。石橋氏に感謝するとともに、できるだけ早い改稿につとめることを申し述べておきたい。
（10）なお、この酒人の伊勢斎王としての位置が、以降の王権における伊勢祭祀と斎王の位置、さらには宮廷文化のあり方を新たに決定したものと考える。その意味で、私は吉田達が『伊勢物語』はここに淵源しているとするのに賛成である（吉田達『伊勢物語・大和物語』九州大学出版会、一九八八年）。
（11）榎村寛之『伊勢神宮と古代王権』ちくま選書、二〇一二年。

(12)河内祥輔『古代政治史における天皇制の論理』吉川弘文館、一九八六年。
(13)佐久間竜「東大寺僧等定について」(『日本古代僧伝の研究』吉川弘文館、初出一九七二年)。
(14)早良は「大安寺崇道天皇御院八嶋院両所記文」によると神護景雲二年(七六八)『東大寺要録』巻四諸院章第四羂索院の項によると神護景雲三年(七六九)に、東大寺から大安寺に移住している。なお大安寺における早良の交友や活動については山本幸男「早良親王と淡海御船」(『高野山大学密教文化研究所紀要』別冊一、一九九九年)が詳しい。以下、山本の見解は、この論文による。
(15)田村圓澄『伊勢神宮の成立』吉川弘文館、一九九六年。
(16)保立道久『かぐや姫と王権神話』洋泉社新書、九九頁、二〇一〇年。
(17)高取正男『神道の成立』平凡社選書、一九七九年。
(18)本郷真紹「光仁・桓武王統の国家と仏教」(『律令国家仏教の研究』法蔵館、二〇〇五年、初出は一九九一年)。以下、本郷の見解は、この論文による。この指摘は根本的に重要なものと考える。問題はそれが早良親王問題によって再編されたことであって、桓武の最澄への帰依がその方向を決定した。
(19)山田英雄「早良親王と東大寺」(『南都仏教』一二号、一九六二年)。
(20)なお、不破内親王が四品に復位したとき、内親王と行動をともにしていた高市皇子の娘の河内女王が本位三品に復している。このような女性の世界が大きな意味をもっていたはずである。
(21)なお、この皇太子の冠の制度は天皇と同じであるといわれるが、実際にどの程度の髪の長さがあれば冠を不体裁でなく付けることが可能か、その正確なところを推測する術をもたない。研究の現状については、近藤好和「装束からみた天皇の人生」(『国立歴史民俗博物館研究報告』一四一号、二〇〇八年三月)、同「布衣始について」(『日本研究』(国際日本文化研究センター)四二号、二〇一〇年九月)などの王家の冠服について研究を参照されたい。なお、この問題は、また還俗しない世俗の男子の整髪のあり方の身分的なあり方を問い直すという広範囲な問題につらなっていくこともいうまでもない。これについては小田雄三「烏帽子小考―職人風俗の一断面」(『近世風俗図譜』第一二巻、小学館 一九八三年)を参照されたい。

（22）保立「藤原仲麻呂息・徳一と藤原氏の東国留住」『千葉史学』六七号、二〇一五年一一月。
（23）その他『石清水八幡宮末社記』、また「貞観元年松童皇子御託宣」（史料編纂所架蔵石清水文書写真帳、桐1-6-14、6171.62-175-2）、『八幡愚童訓』乙などを参照。
（24）柳田国男「『郷土研究』小篇、松童神」（著作集三〇）に「惣道宮あるいは崇道社などの字をもって示さる る岡山県下の社もやはり松童の音読ではないかと思う」とある。また同「雷神信仰の変遷」（著作集九）も参照。
（25）牛山佳幸『小さき社の列島史』平凡社選書、二〇〇〇年。

第七章　真言僧深覚僧正の霊験譚とその記録

上野勝之

はじめに

近代以前の高僧の事績に関する説話・伝記類には多くの霊異伝承が見られる。出家僧として早い時期の人物の伝では、『続日本紀』で日本初の火葬とされた道昭の遺灰が遺族と弟子たちの争いを避けるように風で散ったと記されていることも奇譚の一種であろうし（『続日本紀』文武四年〈七〇〇〉三月己未条）、『空海僧都伝』の室生崎での明星が口に入るとの観想や、『叡山大師伝』における最澄への神の夢告などがその実例として挙げられる。こうした伝承は僧侶の徳や資質、修行の成果としての能力を示す重要な要素である一方、僧の神格化や権威付けのための誇張や創作と見なされるものも少なくない。たとえば空海については鎌倉末期頃の『高野大師行状図画』では死者の蘇生、書による治病、高野山開山にまつわる三鈷投擲の逸話といった諸々の霊異が見られるように、時代とともに大仰になっていく傾向もある。(1)したがって、こうした霊験譚は当該人物の実像を知る上では夾雑物と見なされやすい面もあるが、現今ではそれらの伝承の持つ意義に着目し、伝承の生成過程の探求やそうした逸話を求める人々の心性や信仰のあり方の分析といった視角からの研究が盛んに進められるようになっている。近世においても累ヶ淵の怨霊の鎮魂で著名な祐天上人を始めとした浄土宗の僧たちの行跡が喧伝され、あるいは死者の怨念による墓火や霊の祟りを鎮圧し亡者を救済する禅僧たちの活動が伝記や寺院の縁起などとして語られ、[2]また浄土真宗では中世からの親鸞の六角堂夢告や九条兼実の娘玉日との婚姻伝説が一般化していたのみならず、高田専修寺派の良空によって赤山明神との邂逅や女幽霊の救済といった奇譚を含む『親鸞聖人正明伝』のような本願寺派とは異なる親鸞伝が創られ広く普及していたこと、[3]上記のような霊異譚が当時の怪異小説や演芸などにも取り入れられ巷間に流布していたことが明らかにされており、こうした霊験伝承の訴求力が前近代を通じてどれほど高いものであったのかを如実に知ることができる。この点については近世以前どころか、現代社会においても治病や予言、占いといった超自然的現象の操作や霊的能力の保有を謳うことが（少なくとも一部において）依然として一定の有効性を持つことを思うならば、むしろ至極当然なあり方というべきかもしれない。

それでは、こうした霊験譚はどのようにして語られだすのであろうか。そもそも霊験が霊験と認識される由縁は、それが日常の経験的世界では希少、あるいは経験的合理性を超越した事象と見なされたことによる。この点は霊魂や神仏の働きの実在を前提としていた古代・中世日本社会においても基本的に変わりはない。諸書における「霊験」譚としては、例えばタイミングよく雨が止むような現実味のある事柄から神仏の顕現といった超自然的な出来事までバリエーション豊かであるが、一般論としてそれらは実際に起こった出来事、またはそれを改変・誇張したものと、主として経典や先行伝承などに基づいて弟子や周囲の人物（本人の場合もあろう）あるいは後世の関係者らによって創作・付加されたものの二種に大別可能と思われる。前者のタイプの霊験譚の性格を明らかにするには、元の出来事がどのようなものであったかを史料から考証し、それがどのように伝達・改変されて伝記や説話として語られるに至ったかを探る作業を行い、創作の場合には、その典拠や類話を調べて影響関係を見定め、いかなる事情でいつ頃に伝承として付加されたのかという経緯を読み解くことが必要となる。本稿では、前者のタイプの例として摂関期の真言僧深覚の伝記を取り上げ、そこに語られる霊験譚がどこまで実際の出来事を反映しているのかを同時代の古記録と対比して検討を加え、ついでそれらの霊験譚がいかに世間や後世に伝えられたのかの一端を物語る史料について考察する。説話・伝承と史実の関係という問題設定は学術的考証の基本中の基本であり、こうした視点の研究は諸々の説話・伝承を対象として広く深く積み重ねられてきたものではあるが、こと深覚に関しては、霊験譚が誰によってどのように語られたのかという問題に関して特殊と思われる形跡があり、ここではその点に注目することで霊験に対する当時の人々の認識や説話の成立とその伝承のあり方をめぐる状況の一面を具体的に明らかにすることを試みたい。

一　深覚の霊験譚と史実

深覚の略歴

禅林寺僧正深覚（九五五～一〇四三）は右大臣藤原師輔と康子内親王の子で公季の同母兄である。宇多天皇の孫寛忠（九〇六～九七七）に入室し、永祚元年（九八九）に同じ宇多天皇の孫で東密二大流派の広沢流祖の寛朝（九一六～九九八）に灌頂を受け、洛東禅林寺に住み加持などの祈祷に験を発揮、大江匡房『続本朝往生伝』一条天皇条では三井寺の観修・勝算とともに一条朝の験僧と呼ばれるまでになる。時には東寺僧の人事に関して意に沿わない中納言源俊賢を罵倒するといった摩擦も引き起こしつつ寺院経営にも才覚を振るい、禅林寺座主、石山寺座主、東大寺別当、勧修寺長吏などを歴任、なかでも東大寺別当には四度、東寺一長者にも三度就任するなど紆余曲折を経ながら長く地位を保った。弟子に花山法皇の子息の深観、覚源や公季の子の信覚らがいる。また、ほぼ同時代の真言僧として雨乞いで有名な仁海がおり、仁海と深覚は長元四年（一〇三一）の深覚辞任後の東寺一長者再任をめぐって争ったこともある。このように深覚は摂関家出自の貴種として重んじられ、長寿に恵まれたことも手伝って大僧正にまで昇りその法力で名を馳せた僧であった。しかし、在地豪族の宮道氏出身ながらこれまた優れた法験で知られた仁海と比較すると、生前の地位こそ優越していたものの、後世への影響力という面からいえば、後三条天皇に伺候した成尊を筆頭に多くの弟子を輩出し小野流の祖と仰がれ、七度とも九度ともいわれる雨乞いの成功といった数々の逸話や著作『小野六帖』の教説などによって説話集や真言書にも度々その名前が出る仁海より見劣りすることは否めない。

深覚の霊験譚

とはいえ、先述のように深覚も摂関期の験僧として高名な人物であり、『本朝往生伝』以外にも一二世紀末成立の『今鏡』九や建保三（一二一五）年以前の源顕兼『古事談』三―五九、六〇、六一話などに逸話が見え、まとまった伝記としては鎌倉末から南北朝期の真言の学匠、勧修寺慈尊院栄海（一二七八～一三四七）がインド・中国・日本の密教僧たちの験を記した『真言伝』五（正中二年〈一三二五〉撰）、近世の『本朝高僧伝』四九などに立項されている。その『真言伝』は以下のような深覚の事績を語る。[4]

①長保年（九九九～一〇〇四）間頃、左大臣道長の不食の病を呪によって治す。
②長和五年（一〇一六）六月の旱に公的要請なく一人で神泉苑に雨を祈り降雨を得る。
③万寿三年（一〇二六）五月に後一条天皇の病を加持によって治す。
④万寿四年の後朱雀天皇（当時は東宮）の瘧病を加持で治す。
⑤藤原教通の腹病危急時に教通に囲碁を打たせることを勧めて治癒に導く。
⑥瘧病の馬允季任の息子二人を禅林寺の仏前に座らせ外出したが、そのまま治った。

それぞれの記事の詳細は、次の通りである。①長保年間に道長の病悩が七〇日余りに及んだ時、道長の夢中で石山寺僧証念が深覚の加持により回復すると告げたため石山寺から深覚を招いた。先に祈祷に参じていた大勢の加持僧が居並ぶ中、深覚は食事を取るための加持を先に行うことを提案、真言宗の覚縁律師は難色を示したが三井寺の観修僧正が同意し、観修の勧めで石山寺の本尊である如意輪呪による加持を行ったところ、道長が病悩後初めて食事を取ったため諸人が感悦したとする。②長和五年夏の旱の最中であった六月九日、弟の公季に失敗すれば笑い者になると反対されながら祈雨のために神泉苑に向かい、明け方に大日如来・孔雀明王・弘法大師の宝号を唱え、日の出以後は請雨経と孔雀経を読み一心に祈ると深覚の頭上に雲が出て暑い日差しを遮り、未刻（午後一時から三時）頃に大雨が降り出して祈雨は成功、世間に賞賛され、当初は反対した公季も讃嘆した。③万寿三年五月の後一条天皇の病により五月六日夜に石山寺から深覚が召し出され、翌日参内した深覚の如意輪呪による加持をもって七、八日と軽減し九日には平癒に至った。また、この間には深覚が天皇の痛む腹部を独鈷で押さえて加持したところすぐに治まったという。④同四年一一月二四日に東宮が瘧病（周期的な発熱などを特徴とする病）を患う。母の上東門院彰子の仰せによって二六日に深覚が東宮御所凝花殿に参じて孔雀経を転読したが、東宮の爪の色が変わったとの仰せがあったため、さらに経典を置いて大日・不動・如意輪・孔雀明王と弘法大師を念じて一心に祈り続け、ようやく爪の色が元に戻り病が回復した。深覚は装束や銀箱に入った沈の念珠を下賜され東宮大夫頼宗以下の見送りのもと退出、途中の桂芳坊では道長から馬も賜り、東宮の令旨により輦車の許可をも得たという。爪の変色は瘧の兆候の一つとされるもので、ここでは発作が始まったために転読から祈念へと切り替えたことになる。⑤⑥は短いが、⑤は教通の腹病が大事に至った折、深覚が囲碁を打つことを強く勧め、人々は嘲り疑いつつも教通を抱え起こし囲碁一局を打たせてみたところ終局頃に病状が治まり、不思議がられ尊ばれたという。⑥瘧病を発した馬允季任の息子二人が深覚の験徳を頼って禅林寺に来た。深覚は経蔵の仏前に二人を据え仏に事情を申し上げてそのまま出かけてしまったが、刻限になっても発作が起こらず二人とも無事退出したという話である。

以上のように、『真言伝』では深覚の霊験として神泉苑での私的な雨乞いという歴史的にも稀な逸話と疾病祈祷の高い能力について語られている。『真言伝』は跋によればインド、中国及び日本の久安・仁平以前の密教僧らの事績を「碑文・行状・伝・日記・物語」などから拾い集めたもので、その典拠として『本朝神仙伝』『鑑真和上東征伝』『本朝法華験記』『類聚国史』などの書名が見えるほか、『宇治大納言物語』や往生伝類など多くの文献を参照したと指摘されている。深覚伝に関しては、後述のごとく関連史料の乏しい⑤⑥を除いて、これらの話の中核が史実に由来することが史料から確認できるのであるが、歪曲と思われる部分もあり、深覚伝がいかなる典拠によって記されたのかは慎重に考察しなければならない。まず、類話を含む『古事談』三を見ると六一話が②、六〇話が⑤と共通し、五九話は深覚から宝蔵が壊れたとの連絡を受けた甥の頼通が実見の使者を派遣したところ宝蔵に異常はなく、使者は深覚にこのように不覚な頼通に天皇の後見が務まるのかと叱責され頼通にその旨を報告したところ、頼通の老女房が宝蔵はお腹の喩えであると解き明かしたため改めて魚味の菜を送ったという逸話である。

この五九話と六〇話は『今鏡』九から採られたものであるが、⑤に関して『真言伝』ではただ「腹ノ病」とあるところが『古事談』六〇話や『今鏡』では「御腹ふくる」などと具体的に説明され、②については『古事談』にある神泉苑の乾麟閣跡で香炉を持って祈ったとの記述が『真言伝』になく、逆に『真言伝』の大日如来以下の名を唱えたという部分が『古事談』にはない。⑤については栄海の節略の可能性も考慮されるが、②に『真言伝』と『古事談』『今鏡』の直接の相承関係を認めることは難しい。よって、少なくとも②の典拠は別に求めなければならない。この点を前提として、次節以下では同時代の古記録と『真言伝』を比較し記事の性格を考えてみたい。

古記録と真言伝①

①の関係史料は『権記』長保二年（一〇〇〇）八月一一日条及び『小右記』長和元年（一〇一二）六月一六日条などに見られる。説話のいう長保年間にあたるのは『権記』の記す長保二年の出来事で、この年の四月末から六月頃にかけて道長は重度の不調に苦しみ、その間には亡き兄兼通の霊の出現や道長本人が霊に憑依され大宰府に流されていた伊周の復位を天皇に奏上させるなど本人の人格を失う状態に陥ることもあったという。この時の治病に大きく貢献したのが「僧正観修・阿闍梨覚縁等の恩、酬報せん方無し」と道長本人に言わしめた観修・覚縁の二人であり、道長の意向によって覚縁は律師昇任を得た。しかし、この時の道長の治病僧に深覚の名前は出てこない。深覚が関わってくるのは長和元年の病である。この年の道長は五月末の叡山登山の後に体調を崩す。瘧病や日吉山王の祟りなどと取り沙汰され、六月一〇日には法性寺に詣でて加持によって邪気を人に移し調伏するがなかなか回復しない。六月一五

日には『小右記』記主の藤原実資のもとに、道長の不食が平復したとの風聞があるが、事情をよく知らない人の説で本復には程遠いとの情報がもたらされる。そして翌日に深覚が実資を訪れ、道長の病態は油断が出来ず何らかの霊に人格を支配されている様子があると語っていった。次の日にも、道長家の人々や三井寺の心誉が道長は食事も取り快癒したと言っているとの報と、道長の食事時の振る舞いは粗暴で常に非ずとの道長側近の談が伝えられている。情報は錯綜さるものの、この後七月に入っても依然として道長への加持が続けられていることから、食事を取るようになっても平癒には至っていないという深覚らの見立てが正しかったことが裏付けられる。

以上の検討から分かるように、『真言伝』①記事は長保二年と長和元年の出来事が合わさったものである。深覚の加持については、長和元年の疾病では深覚が道長の状態を実見しているらしいことが判明するのみで、実際に加持を行ったかどうかまではここからは判断できない。一時的な見舞いに立ち寄ったのか、継続的に伺候していたのかの区別もしづらい。深覚が藤原実資家に立ち寄った折に加持や護身を行っている事例もあり（本格的な病ではなさそうであるが）、見舞いのついでに加持を行うこともないとはいえない。しかし、①記事のポイントである病気自体の治癒ではなくまず食事を取ることを目指して加持を行うとする点は、食事を取るようにはなったが病は治っていないという長和元年の史実と対応していることは注意される。少なくとも深覚の道長訪問と食欲回復のタイミングが一致していることから、この時における深覚の関与を想定する説が出てくる余地はあったといえよう。また、石山寺僧証念は実在の人物で、寛仁三年（一〇一九）に時の石山寺座主深覚の申請により、道長の外孫の後一条即位祈願実現の報賽として石山寺に置かれた三口の阿闍梨の一人に選ばれている（『石山要記』五）。道長はすでに長徳元年（九九五）には石山寺僧三口に日供を充て御願成就を祈らせ始めていたとの所伝があり、さらに寛弘元年（一〇〇四）には娘の中宮彰子も本堂の観音宝前で観修に二一日間の増益法を行わせ、その際には報賽として阿闍梨三口設置を挙げていたという。後一条生誕は寛弘五年であるから、この時の彰子の祈願は皇子誕生及びその皇位継承であったことは容易に想像できる。推測にすぎないが、おそらく証念はこの時の道長・彰子の祈願に関与した僧の一人であったか、そうではなかったとしても祈願成就の恩恵を受けた一人のうちに入るのである。そして観修と深覚も道長一家の石山寺における皇子誕生・皇位継承祈願を介してつながる関係にあったことになる。すなわち、①は長保二年と長和元年の二度の道長の疾病を混成し深覚が加持を行ったとすることで、道長の病状の実態を鋭く見抜いた深覚の験僧としての能力を分かりやすく表現したものといえる（実際に深覚が加持を行っていたとしても食事のみを目的としていたとは考えがたく、やはり潤色として差し支えない）。その混成の背景には、ともに験僧であり、かつ石山寺での道長の祈願成就に関わったという深覚と観修の共通点があったと考えられる。道長の夢想に出てきた石山僧証念の存在は、この伝承の背景に石山寺における祈願があったことの反映と読み解くことが出来るであろう。

古記録と真言伝②

続く②は『小右記』同年六月一一日条に詳細に記された著名な逸話であり、『日本紀略』にも記載がある。『古事談』は『小右記』を典拠としているが、『真言伝』は『小右記』と大筋で一致するものの細部に異同が見られる。『小右記』同日条には「或者」の談、後日に聞き得た藤原実成、三井寺の成算と深覚本人の証言が記されているが、興味深いことにその内容は情報源によって若干の食い違いを示している。このうち一九日に実資が深覚本人から聞いたところによると（一一日条に書き入れている）、九日明け方に神泉苑に向かい基壇のみ残っていた池西北の乾臨閣の壇上で七日間を期して請雨経（大雲請雨経）と孔雀経を転読した。これは守護経（守護国界主経）に旱魃時には水辺で孔雀経を転読すべしとある文に拠ったもので、公季には再三制止されたが、世間の人々のためにあえて試みたと強調している。次いで午刻に一旦閑院に帰って食事を取り、そこで経の所説の通りに焼香祈願を実践していたところ、申刻に大雨と雷鳴が響き始めたためそのまま閑院で祈願を続け、一五日に神泉苑に向かい結願するという。この本人の証言が最も正確であろうが、実成の談では神泉苑の中嶋で祈願を行い、雨が降り始めてから閑院に食事に戻り、午刻頃から本降りになったとし、成算によると八日夜半に一、二人の法師を連れて神泉苑に向かい経を転読し、閑院で食事を取ってから再度神泉苑に戻って祈請を続けたところ未刻に大雨になったとする。或者の話では神泉苑で祈った後、午刻頃に閑院に帰り、そこでも香炉で焼香し懇ろに祈請を続け、晩に大雨雷鳴となり翌日には禅林寺に帰ったとなっている。比較すると或者の談がもっとも深覚の言に近く、伝聞情報の曖昧さがよく分かる。むろん、深覚の談話も相手に合わせて若干は調整しているであろうし、実資の筆もその略記に過ぎないはずであるが、九日朝に壇上で二経の転読、閑院に戻ってから焼香祈願という大筋に間違いはなかろう。

この雨乞いの場となった神泉苑に関しては、九世紀にはすでにその池に龍が住むといわれ始め（『三代実録』貞観一七年〈八七五〉六月二三日条）、一〇世紀前半ごろからは観賢以下の東密僧が勅に基づき国家的祈祷としての請雨経法を修する道場とされるようになる。同時に十世紀後半頃までの成立とされる空海仮託『二十五条御遺告』のように空海が勅によって神泉苑で祈雨法を修し（空海伝では天長元年〈八二四〉とされる）、池に住む無熱池龍王と対面したとの伝承が語られるようになり、神泉苑は空海ゆかりの地として（現実には荒廃していくが）斯界では理念上神聖視されていく。また、一〇世紀末から一一世紀にかけて請雨経法を行うのは東密の二大流派のうち深覚の連なる仁和寺（広沢）流ではなく醍醐流、ことに仁海の師元杲以後は仁海及びその法流を継ぐ僧たちに限定されるようになる。[5] 請雨経とともに用いた孔雀経は、幅広い利益を説き種々の目的で用いられた経典である。上で見てきたように深覚も治病などで度々頼っており、また祈雨止雨の効能を説くこともあって一一世紀以後これも東密の祈雨法の一方の柱となるものでもあった。深覚の行動は、自らが正式に依頼されることがおそらくないであろう請雨経法の場である神泉苑で、請雨経及び孔雀経を転読するというメッセージ性の濃い行為であったのである。そして、深覚の祈雨成功を聞いた実資が神泉苑は龍王の住処であり空海の遺言でも尊重すべき場とされているとして、道長に神泉苑の周囲の垣の整備を朝廷の責任で行うべきと進言しているように、この賭けの成功は空海の法統に連なる僧としての深覚の評価上昇に寄与したものと思われる。

そうした深覚の意図はさておき、『真言伝』②と『小右記』を比較すると、『真言伝』には閑院に戻る記述がなく神泉苑で祈祷を続けたように読め、また『真言伝』にある大日如来以下の名前を唱えるという所作が『小右記』には見られないという差異がある。しかし、『真言伝』の記事は短く、また『小右記』が深覚談話の細部の所作まで漏れなく筆録したと断定することはできないであろうから、一概に潤色や間違いと見なすことは早計であろう。ここでは、『真言伝』が『小右記』以外の史料に依拠していることを指摘するにとどめる。

古記録と真言伝③④⑤⑥

③④も同じく『小右記』に記録がある。③は万寿三年五月九日条に、八日夜の発作時に深覚が天皇の痛む個所や腫れた個所を独鈷で押さえて加持したところ症状が治まり、九日には人の手助けなく起きられなかった天皇が一人で床子に座れるようになったとあり、一一日条にはこの法験を賞して内裏退出時に輦車の許可を賜ったという。おおよその経緯は『真言伝』③と一致するが、③にある石山寺への勅使平高本の名や如意輪呪を用いたといった細部の情報は載っていない。現存『小右記』が略本かつ当月分は数日条しかないという点を差し引いても、それ以外の史料によって記したとするのが穏当であろう。

④は万寿四年二月二六、二七日条に関連記事があり、二六日条に深覚が東宮の瘧病治病に召され、東宮の発作発生時に深覚が孔雀経を転読したと簡潔に記され、翌日条には加持による治病の賞として道長に馬を賜ったと深覚本人から聞いたという。こちらは広本『小右記』であるが、ここにも加持の詳細などはなく転読と加持の関係が判然としないなど、やはり『真言伝』が『小右記』以外の史料に拠っていることは明らかである。

⑤⑥に関しては、年代の記載もなく関連する同時代史料は管見では見当らない。しかし、⑤は先述のように『今鏡』『古事談』に同話があり、すでに一二世紀には貴族社会で語られていたことが確実なものである。囲碁によって病を治すという点は一見奇異に思えるが、類話として『真言伝』七の院政期の三井寺僧増誉の伝に、瘧病の童が連れてこられた際、発作を起こした童を横目に増誉は慌てず囲碁一局を打ち終え、その後に童の肩をつかみ数度身を揺らしたところそのまま発作が治まったとの逸話がある。こちらの逸話も時期はおろか病者の素性すら明記されず史料的裏付けは取りがたく、また囲碁を打つ者が病者本人ではなく僧という違いもあるが、これによって囲碁による治病という発想が孤立したものではないことは確かめられる。[6] むしろ類型的なパターンを逸脱している点から推して、誇張はあれども深覚、増誉両名ともに何らかの土台となる材料が存在したゆえの伝承と見るべきと考える。また⑥は『真言伝』本文が⑤の後に長久四年(一〇四三)八九才での入滅と観修・勝算・深覚が並び称されることを述べて一旦結ばれた後に付加されており、『真言伝』本文成立上の問題を含むものではあるが、馬允季任に相当する左馬権小允橘季任なる人物が寛仁三年(一〇一九)の史料に見え(『江次第』六、四月御禊前駆定)、まったくの作り話とは言い切れない面がある。

以上、『真言伝』の①から⑥を検証した結果、①から④の霊験譚は混成や誇張を含みつつも史実を基礎にしたものであり、⑤⑥も一概には否定しづらいといえそうである。次に、『真言伝』の依拠史料とその性格、言い換えるならば深覚の霊験譚がいかにして後世に伝えられたのかについて考えてみたい。

二　深覚霊験譚の伝承

寛信撰『東寺長者次第』

①～④記事に近い内容を持つ早い時代の史料として挙げられるのが、院政期の勧修寺法務寛信（一〇八四～一一四五）撰『東寺長者次第』の深覚の項目に引用される「僧正夢記」「僧正記」「僧正験記」である。[7] ①に相当するものは「僧正夢記」と題されており、漢文体で主語が「弊僧」と深覚が自ら綴った体裁となっていること、また道長の夢に現れた証念の言葉が「左府御悩不可令他人平癒、又不可令食」と病気と食事を並列に並べる伏線となっているなど細かな異同は見られるものの内容はほぼ『真言伝』と一致する。ただし、夢記は「某年月日」と年紀を記しておらず、引用者の寛信が末尾に長保年中のことかと追記している。『東寺長者次第（補任）』は名前の通り東寺の歴代長者の経歴や在任年代を年代順に配列したもので、宗派の歴史の根幹を知る史料として寛信以後にも増補改訂され諸本が現存しているが、『真言伝』も寛信の考証による年代比定を引き継いでいることから、それらの諸本もしくはその系譜を引く文献を参照した可能性が高いと思われる。

②と対応するものが「僧正記」である。こちらは『真言伝』とやや異なり、旱魃による禅林寺の下人たちの困窮を見過ごしがたいこと、一〇人の僧を率いていくつもりであったが断られたこと、禅林寺から神泉苑に向かう途中で閑院に寄ったこと、夜空に星が残る時間帯に大日以下の号を唱えたこと、公季

が迎車を送ったこと、閑院の池辺で経典の所説通りに安息香を燃やしたことなどより具体的な情報が多い。この「僧正記」は同じ寛信撰『祈雨記』（宮内庁書陵部蔵、国文学研究資料館新日本古典籍総合DBに画像が載る）にも引用されており、こちらはさらに詳しく、「大師之遺教」に任せて神泉苑で祈雨を試みること、内供朝源や安尊阿闍梨らに声をかけたこと、寅時（午前三時ごろ）に閑院を出たこと、神泉苑の門番は相手を問わずに門を開いたことなどが記されている。(8) ここからは『長者次第』の引用が「僧正記」原文をやや省略したものであったことも判明するが、いずれにしろ『真言伝』記事はその範囲内に収まっている。

③④にあたる記事は「僧正験記」から引かれている。まず③では深覚が一旦内裏の真言院に立ち寄ったこと、内裏退出に際しては道長に日次が悪いと引き留められたのを強いて退出したが、公季に輦車の慶だけは奏上するように忠告され従ったことなど『真言伝』にはない情報が記される。ただし、『真言伝』後半部の「又」以下、『小右記』にも書かれている天皇の痛む個所を独鈷で加持したとの記述は欠く。この病については源経頼『左経記』にも記事があり、五月四日条に寸白（寄生虫）による股や肩の腫れがあるとして医師が療治、五日条には仁海や叡山の院源らの祈祷が行われ、八日条には深覚が加持に伺候していたとあるが、独鈷による加持の効果云々の記載はない。これなどは筆者の目から見れば記す価値のある特異な現象と思えるが、経頼及び験記の作者（寛信の省略がなければ）はそのように考えていなかったことになる。よって、後半部はおそらく『小右記』に由来する別の典拠によって付加されたと思われるが、前半部は験記の範囲内である。④では内供朝源、東寺信源らを率いてともに孔雀経を転

読したこと、東宮の爪色が変わったのは午刻であること、退出時の見送りに頼宗以外に能信、長家、兼隆、定頼らの名を挙げるなどの詳細を記しており、現存『小右記』では不明確であった孔雀経転読と加持の関係がより明瞭になる。こちらは『真言伝』の記述内容をほぼすべて網羅している。

このように、③の「又」以下の一文を除けば、『真言伝』①〜④は『東寺長者次第』もしくはその後継諸本を参照し、人名や表現などを適宜選択して記すことが可能なのである。⑤⑥はここに含まれないが、⑤に関しては『真言伝』は別の個所で『古事談』を参照していることが指摘されており、[9]ここでも『古事談』を典拠とした可能性がある。⑥は⑤とともに加持以外の験徳を説くものであるが、付記されたかたちであり、これら以外の文献によって書かれたものという以上の推定は今のところできない。③の「又」以下もおそらくは『小右記』に由来するであろう別の文献が存在したことまでしかわからない。

夢記と僧正記

ここで問題としたいのはそうした深覚の霊験を伝える「夢記」「僧正記」そして「験記」の性格である。これらが一二世紀前半には既に存在していたことは『長者次第』に引用されることから明らかである。このうち夢記は先述のように史実を合わせて潤色したものであり、同時代の記録とは考えがたい。同じように実在の僧の名を冠しつつ虚構性の疑われる夢記としては阿部泰郎氏が紹介した多武峰の『増賀上人夢記』がある。[10]これは増賀の自筆記を死後に弟子らが文箱から発見したといささか怪しげな来歴が書かれているが確証はない。氏は弟子の手になるかと推測されているが、本書の依用は一一九七年の

『多武峰略記』まで降るから、慎重に言えばそれ以前の成立ということになる。深覚夢記の場合、通常の夢記のような深覚本人の夢ではなく道長の夢想に石山寺証念が来たとするもので石山寺僧の関与も想像されるが、おそらくは深覚没後に世に出た書としてよいであろう。一方、「僧正記」は深覚の行動を関係者の名前を含めて詳細に記しており、むろん動機などは美化している可能性が考えられるとはいえ、事実関係にとくに疑わしい点はない。ただ、「南無大師遍照金剛」と唱える大師宝号に関しては、その史料的初見は承徳二年（一〇九八）入滅の『拾遺往生伝』蓮待伝との指摘があり[11]、時期的に早すぎる懸念がある。しかし、長久四年（一〇四三）の仁海の請雨経法に「大師御影」を掛けたとあるように（元海『厚造紙』祈雨法日記など）、神泉苑の祈雨が「大師之遺教」を想定したものである以上、空海を前面に出すことには必然性がある。万寿四年の東宮加持においても大師を念じたとあり、文言の細部はともかく大師の加護を求める所作の存在は深覚の大師信仰として認めてよいのではないかと考える。また、こうした記録の作成については、『祈雨記』に引用される仁海記あるいは永久五年の醍醐寺勝覚の祈雨日記などのように僧の側から修法行事を記録した実例は多い。実はこの時、前日の八日から神祇官において祭主大中臣輔親による公的な祈雨が行われており、貴族たちは九日の降雨を輔親の祈祷の感応と認識していた。実資が深覚の祈雨を知ったのも十一日のことである。こうした状況下で、公的記録には残らない今回の祈祷の成功を伝える僧正記が作成されたとしても不自然ではないと考えられる。

残る「験記」は非常に興味深い。『東寺長者次第』によると験記はその名の通り多くの深覚の霊験が記載されており、寛信は一、二の記事を抜き書きしたに過ぎないという。残念ながらその全容を知る術はないが、その成立を知る手掛かりとなる僅かな史料として山崎誠氏が紹介した東洋文庫所蔵の広橋家旧蔵『古談抄』がある。(12) 本書は建久八年（一一九七）具注暦の紙背に記された断簡で編者も書写者も不明であるが、前半欠失の一話と霊にまつわる談話二つが記されており、山崎氏の分析によると永長元年（一〇九六）～嘉承元年（一一〇六）の間の撰と見なされるという。ここに深覚の霊験譚が含まれている。その内容は教通室の三条天皇皇女禔子内親王の腹部が三年にわたり膨れたままであり、招かれた深覚が邪気の仕業と見抜いたところ内親王に霊がつき、三年前に深覚に勘当された禅林寺の南の聖人と名乗った。思い当たった深覚が理由を尋ねると、三条天皇の東宮時代に祈祷を行い即位後に賞を申し出た時に若き内親王が差し出口をした恨みがあったためと白状し、内親王の腹病は回復したというものである。この話には聖人と深覚の関係や聖人の生死など解釈困難な部分や三条天皇の眼病がこの霊の所為といった年代の混乱した記述も見られる。また想像妊娠のような内容ではなく病としての腹部の膨張という点で教通の腹病と共通するが両伝承の影響関係は不詳である。注目すべきはこの霊験譚の語り手が禅林寺の交禅阿闍梨とあることと、末尾にこの話は「行成卿ノ験記ニ載セズ、書キ入ル可キカ」と注記されていることである。山崎氏は交禅を深覚孫弟子の光禅かと推測されており、それが正しければ禅林寺内や深覚法流で深覚の霊験譚が口承されていたことを窺わせる。さらに注記によれば、験記は藤原行成の手になるものとされており、行成は万寿四年一二月死去であるからその成立が深覚生前であったことを示す。また内親王と教通の婚姻はその前年の万寿三年であるから、この逸話はそれより三年以上の後の行成没後にあたり、そのために験記に漏れたとの山崎氏の推定は妥当といえよう。もっとも、上で見たように験記の記事は仏事の内容をかなり具体的に記し、かつ「小僧」と深覚を主語としているので、行成その人が逸話や記録を収集して主体的に書き記したものと見なすことは難しい。聞き書き風の文体でもない。『権記』を見る限り深覚と行成の交流の痕跡は乏しいが、行成が編纂したのではなく草稿の清書を依頼されたといった程度の関わりであったとするのが無難であろう。また行成が清書したとするならば、験記には万寿四年二月の記事を含むことから、それは万寿四年、深覚七三歳の年に限定される。『古談抄』注記から導かれた右の推測が正しければ、験記は深覚本人が自分の霊験を世に残すためにまとめた書であった可能性が高いといってよいであろう。その素材となったのが、先に推定した僧正記のような深覚側の記録であったと考えられる[13]。この験記がどの程度流布したかについては手がかりが少ないが、『古談抄』筆者が言及すること、勧修寺寛信が引用していること、醍醐寺成賢筆の『一切業集（成賢筆第八略抄）』に「禅林僧正霊験記」と出ること（東京大学史料編纂所蔵、同所所蔵史料目録データベース画像による）、その成賢も座主を務めた鎌倉前期頃の醍醐寺三宝院の目録『三宝院経蔵目録』（該当部は成賢弟子の憲深自筆本の書写という）に「禅林寺僧正私験徳記一巻」とあることなどから[14]、真言系の寺院ではある程度知られていたと思われる。なお『一切業集』では、「霊験記曰」として長和の神泉苑祈祷の件に触れている。先の僧正記と同一かとも疑われるが、『一切業集』では大雨が未刻から戌刻に至ったという『祈雨記』引用の僧正記にもない記述があるので、異本や節略といった事情を想定しない限り、僧正記とはまた別に手を加えた記事が験記に収載されていたことになる。

上記をまとめるならば、平安時代後期には深覚の霊験を語るものとして僧正記、験記といった本人の関わりのもとに成立したものと、後の（おそらく石山寺の）関係者が作成したと思われる夢記、貴族の日記や公的な記録、そのほかの文献及び口承伝承が存在したと考えられる。とりわけ注目されるものが験記であり、名称からしても通常の伝記ではなく生前に個人の霊験譚を集成した書物であったと推測され、実際に深覚の霊験を後世に伝える上で一定の効力を発揮していたことを明らかにできたものと考える。

おわりに

『真言伝』深覚伝を素材に、同時代史料との比較や伝記の典拠について考察をめぐらし、それが『東寺長者次第』引用書及び『古事談』、そのほかの典拠によると考えられることを論じ、なかでも本人の関与によると思しい「験記」なる文献が存在することに注目するに至った。験記のほかの記事内容を知る手がかりには乏しいが、史料からは孔雀経転読や加持によって藤原頼通の瘧病の発作を防いだことが知られ（『左経記』『小右記』寛仁四年〈一〇二〇〉七月二十六日条）、この時の逸話なども収載されていた可能性がある（ただし翌日に再発）。対して、『古談抄』所載伝承は行成没後であるだけではなく、護法によって女房が飛ばされるといった類型的な表現や内容の混乱といった不審点が多く、験記記事とは一線を画している。むしろ深覚夢記のような混成や潤色を疑うべきであろう。夢記といい、深覚没後半世紀頃にはすでにこうした史実から遊離した口承・書承伝承が流布していたのである。ほかに深覚に関わる伝承としては、『一切業集』に深覚が孔雀経法、仁海が請雨経法で同時に祈雨を修したところ大雨が降ったため勅使が仁海のもとに向かったが、仁海はこの雨は孔雀経によるもので請雨経の雨は明日か明後日に南東からの黒雲によってもたらされると語り、その通りになったというものがある。これは一二世紀末の守覚法親王『追記』に孔雀経法は広沢流の大法で請雨経法は小野流の大法であると述べるごとく、小野流の請雨法と広沢流の孔雀法を対比させる見方が出来てからの付会であり、仁海に類話(『三宝院伝法血脈』仁海条)が見られるように説話の主役は仁海で深覚は脇役にすぎない。なお、この伝承に対して成賢は先述の長和五年の験記記事を参考に深覚の修した仏事は孔雀経の読経であって修法ではないと仏事の種類について考察しながら、年代比定には関心が向いていない。験記が参照先として用いられている一方で、史実性とは異なった次元で伝承が生成・受容されていく様相を示す一例といえよう。

これまで述べてきたように、験記は深覚の霊験譚を中世以後まで伝えることにある程度は成功したが、それには寛信による重要文献『東寺長者次第』の貢献が大きい。寺院聖教類における験記引用の調査はこれからの課題であり、また散逸文献や寺院社会での口承などで典拠として用いられる機会も存在したと思われるが、験記の認知度については『古談抄』の言及態度から一一世紀から一二世紀頃までは多少知られていたと推測されるものの、それ以後において広く普及していたとは現時点では考えにくい。とはいえ、験記がなければ万寿三、四年の霊験譚は『真言伝』に採られていなかった可能性があり、実録としての僧正記や潤色を含む夢記ともども、霊験譚を文献として記しとどめる行為は決して無駄に終わったわけではなかった。寛信による省略の可能性は一旦除外し、現存記事から験記の特徴を指摘しておくならば、験記は仏事の具体的内容と結果としての平癒、さらに貴族たちとのやり取りを記す程度で病状の詳細な描写も少なく、実務家の古記録に似た簡素な叙述で一貫している。現存記事には邪気調伏の話がないこともあって神仏や霊の出現も説かれていない。祈祷に即応して望ましい結果が生じるという顕著な因果関係を可視化した出来事を記しながら、淡々と事実を並べ地味な筆致に終始する験記の筆録態度は、筆者には好感が持てるものであるが、法流における深覚の位置付けなども相まって、あるいはその淡泊さが験記流布の限界を招く一因となってしまったのかもしれない。

最後に大きな問題として残るのは深覚の験記作成の動機であるが、残念ながら明確な見通しは持ちえていない。いわゆる験や感応などの霊験を主題とした書は、観音や地蔵、弥勒といった特定の仏、あるいは春日社の『春日権現験記絵』『御社験記』、また『山王霊験記』『長谷寺霊験記』、『石山寺縁起』などの寺社、『本朝法華験記』やその先蹤とされた新羅の義寂『法華経集験記』や中国の僧祥『法華伝記』、さらに『華厳経感応伝』『加句霊験仏頂尊勝陀羅尼記』『六字経験記』のような経典別のものなど、特定の対象に関する逸話を集成しその対象の霊異を説くものが一般的である。ほかには現世における善悪の応報を説く『日本霊異記』や『日本感霊録』、逸書『日本霊感記』といった類は不思議を説くことで仏法そのものの正当性を主張するもので、中国の『三宝感応要略録』、『集神州三宝感通録』、『神僧伝』、日本の『元亨釈書』感進編や『真言伝』も験や感応をテーマに僧の伝記を編集することで仏法や僧侶、密教の正当性を主張する意図を持つものである。深覚の験記もまた同様に彼の傑出した能力を証するものとして編まれたはずであるが、死後の伝記ではなく個人単位での生前における霊験譚の編纂となると筆者の知見ではすぐには類例が思い浮かばない。むろん、相応や浄蔵、尊意といった験僧の伝記は数々の霊験譚で彩られており、なかには大御室性信のように没後比較的早い時期の伝記で多くの治病霊験譚を列挙する場合もあり、また高山寺明恵の弟子たちによる伝記もまた彼の異能を示す逸話に満ち溢れるが、明恵当人はそうした逸話を周囲に語りこそすれ、自ら編纂して残そうとはしていない。当人による証言としては、深覚の一世代前の真言僧で仁海の師である元杲には短いながらも雨乞いの成功を中心とした自伝があり、時代は下るが叡尊の『感身学正記』や浄土宗の袋中良定上人『寤寐記』のように夢想を主とした複数の霊験的体験を含む自伝的著作は見られるが、これらもいわゆる験記とは言いがたい。また仁海は自身や師の元杲、空海による請雨経法の験と褒賞を強調する一方で広沢流の寛空の修法の効果を限定的なものと見なす歴史認識を発信しているが（『左経記』長元五年六月六日条、仁海記など）、こちらは個人の範囲に留まらない法流の正統性の主張に力点がおかれている。このように、深覚験記の位置づけはなかなかに困難である。

深覚は万寿四年以後も藤原実資家訪問の折に実資やその女子に加持や護身を行い、長元四年には弟子深観の少僧都補任の代わりに大僧正を辞退しながら、なお無官のまま一長者に留まらんとして成功するといった意欲を見せており、この時期に引退したわけでもない。しかし、あえて言うならば、深覚にはこれといった教相や事相に関する著作も知られず、老境に入って自らが恃みとする験に関する事績を残しておくことに意義を見出した可能性はあり得るのかもしれない。あるいは、そうした行為の先蹤や類

例が存在したのかもしれないが現時点では不明であり、験記制作の意図と位置づけは今後の課題として
これからも考え続けることにし、ここで筆をおきたい。

（1）武内孝善『弘法大師　伝承と史実』（朱鷺書房、二〇〇八年）が平易に解説している。
（2）堤邦彦『江戸の怪異譚』（ぺりかん社、二〇〇四年）、同『江戸の高僧伝説』（三弥井書店、二〇〇八年）などに詳しい。
（3）真宗史料刊行会編『大系真宗史料伝記編一　親鸞伝』（法蔵館、二〇一一年）、塩谷菊美『作られた親鸞』（法蔵館、二〇一一年）など。
（4）真言伝の引用は説話研究会編『対校真言伝』（勉誠社、一九八八年、三六三―三六六頁）による。真言伝については同書解題（野口博久氏執筆）や佐藤愛弓『中世真言僧の言説と歴史認識』（勉誠出版、二〇一五）に詳しい。
（5）藪元晶『雨乞儀礼の成立と展開』（岩田書院、二〇〇二年）、スティーブン・トレンソン『祈雨・宝珠・龍』（京都大学学術出版会、二〇一六年）など参照。
（6）囲碁による治病の存在を扱ったものに小山聡子「囲碁・双六によるモノノケの調伏」『説話文学研究』五一、二〇一六年、六五―七四頁）がある。
（7）和田昭夫「寛信撰　東寺長者次第」（『高野山大学論叢』一、一九五八年、八一―一四三頁）。
（8）祈雨記については小倉慈司「『祈雨日記』とその増修過程」（『書陵部紀要』五一、一九九九年、一―二四頁）参照。
（9）田中宗博「心誉験者説話の始原と展開」（『百舌鳥国文』一九、二〇〇八年、一―二五頁）。

(10) 阿部泰郎「『増賀上人夢記』」(『仏教文学』七、一九八三年、一六―二六頁)。

(11) 日野西真定「弘法大師の宝号の歴史とその宗教的意味」(『印度学仏教学研究』四五―二、一九九七年、六六四―六六八頁)、武内孝善「御宝号念誦の始原」(『日本仏教学会年報』六七、二〇〇一年、四一―五四頁)。

(12) 山崎誠「〈翻刻〉広橋家旧蔵佚名『古談抄』断簡」(『国書逸文研究』一二、一九八三年、一二六―一三五頁)。

(13) 鎌倉前期頃の醍醐寺の『三宝院経蔵目録』には「女院発心地霊験記又同御巻数案一通」なる書名が見える。発心地とは深覚も度々霊験を現した瘧病のことであり、人物は特定できないがある女院の瘧病を何らかの修法で治した「霊験」の記録であったと見られる。おそらく深覚も先の祈雨のような度々の祈祷の記録を作成しており、そうした記録を集成して験記が成り立ったと考えてよかろう。

(14) 小原仁「『三宝院経蔵目録一・二』」(『醍醐寺文化財研究所研究紀要』二〇・二一、醍醐寺文化財研究所、二〇〇五・二〇〇六年、二〇―五〇頁・一―一一五頁)。

参考文献

伊藤博之ほか編『仏教文学講座六　僧伝・寺社縁起・絵巻・絵伝』勉誠社、一九九五年、

本田義憲ほか編『説話の講座二　説話の言説』勉誠社、一九九一年

同　『説話の講座三　説話の場』勉誠社、一九九三年

第八章　院政期の宿曜道と宿曜秘法伝承

山下克明

はじめに

宿曜道とは、暦算によって個人の誕生日時における九曜（七曜に羅睺・計都星を加える）の位置を算出し、二十八宿・十二宮等を記した円形の図（ホロスコープ）に示して、その位置関係から運勢を占うとともに災厄を祓う星供を行う術をいい、これを専門とした僧を宿曜師と称した[1]。宿曜師は一〇世紀後半から一五世紀まで活動し、貴族社会を中心にその精神生活に少なからぬ影響を与えたが、とくに彼らの活動が盛んであった院政期には宿曜秘法・属星秘法と称して特有な伝承と祭祀を創始した。それは北天竺月氏国の迦羅王の病苦を救った秘法で、鳩摩羅什が亀茲国より漢地に伝え義浄が漢訳し、ついで推古朝に日本に伝来し、唐では皇帝のため災害・病を除き、日本では中臣鎌足・僧道鏡・吉備真備らはこの属星秘法を行って高位に昇ったとするものである。

それらの伝承は、院政期以降の真言密教の事相書『小野類秘鈔』や『覚禅鈔』、『白宝口抄』等に断片的に引用されているが、それは何を典拠としいつ頃形成されたものであろうか。本稿では属星秘法・北斗の霊験と称して宿曜師が物語を創造した背景と、その出典となったと考えられる高山寺蔵『宿曜占文抄』、石山寺蔵『北斗験記』『大唐祭北斗法』等の関わりを検討したいと思う。

一　宿曜師と宿曜勘文

宿曜道の遥かな源流は、紀元二・三世紀頃ギリシャ・バビロニアのホロスコープ占星術がインドへ伝えられ、インド固有の二十七宿（二十八宿）の体系と融合したところにある。この占星術の要素は仏教とともに中国へ伝わり、とくに盛唐期の密教では宿曜による人への善悪・災厄への影響や、造仏や修法を行うさい宿曜の吉日良辰を選ぶことが重視された。その法を概説したのが不空の『宿曜経』（乾元二年〈七五九〉初編、広徳二年〈七六四〉再編）であったが、[2] 実際にホロスコープ占星術を行うためには九曜の位置を知ることが可能なインド系の暦法書が必要であり、[3] 唐では建中年間（七八〇〜八四）に術者曹士蔿が『符天暦』を編纂して民間で用いられたという。

大同元年（八〇六）に唐から帰国した空海は『宿曜経』を請来し、初めて七曜日を日本に伝えた。しかしその後本格的に占星術が可能になったのは、天徳元年（九五七）に延暦寺僧の日延が呉越国で符天暦を学び請来してからである。日延渡航の使命は延暦寺から中国の天台山へ散逸した経典を送致することにあり、符天暦の学習はそのさいに暦家から新暦法の請来を託されたことにあるが、僧侶として日延自身が暦法を習得した背景には、貴族社会で個人の運命を主るものとして星辰信仰が興隆し、密教で星自体を祀る本命供・北斗法など星宿法の創成が要請されているという問題があった。

本命供・北斗法では本命星（本命属星）や本命宿・本命宮などを祀るが、単純に個人の生年の十二支で定まる本命星（北斗七星の一星で、子年生まれ―貪狼星、丑・亥年生まれ―巨門星、寅・戌年生まれ―禄存星、卯・酉年生まれ―文曲星、辰・申年生まれ―廉貞星、巳・未年生まれ―武曲星、午年生まれ―破軍星が本命星となる）と異なり、本命宿は個人の誕生時刻に遡って月が所在した二十八宿の一つのことで、正規には暦算による確定を必要としていた。ことに応和元年（九六一）に村上天皇のために修す本命供をめぐり賀茂保憲と真言僧法蔵による論争があり、そのさい法蔵の主張により本命宿は暦算を用いることに決していた(4)。これを契機として一〇世紀末から暦計算に明るい仁宗・仁統・証昭らの宿曜師が輩出し、彼らは符天暦で暦算を行って九曜の位置を知り、宿曜勘文を作成して天皇や貴族の運勢を占うとともに祈祷の星供を行い、ここに宿曜道が成立した。なお彼ら三人は暦算の能力を買われ、暦博士の賀茂氏と共同で暦を作成する造暦の宣旨を蒙っている。

宿曜師が作成する占文を宿曜勘文というが、桃裕行氏は一二世紀から一四世紀までの勘文十六通を蒐集し(5)、これをつぎの四類に分類している。第一類生年勘文（個人の一生の運命を占うもの）、第二類行年勘文（個人のその年の運命を占うもの）、第三類日食勘文、第四類月食勘文（第三・四はともに個人の年齢と日食月食の起こる天空上の位置等を組み合わせ占うもの）。

藤原実資の『小右記』天元五年（九八二）五月十六日条に、「以㆓興福寺仁宗法師㆒、令㆑勘㆓宿曜㆒」とあるのは、実資がその年の運勢を仁宗に占わせた宿曜行年勘文の例であると考えられ、藤原宗忠の『中右記』康和五年二月七日条などには宗仁親王誕生に際して白河上皇は誕生時刻と宿（本命宿）の注進を命じ、その後賢暹が作成した「皇子今年御宿耀勘文」を堀河天皇に奏上させている。「今年」とあるが、誕生時刻や本命宿を注進しているので生年勘文であろう。文学作品を含めて宿曜道の運勢勘申に関する例には、『源氏物語』桐壺巻に「すくえい（宿曜）のかしこき道の人にも考へさせ給ふにも、同じさまに申せば」と、光源氏を臣籍に降下させる理由として、『愚管抄』巻六に鎌倉の将軍源実朝の没後、九条三寅を鎌倉殿として下向させるさいに「占にも宿曜にもめでたく叶ひたり」と、ともに宿曜師の勘文によってその将来を決したとあり、如何に貴族社会で宿曜道が重視されていたかが知られる。

二　院政期における北斗法の盛行と立体北斗曼荼羅

応和元年に村上天皇の本命供をめぐり論争が行われたように、一〇世紀中葉に本命供・属星供など密教の星宿法は成立するが、速水侑氏は十一世紀の摂関体制全盛期にはそれに代わって本命属星信仰を包摂した北斗法や尊星王法等が頻出すること、さらに院政期には院の奢侈性を反映して修法の多壇化・大法化があり、七壇北斗法と大北斗法が成立すること、その目的も個人の延命・息災・調伏となることを指摘している。大壇と護摩壇からなる通常の北斗法と異なり七壇立ての北斗法は承暦四年（一〇八〇）が初見とされ、七壇を延暦寺・園城寺・東寺（醍醐寺）の台密・東密諸大寺に分けることも行われた。大北斗法は、本命星を本尊として大壇・護摩壇を充て、残りの北斗の六星を各六小壇に供するものであ

り、天永元年（一一一〇）に白河法皇が鳥羽殿に幸し、仁和寺の寛助に行なわせたのが初見とされる。(6)

このような北斗法の盛行と関わるものが、木像北斗曼荼羅と北斗堂の建立である。『中右記』天仁元年（一一〇八）六月二十三日条には、摂政藤原忠実が北斗曼荼羅および愛染明王像を造り始めたとあるが、前者については「北斗曼荼羅令㆓作始㆒、五十余体並置、」と記す。五十余体を並べたというのであるから通例の絵像ではなく木彫であったことが窺える。実際に大江匡房の『江都督納言願文集』所収の天仁二年法勝寺北斗曼荼羅堂供養願文には、白河法皇御願の「金輪仏頂、北斗七星、九曜、十一宮、二十八宿」など、木像五十七体を安置したとあり、法勝寺北斗曼荼羅堂には所謂星曼荼羅に画かれる金輪釈迦仏頂を中尊に北斗七星以下の星神木像五十七体で構成される立体曼荼羅が安置されていたことが知られる。星曼荼羅の諸神はそれぞれ神像で、そのうち黄道十二宮の蝎虫宮・秤量宮・巨蟹宮や雙魚宮は蠍《さそり》・天秤・蟹・魚が描かれており、これらも同様に彫像されたのであろう。永厳（一〇七五～一一五一）撰の『要尊法』（『大正新脩大蔵経』第七八巻二〇七頁上）北斗の項にも、大北斗法について「中段萬太羅木像造之、六小壇萬太羅絵像図之」とあり、院が行わせた大北斗法でも中段は木像曼荼羅、六小壇では絵像の星曼荼羅が掛けられていたようである。

このように院や摂関家では北斗法に関わり木像の立体曼荼羅が造立されたが、『修法要抄』造立木像北斗曼荼羅事（『大日本史料』三編一四、二一〇頁）には、天永四年（一一一三）七月四日の仁和寺成就院僧正寛助の記として「於㆑院勤㆓修北斗法㆒。大蔵卿為房造㆓立木像曼陀羅㆒、所㆑行㆓此法㆒也」（傍点は引用者、以下同じ）とあり、大蔵卿藤原為房も北斗法修法にさいして立体曼荼羅を造らせていた。そのことと関わる史料が『東大寺并東寺款状』（『大日本仏教全書』第八四巻所収）所載天永三年の為房の北斗法願文であり、次にこれを引用する（内容により三段に分け、かつ校訂を施した）。

(1)維南閻浮洲、大日本国、天永三年歳次壬午十一月卅日癸未択二定吉日良辱〔辰〕一。参議正四位上行大蔵卿兼修理権大夫越前権守藤原朝〔臣脱〕為房、沐浴潔斎。敬以敬二自〔白〕一字金輪北辰菩薩、大梵天王、帝尺天衆、四天皇、之〔並カ〕北斗七星、九執大天、十二宮神、廿八宿、炎魔法王、上〔五〕道大臣、泰山府君、冥道諸神、六十余洲有勢無勢大小神祇一。忝垂二昭鑑一、早施二冥応一。已以二愚昧之身一、猥昇二公卿之職一、朝夕如レ踏二春火〔氷〕一、齢傾病重。加之、近日物怪頻呈、夢想不レ静。消二除夭魔子一、唯在二祈請一。

(2)爰宿曜勘文之〔云カ〕、木星在二遷移位一太以吉也。或秋冬在二官禄位一所レ求不レ宜。怨讐強盛、風疾発動、眼頭不安。火星在二天上宮一録二君王寵一。或十一二月在二辰位一、奴婢・口舌・火事之危可レ慎。土星在二成〔戌カ〕位一得二大人引接一、加官増禄。羅睺星加二年上一身及妻子有レ慎、又在二大行年一官妨二滞慶賀一。計都星夏暖在二悪位一、奴畜有レ畏。禄命行年至二禄絁〔ママ〕一、於二官職一有レ妨。四月已後在二辰位一、夢想悪怪在レ慎。水星十二月八日以後十三日、及十八日以前、直二命宥〔宿〕一和気不レ周、心神不安。金星十二月直二命宿一、主二大兵権一得レ科、蓋者吉凶相交。

(3)冥応偏期。因レ茲奉レ図二北斗大曼陀羅一。今依二秘密之儀軌一更修二護摩之行法呪一乎。造二立木像一安置日久。或成二就智徳一而両壇致二長日祈供之節一。或正二衣冠一而数歳抽二朔日礼拝之忠一。伝聞。上耀二天神一、下直二人間一、一身懇念、七仏知二見祈与不レ祈、謝与不レ謝也。早攘二厄会於万里一、専授二福寿於一身一。殊垂二畜(ママ)応一必答二丹祈一。乃至二後世一尤憑二引摂一。法界衆生、平等利益。稽首和南。謹啓白。

天永三年十一月卅日

参議正四位上行大蔵卿兼修理権大夫越前権守　藤原朝臣　敬白

まず⑴で為房は、北辰菩薩をはじめ諸星神や冥道諸神に対して自身が愚昧ながら公卿の職にあり、また年齢はかさみ物怪が頻繁に起こり夢想不快で、その妖魔を避けるために北斗法を修す旨を述べる。

⑵は、この年の為房個人のホロスコープ上における九曜の位置とその吉凶を述べた宿曜行年勘文を引用したものである。先述のように桃裕行氏によりこれまで十六通の勘文が蒐集されているが、この勘文は未収録でここに新たに一点を加えることができた。宿曜勘文では、木星は秋冬に十二位の官禄位にあって「求めるところ宜しからず、怨讐が強盛で、風疾は発動し、眼頭は安からず」といい、火星はこの冬に辰位（禍害位）にあり奴婢・口舌（言い争い）・火事などの恐れがある。土星の位置はよいが、羅睺星は本人・妻子に慎みがあり慶事は防ぎ滞る。計都星は四月以降辰位（禍害位）に在り夢想や悪怪の慎みがあり、水星は十二月八日から十八日まで為房の本命宿に在り、和気は調わず精神に不安があり、金星も十二月には本命宿にあり大兵権を主るも罪科を得て吉凶はこもごもといい、総じてこの年の冬は占星術上で不穏だった。

⑶では、このように不安な事が多いからここに北斗大曼荼羅を図して北斗の秘法を行うが、為房はまた木像即ち立体曼荼羅を造立して久しいとする。これが先引の『修法要抄』に言う「大蔵卿為房造立木

像曼荼羅」であろう。為房はこの両壇に長日の祈請を致し、また数年来、朔日毎に衣冠を正して北斗に礼拝し忠節をつくしている。聞くところでは北斗七星は一身の懇念、祈請を知見するということであるから、早く災厄を払い福寿をこの身に授けてほしいと祈念している。

このように為房の北斗法願文は、宿曜道とも関わり院政期における星辰信仰の隆盛を示す資料となるが、さらにこの北斗信仰専修の施設が北斗堂であり、院政期には尊星堂とともに多数建立されている。園城寺北院内の白河院御願・尊星王堂（羅惹院と号した）は承暦四年（一〇八〇）に隆明が創建し白河天皇が御願寺としたものであり、園城寺中院の平等院尊星王堂も鳥羽天皇が尊星王を安置し、大治二年（一一二七）に三口の阿闍梨を置き、後白河院も永暦二年（一一六一）に臨幸供養して、鳥羽・後白河二代の叡願所とされた（『大日本仏教全書』第八六巻所収『寺門伝記補録』第八、尊星王堂中院条）。建久四年正月には後鳥羽天皇の沙汰として最勝寺并千躰阿弥陀堂・十一面堂・仏頂堂・尊星堂等が修造されている（『陰陽博士安倍孝重勘進記』(7)）。

先述した白河法皇御願の法勝寺内曼陀羅堂（北斗堂）は天仁二年（一一〇九）に供養され、仁和寺北斗堂は鳥羽上皇・待賢門院藤原璋子御幸のもと保延元年（一一三五）三月二十七日に供養されている（『中右記』『長秋記』）。なお『陰陽博士安倍孝重勘進記』には同じ日に法金剛院内北斗堂の供養があったとするが、その存在自体は『御室相承記』に、建暦元年（一二一一）七月六日に法金剛院北斗堂で道法法親王により鎮壇が行われたとあることにより知られる。蓮華王院にも北斗堂があり、寿永二年（一一八三）十一月十日に後白河法皇が建立供養している（『玉葉』）。このような院・女院の御願寺には比べようもないが、宿曜師弥賀や慶算も自坊の北斗堂を拠点に活動していた。[8]

院・貴族の北斗信仰は鎌倉へも影響し、北斗堂が建立されている。建保四年（一二一六）八月十九日に鶴岡八幡宮北斗堂を別当定暁が建立し（『吾妻鏡』）、仁治二年（一二四一）八月二十二日には五大堂内北斗堂が建立されたが、前年に造りはじめられた三尺の北斗七星の本尊、一尺の二十八宿、十二宮神像各一体、三尺の一字金輪像が安置され、これも立体曼荼羅であり将軍家が供養を行っている（同）。また寛元二年（一二四四）正月十六日、月食祈祷のため大納言法印隆弁が「自㆓去八日㆒、参㆓籠明王院北斗堂㆒祈請。」（同）とあり、鎌倉には少なくとも三か所北斗堂が建立されていたことが知られる。

三　宿曜師の祈禱活動と宿曜秘法伝承

平安中・後期の宿曜師について鎌倉時代の『二中歴』十三、一能歴には「法蔵僧都」から「日覚良祐弟子」まで二二人の歴名を記している。それらの僧は東密系と台密系の僧に分けられ、僧綱に任じるなど高僧が多い台密系に対して、東密系の僧は貴族の日記などでも宿曜勘文を献じ、星供を行うなど、専修の宿曜師として活動するものが多い。『二中歴』の尻付および他の関連史料により東密系の僧を系譜化するとつぎのようである（---は推定）。

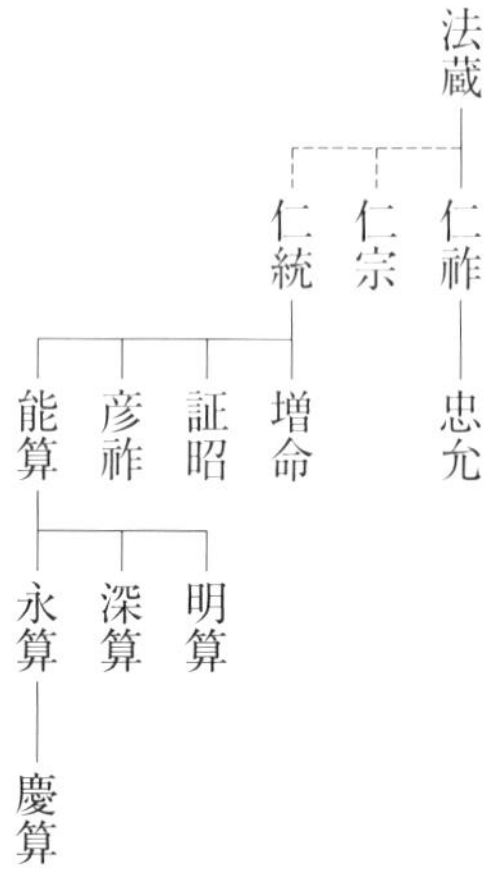

このうち慶算については『山槐記』治承二年（一一七八）十月二十九日条に、自ら行うとする東方清流祭について「抑此祭、東方清流・南方高山、能算以後無㆓修㆑之人㆒、而能算伝㆓永算㆒、々々伝㆓慶算㆒」と、能算・永算を経て伝えられたと述べており、その系譜を知ることができる。また『二中歴』には見えないが珍也は興福寺の宿曜師で、酒井宇吉氏旧蔵『七曜攘災決』奥書に「永久四年三月七日伝授之珎也。日本第百十九之宿曜師珎也之本」とある。日本第一一九の宿曜師とは不明であるが、宿曜道の伝来・相承を長く誇張した表現であろうか。

彼ら宿曜師は占星術と暦算のほかに転禍為福の祈禱を職務とした。『覚禅鈔』巻一〇一北斗法裏書（『大正新脩大蔵経』図像部第五巻、四一五頁下）に「星供ハ多分当年星ヲ奉㆑供也。但シ宿曜勘文之中ニ、為㆓慶厄㆒之星又奉㆑供㆑之。与㆑慶之星者、弥与給也。為㆑厄之星ハ、為㆑輪〔転カ〕㆑福供㆑之也」とあるように、規模の大きい北斗法と違い星供は貴族個人の年齢により毎年変わる九曜の当年属星や、宿曜勘文でその年の吉凶を主るとした星を祀るもので、宿曜師によってしばしば行われている。しかし一一世紀以降には北斗法や尊星王法などの星宿法は権門寺院の高僧により行われ、星宿法は宿曜道の専門ではなくなり、彼ら宿曜師はその存在を示す必要に迫られたと考えられる。その方法の一つが秘説の創造であった。

宿曜勘文で占われる寿命について、『江談抄』第二（八）には堀河院の崩御に関わり次のような話を載せている。嘉承二年（一一〇七）に崩じた堀河院について大江匡房は、宿曜では寿命は過ぎていたが天皇宝位の運により近代の天皇としては珍しく二十余年の在位を保つことができたと述べる。これを聞いて筆録者の藤原実兼は、寿命が尽きたのにどうして天皇位を保つことができるのかと問うと、匡房は宿曜師彦祚から聞いたという説を述べる。漢家・本朝共に帝王の運は凡人（一般人）と異なるもので、宝位を維持できれば算寿を延ばすことができる。凡人は官位を得ても鬼がそれを憎み禍をなせば辞職して年齢を延ばすが、帝王は位を軽はずみに退くことができず、帝王の位は強く算寿は弱いものである。これは「宿曜の秘説」であるという。

平安中期以降、宿曜師は皇子や貴族の子女誕生のさい宿曜勘文を作成して運勢・寿命を占い、祈祷の星供を奉仕して公家の祈禱の一角を担う存在となり、褒賞とし南都の諸寺の別当職等を与えられた。彦祚は治暦三年（一〇六七）に法隆寺の別当に就任しており、これは後冷泉天皇への奉仕の抽賞によるものと推測されるが[9]、そのような活動の蓄積を経て宿曜秘説は形成されていったのであろう。

さらに東密・台密の星宿法に押されていた祭祀活動の面でも独自性を主張するようになる。先にも引いたが『山槐記』治承二年十月二十九日条には、

被レ行二東方祭一、三箇夜、宿曜師慶算於二雙林寺本堂一行レ之、雑事白河殿女房冷泉局沙汰云々。（中略）抑此祭、東方清流・南方高山、能算以後無二修レ之人一、而能算伝二永算一、々々伝二慶算一之由申二一品一。仍修レ之云々。

とあり、慶算は二位平時子に申請し中宮御産の祈祷として東方清流祭を行った。この祭祀と南方高山祭は宿曜師の祭祀で一一世紀後半の能算以後行う人がなかったが、能算が永算に伝え、さらに永算から慶算に伝えられたものと主張している。

これらの祭祀については永正十五年（一五一八）成立の東坊城（菅原）和長撰『諸祭文故実抄』第三、東方清流祭（東京大学史料編纂所蔵謄写本）に、高祖父秀長の日記を引用して「家記云、迎陽御記、是者、北斗宿曜師勤仕之、推古天皇御宇、自二月氏国一伝来云々、星宿勧請也」とあり、また後小松天皇の応永十九年（一四一二）同祭祭文に、「謹啓、夫宿曜教法者、起レ自二月氏禄命秘術一者、専伝二日域一、因レ茲点二南贍部州之勝地一、設二東方清流之祭場一」とあり、推古朝に西域月氏国から伝来した宿曜教法で禄命秘術であるとしている。さらに足利義満の応永十年祭文にも、「謹啓、夫宿曜教法者、釈尊所説也。遠伝二乎異域之風一、行恵将来也。遥凌二乎大洋之浪一、爾降弘通」とあり、異域の風に発したこの宿曜教法を請来したのは「行恵」なる僧であったという[10]。

この室町期の記録や祭文にみえる月氏国宿曜教法の伝来、行恵請来の説は一見荒唐無稽のようであるが、これも遡って慶算の祭祀活動の中に見える主張であった。東方清流・南方高山祭のほかに彼は北斗本拝供（北斗本命拝供）なる祭祀を貴族のために行っている。

『山槐記』治承三年（一一七九）十月三日条に、

今夜北斗拝供支度物送二宿耀師慶算許一。予亥年也。今年亥年、仍亥月亥日亥時致二此勤一、為二殊勝祈禱一云々。向二亥方一雖レ可レ奉レ拝、北辰廿八宿等聊為レ所二憚示一、亥時念誦読。自二中宮一同以二慶算一為二此事一云々。

とあり、この年の干支は己亥であったが、慶算は亥年（天承元年辛亥）生まれの中山忠親に対して本年亥年の亥の月、亥の日、亥の時に北斗を念誦し、亥の方に向かって北斗を拝すれば殊勝の祈禱となると申してこれを行い、また中宮（平徳子、久寿二年乙亥生まれ）のもとでも同様に行ったという。

『玉葉』建久八年（一一九七）四月二日条では、

今日巳時、有二北斗本拝事一、依レ有二宿曜師慶算申一也。仮令巳年生人、巳月巳日巳時、向二巳方一、拝二本命星一也。十三年一度廻遇云々。其儀、着二衣冠一（中略）南庭儲レ座、刻報降居二其座一、先拝二本命星武曲星一十二反、次更拝二七星一、各一反。

とあり、この年干支は丁巳であったが、慶算は九条兼実（久安五年己巳生まれ）に十三年に一度（すなわち十二支一巡）と申し年月日時方角を合わせ北斗本拝供を行っており、これも生年十二支による本命星を中心とする祭祀であったことが知られ、『山槐記』の「北斗拝供」と同様であった。さらにその活動は高僧にもおよんでいた。南北朝期成立の「遍智院成賢勤仕諸法文書私集記」（『醍醐寺文書』一五七函四号、東京大学史料編纂所所蔵影印による）には承元四年（一二一〇）に慶算から醍醐寺座主遍智院成賢（一一六二～一二三一）に呈した本拝供注進状(11)を写し載せている（巻末に「本記云」として嘉禄三年〈一二二七〉九月十四日成賢の資道教書写の記がある）。

一宿曜師慶算法印少納言注進状云師主遍智院進上之、
注進　来五月七日可レ被レ修二北斗本命捧供一事
件法者、人生之後十三年一度廻来、而以二相応之年月日時一令二勤修一也。所謂十三・廿五・卅七・四十九・六十一・七十三・八十五是也。庭上調二如法供具一、盡二祭礼之誠一奉レ拝二供本命星及虚空星宿一也。修レ之者則非レ退二当年之厄会一、兼消二十三年之災禍一云々。而座主御坊御行年四十九、今年午歳五月午月七日午日也。攘災招福之術無レ勝二此法一、寿命・延命之計、証験掲焉者歟。奉レ始二代々国主一、不レ嫌二貴賎一毎レ迎二此縁日一、必所レ被二勤修一也。仰此法者、非二当道之正統者一輙无二伝レ之者一、則吾朝行恵和尚之慶算外、相蓋而无二勤行之輩一也。
仍進上如件。此ハ遍智院御房之注進之状也。雖二無用一此等之中ニ在レ之、仍書具云々。

承元四年は庚午の年で、成賢は応保二年壬午（一一六二）生れで四十九歳であったが、ここでも慶算は北斗本命拝（捧）供は十二年に一度、個人の生年と同じ十二支の年・月・日・時間、方位を合わせて行い攘災招福、延命を祈願する宿曜道の特別な祭供として執行を勧めており、慶算はこのように毎年干支相応の個人を選んで貴族社会で勧進活動を行っていたのであろう。さらに慶算はこの法は宿曜道でも正統な継承者でなければ行えるものではなく、吾朝では「行恵和尚」が行い、その後慶算以外は勤行しないと主張しており、『諸祭文故実抄』にみた行恵請来説は慶算の言説に拠るものであったことが明らかになる。なお、醍醐寺座主の成賢がこの北斗本命拝供を行ったか否か定かではないが、道教が「無用と雖も」と注記しているので行われなかったものと推測される。

ところで以前筆者は、これらの特殊な宿曜道祭祀はそれ以前に知られておらず、慶算が創始したものではないかと述べたことがあるが[12]、その後いくつかの寺院資料に接する機会を得たので、ここで宿曜秘法伝承の形成について新たに検討してみたい。

四　宿曜秘法伝承の典拠

密教諸流における修法の典拠や次第、師説口伝等を記した聖教は歴史史料としても重要なものがあるが、勧修寺寛信（一〇八四～一一五三）撰の『小野類秘鈔』別巻（『真言宗全書』第三六巻、六六頁以降、保延三年〈一一三七〉頃）や、同じく勧修寺覚禅（一一四三～一二一三頃）撰の『覚禅鈔』第一〇一北斗法、第一〇二星宿法（『大正新脩大蔵経』図像部第五巻、四〇一頁以降、鎌倉初期）、東寺亮禅　一二五八～一三一四）・弟子亮尊撰の『白宝口抄』第一六〇当年星供（『大正新脩大蔵経』図像部第七巻、三三〇頁以降、鎌倉末期）には属星秘法伝承、北斗霊験譚など宿曜道信仰に関わる記事を断片的ながら引用している。ただそれらの記事の前後関係となると出典が明確でなければなかなか判断することは難しい。その中で高山寺蔵『宿曜占文抄』、石山寺蔵『北斗験記』『大唐祭北斗法』はそれらの引用の藍本もしくはそれに近い関係にあるものであり、宿曜道資料として重要でこれによって知られることは少なくない。そこでこの諸本と前記聖教の引用関係などを検討したい。

(1) 高山寺蔵『宿曜占文抄』一巻

本書は前欠であるが、全二十九紙、奥書に「本云　此書非二門跡一勿二輙伝一、／深算入寺、自筆第二伝本也」、ついで「文治四年正月廿五日書写功了」とあり、深算自筆の第二伝本を文治四年（一一八八）に書写したものであることがわかる。深算は一二世紀の早期に活動した宿曜師であり、前掲『二中歴』では能算の弟子とする。史料上では嘉承元年（一一〇六）十二月一日の日食不正現を勘申（『殿暦』『中右記』『永昌記』）して以降、永久五年（一一一七）十一月十五日の月食勘申（『殿暦』）まで頻りに暦道と相論し、また天承二年（一一三二）二月六日に月食御祈の月天供を修すべき書状を左大弁藤原実光に呈している（『大日本古文書』醍醐寺文書第五巻、一二五九頁）。このような深算の活動時期から、本書の成立も一二世紀前半に置くことができるであろう。

前欠により本来の書名は不明であるが、その内容はつぎの三篇に分けられる。前篇は、北斗方曼荼羅・円曼荼羅に関する諸本や図像を説明したものであり、これは宇代貴文氏による研究と翻刻がある。(13)中篇は、北辰・北斗、星宿に関して『晋書』天文志、『天地瑞祥志』『五行大義』『宿曜経』などの中国天文・五行書や仏典等の諸説を引用する内容である。ついで後篇は、宿曜属星信仰の起源と唐・本朝での霊験譚を述べたものであり、ここでは本稿と関わる後篇の内容を整理し、記号を付して綱文を記し、それに関する東密聖教の引用関係を付記する。なお紙幅の都合で原文の掲出は一部に留める。

①「属星秘法起」との標題のもと「此法者義浄三蔵所レ訳也」とし、「南海伝四」などから義浄の俗姓や履歴などを引用したあと、属星秘法に関して次のような伝を記す。

「昔北天竺月氏国迦羅王、受二重痾苦痛一持超二二年一、雖レ施二千万術方一无レ所レ癒。于レ時呼二虚空一云、大王宿世犯二逆罪一、今日業報病。欲下除二病延命一、哀二愍黎庶一、須下依二宿曜道法式一、祈中祷所属星曜上、其法之人希レ有二於世間一。但北方征七千八百里、修羅仙人堕処石窟中秘二蔵之一。若得二此法一令二勤修一、更還二三魂七魄一、即入二大王身一必定、可レ獲二得金剛宝寿一者。爾時病王降二勅開駟馬象府一、三台輔臣一時同騎、連レ轡並馳。一百廿日内到二彼仙人石窟一、其山跡絶无レ人。更登二□〔巌カ〕嶺一、適遇二法師一。勅陳事□〔旨〕随身帰二王城一。経二三夜一毎二三更一、尽二珍異宝物一、敬二修此宿曜法一、祈二祷所属曜宿等一。于レ時大王病苦自然除癒、感二仙寿一也。慶賀之心傾二七宝一、府駄三千象、布施遍〔還〕レ国也。是以五天諸国、此宿曜所属星秘法、号二无価宝珠一、常頂戴。十六大国王称二秘密明鏡一、固制レ出二於他界一。爰鳩摩羅什悟越二古聖一、慧挺二今賢一、睿情存レ法、従二亀茲国一而伝二漢地一、地〔衍カ〕附二真言秘法一也。羅什後秦世之人、当二本朝仁徳天皇之代一、義浄者高宗・天后・中宗・睿宗・玄宗皇帝五朝世之人、開元元年癸丑七十九卒。」

この属星秘法伝承は、『白宝口抄』当年星供にも「義浄三蔵属星秘法云」「禅林寺入唐僧正記云[14]」として引用されている。本文ではこのあと、北斗信仰と関わり葛仙公伝承を「唐暦」や法琳の「破邪論上巻」から引用している。

②唐代における高宗・玄宗・李淳風・一行・恵解・金倶吒らの北斗信仰に関わる霊験譚や、伝承を記す。

a　唐高宗、「宿曜北斗所属法」を修し霖雨・旱魃の災を除く。（原文をあげる。「大唐高宗皇帝永徽二年辛亥春遭二霖雨災一、夏則旱魃来、五穀将焚。因レ茲立レ壇如レ法燈二稗麻油等一、修二宿曜北斗所属法一、早得レ消二其災一、当孝徳天皇七年辛亥、」）

b　唐玄宗、「北斗秘法」を修して病を除き祚を延べる。

c　『玄鏡宿曜経』に云う、李淳風は祭毎に着座し、稗麻油を燈し五星大形を見る。

d　一行阿闍梨、火羅国で諸星曜等の来下を見て『火羅図』を図す。

e　般若台恵解阿闍梨、神龍二年丙午三月朔に「宿曜法北斗護摩」を修す。北斗七星本命宿等連耀来下し、今後この秘法を修すべきこと、作法次第を伝授すべきことを語る。

f　西天竺の波羅門金倶吒、七曜二十八宿神の来下を請う。諸曜等来りて攘災為福の術、供養儀式の作法次第を教示す。また西国の法により攘い避くれば神験極りなしと述ぶ。

g　「大唐開成四年暦」に云う、皇帝終南山に遊び披髪に素衣を着す女に遇う。これ北斗七星官にして、人は貴賤を問わず北斗に属し、我に仕え、夜間北斗に合掌し供養すれば一生横過に遭わず、これを万人に知らしむべしと述ぶ。

ついで五山に関する地誌類、『史記』等の引用がある。

h　「祭北斗七星法」に云う、舜帝・文王・光武帝は「祭二北斗一法」を修して天子となる。（原文をあげる。「祭北斗七星法云、舜帝祭二北斗一法百〔日歟〕為二天子一、光武帝敬祭二北斗一法、至二六年一為二天子一。天〔文〕王此法敬祭者、至二七十日一登二天子位一也。見大唐国方興福寺沙門戒隔伝祭北斗七星法。」）

このうちa・bの唐高宗の攘災、玄宗の除病の験については『小野類秘鈔』別巻にこれに関わる祭文二通を載せている。eの般若台恵解阿闍梨が宿曜法北斗護摩を修し北斗等から作法次第を伝授した話は、『覚禅鈔』北斗法・『白宝口抄』当年星供に「験記云」として引用する。hの「祭北斗法」「大唐方興福寺沙門戒隔伝」の舜帝・光武帝・文王が北斗七星法を修し天子となった話は、後掲する石山寺蔵『大唐祭北斗法』にみえるものである。

③ついで「日本」として鎌子（中臣鎌足）、道鏡、吉備真備らがこの宿曜秘法を修したことにより高位に至ったとし、さらに大宰帥藤原浜足（浜成）が延暦三年六月一日に記したという勘記、最後に入唐真言僧円鏡（円行）の伝を記す。この部分はすでに遠藤慶太氏により翻刻がある。[15]

a　中臣鎌子は天智三年五月来朝の大唐天文博士郭務悰より「宿曜所属星供祭法」を教授され、この秘法を毎月三度修し、正一位内大臣に至る。

『小野類秘鈔』別巻に「感応」としてほぼ同文を引用する。『覚禅鈔』北斗法、『白宝口抄』当年星供もこれに同じ。

b　道鏡は天平宝字六年四月にこの「宿曜秘法」を修し、高野姫天皇の御悩は平復す。宝亀八年恵美仲麻呂謀叛するも道鏡この秘法を修し賊兵を平降す。この後法王位を受く。

『小野類秘鈔』別巻に「感応」としてこの本文の抄出文を引用する。『覚禅鈔』北斗法、『白宝口抄』当年星供もこれに同じ。

c　吉備真備は霊亀二年入唐し留学十八年、唐朝惜しみて真備を帰朝させざるも、日月を封じて帰朝を許される。「宿曜属星秘法」を修し従二位・右大臣となる。「大臣記云」として母の慈恩に報いるため、世尊に祈り自身の余命の教えを請う。

『覚禅鈔』北斗法、『白宝口抄』当年星供に「験記云」として「吉備真備大臣、因レ修二此法一、遂至二高位一也」とのみ記す。

d　藤原浜足は「延暦三年六月一日所記」として自らこの「延命秘法」「属星法」を後代のために写し、九家に伝える。また自身が陰陽頭のとき天文の「密奏卅七枚」におよび、一度も天命に違うことなく長岡・平安に遷都が行われたとする。

『覚禅鈔』北斗法、『白宝口抄』当年星供に「験記云」として「大宰権帥従三位、藤原浜足朝臣、修二此法一、遂至二高位一也」と記す。

e　円鏡（入唐僧霊厳寺円行）の略歴を記し、「南山日蔵抄云」として義浄訳「供宿曜天法二巻」を所持し、弟子に伝えたとする。

まず①の「属星秘法起」を要約すると、重病に苦しむ北天竺月氏国の迦羅王は、虚空から北方七千八百里離れた石窟に、病を癒し宝寿を得る「宿曜道の法式に依る所属星曜宿祈祷」の法が秘蔵されていることを知らされる。そこで使者を派遣してこれを伝える僧を招聘し、その祈祷で大王は病苦を除くことができた。五天竺諸国・十六大国王はこれを無上の秘法として他国に広がることを制止したが、鳩摩羅什がこの法を亀茲国より漢地に伝え、義浄が訳したとする。このように宿曜所属星秘法は北天竺月氏国起源で、著名な訳経僧鳩摩羅什、義浄三蔵が伝えた秘法であることを強調する。

ついで②では、この法により唐の高宗や玄宗皇帝の災害・病を除き、③で日本では「大唐天文博士郭務悰」が藤原鎌足に伝え鎌足が正一位内大臣となり、さらに僧道鏡・吉備真備らはこの属星秘法を行って高位に昇ったとの伝を述べ、藤原浜足がこれを写し伝え、最後に承和五年（八三八）の遣唐僧円鏡（霊厳寺円行）が義浄訳の「宿曜天を供する法」を弟子に伝えたと記す。これによると宿曜秘法は郭務悰が日本へ伝えて霊験を起こし、その法は藤原浜成、義浄訳の経典は霊厳寺円行の法脈へ伝えられたということになる[16]。

このように本書は宿曜道秘法の起源を北天竺月氏国に置き、その来歴と数々の霊験を挙げている。そこには東密・台密の高僧らが行う北斗法・尊星王法に対して、「宿曜道法」「属星秘法」と強調して宿曜道・宿曜師の存在を顕示しようとする意図が明瞭である。深算は自らを「門跡」とし、宿曜道の正統な継承者でなければ本書を伝えてはならないとしており、本書は宿曜師の伝書としての性格をもつ。また個々の話しの多くが『小野類秘鈔』別巻、『覚禅鈔』北斗法、『白宝口抄』当年星供に引かれ、その一方で②hで後掲の『大唐祭北斗法』を引用しており、その前後関係を知る素材となる。

(2) 石山寺蔵『北斗験記』一帖

本書は石山寺校倉聖教蔵、院政期書写、粘葉装枡型本で一〇紙、表紙・内題に「北斗験記」とあり、奥書はない。内容は北斗を拝した験により高位を得た天竺・唐朝・本朝の例を挙げ、天竺・唐朝の例は「義浄云」としている。次いで梵天帝釈・星辰・冥官・本朝諸神に敬白しながら万法の根源は北斗七星に在るとする祭文を載せている。高野山宝寿院にも琳暁書写、覚禅署名の平安末・鎌倉初期の写本があり、『覚禅鈔』に引く「験記云」はこの写本による。霊験譚については宝寿院本による千本英史氏の翻刻がある。(17)

① a 義浄云う、无憂王ら一九二人、「此法」を修し帝王位につく。
『覚禅鈔』北斗法、『白宝口抄』当年星供に「験記云」として同文を載せる。
b 又云う、闍維国に一貪女あり、「此秘法」を修し王后となる。
c 又云う、憍薩維国中の五百人、「此法」を修し七宝を得る。
d 又云う、王沙大臣等一万人、「此法」を修し阿向位を得る。
e 又云う、娑提国人民の寿千歳を得るは、「此法」を修することによる。
f 又云う、花止国中の五百人、大海中逆風により鬼国に至るも、「此法」を修し本郷に還るを得る。
g 又云う、提婆国五百の商人、大海中悪風に遭い焼尽されんとするも、一人「此法」を修して海神出現し、引て本岸に到る。
『覚禅鈔』北斗法、『白宝口抄』当年星供に「験記云」として同文引用。

h　又云う、北天竺月氏国の迦羅王、「此秘法」を修し病苦を除くことを得る。
　『宿曜占文抄』①の節略文。

i　又云う、般若台恵解阿闍梨、大唐中興皇帝のため壇を立て修法す。時に北斗諸曜ら連耀来下す。
　『宿曜占文抄』②eに対して若干の異文を含む。『覚禅鈔』北斗法、『白宝口抄』当年星供に「験記云」として同文を引用する。

「已上、天竺唐朝蒙㆓霊験㆒人也」とあり。

②

j　道鏡法師「此秘法」を修し高位に登る。
　『宿曜占文抄』③bの節略文。『小野類秘鈔』別巻は『宿曜占文抄』の省略文。『覚禅鈔』、『白宝口鈔』にこの話しなし。

k　中臣連鎌子、大唐天文博士郭務悰より「此秘法」を授かり高位に登る。
　『宿曜占文抄』③aの節略文。『小野類秘鈔』別巻は『宿曜占文抄』とほぼ同文。『覚禅鈔』、『白宝口鈔』にこの話しなし。

l　吉備真備大臣、「此法」を修し高位に登る。
　『小野類秘鈔』別巻にこの話しなし。『覚禅鈔』巻北斗法、『白宝口抄』当年星供に「験記云」として省略文を引用する。

m　大宰権帥藤原浜足、「此法」を修し高位に至る。
　『小野類秘鈔』別巻にこの話しなし。『覚禅鈔』巻北斗法、『白宝口抄』当年星供に「験記云」

として省略文を引用する。

「已上、本朝霊験人也。其外不レ遑二毛挙一矣」とあり。

③鳩摩羅什亀茲国より漢地に伝え、義浄三蔵重伝し、霊験を録す。

④南瞻浮洲大日本大和国王舎城住人某の祭文。

本書の特徴として、霊験に関して義浄に仮託して天竺・唐朝の例が多数みえること、また藤原浜足をも「本朝霊験人」に加えていることがある。但し「月氏国迦羅王」の話しは『宿曜占文抄』に比して節略がみられる。本書の宝寿院本を所持した覚禅はこれを抄出し「験記云」として『覚禅鈔』に引き、『白宝口抄』もそれに倣っている。また祭文を載せるが、具体的に「宿曜道」「属星秘法」と述べず「此法」「此秘法」と記すことも特徴である。北斗信仰に篤い僧の撰になる宿曜霊験記であるが、そこに深算ら宿曜師の書との間には若干の距離が感ぜられる。

(3) 石山寺蔵『大唐祭北斗法』一冊

本書は石山寺校倉聖教蔵、院政期書写であり、粘葉装枡型本で一四紙。表紙に「大唐祭北斗法戒隔伝」内題に「祭北斗七星法　大唐方興福寺沙門戒隔所伝」とあり、奥書はない(18)。戒隔なる僧については不詳。

内容ごとに概要を説明すると、

①北斗七星法の祭場の舗設・供物、祭日、祭場図などを記し、祭儀等についてまず禹歩を行い玉女に申す、禹歩呪、星を仰ぎ星名を称し、祭文を読む次第などを記すが、道教・陰陽道の呪術を含むことが

特徴的である。

②北斗七星を拝する功徳と霊験を説く。「右件七星是衆星之王、万物之主、神明之精、而廻二照州一行当二境界一、救二衆生疾病苦難一（下略）」との効験は、『小野類秘鈔』別巻、『覚禅鈔』北斗法、『白宝口抄』北斗法第二に「大唐祭北斗法云」として引用される。

ついで「是以先〔光〕武帝以二此法一敬祭者、至二六年一為二天子一、舜帝以二此法一者、至二百日一為二天子一、文王此法敬祭者、至二七十日一登二天子位一也」との霊験譚を引き、ほぼ同文が⑴『宿曜占文抄』の②hに「祭北斗七星法」「大唐方興福寺沙門戒隔伝祭北斗七星法」として引用されている。

③北斗七星の各名号、所属の年支と祭祀日時、拝する方位と回数を記す。これを整理して記すとつぎのようになる。

第一星破軍星　属午歳生男女　五月上午日午時、向午拝九反、
第二星武曲星　属巳年生人　四月上巳日巳時、向巳拝四反、
　　　　　　　未年生人　六月上未日未時、向未拝八反、
第三星簾貞星　属辰年生人　三月上辰日辰時、向辰拝五反、
　　　　　　　申年生人　七月上申日未時、向申拝七反、
第四星文曲星　属卯年生人　二月上卯日卯時、向卯拝五反、
　　　　　　　酉年生人　八月上酉日酉時、向酉拝六反、
第五星禄存星　属寅年生人　正月上寅日寅時、向寅拝七反、

戌年生人　　九月上戌日戌時、向戌拝五反、

第六星巨門星　属丑年生人　十二月上丑日丑時、向丑拝八反、

亥年生人　　十月上亥日亥時、向亥拝四反、

第七星貪狼星　属子年生人　十一月上子日子時、向子拝九反、

④十二支日毎の祭祀・除病の呪を記す。

本書も『小野類秘鈔』以下の東密聖教にその引用が見られるが、②の霊験譚が一二世紀前半深算の『宿曜占文抄』に引かれているということは、本書の成立がそれを遡るものであることを明らかにしている。またとくに注目されるのは③の七星名号などの記事で、これは生年十二支ごとの本命属星と、その祭祀を行う月・日・時刻・方角・拝礼の回数を記した内容であり、一二世紀末頃から慶算が盛んに行った北斗本命拝供の配当とほぼ同様であり、その典拠の一つとなったものとみることができる。本書は正純密教の書ではなく、「大唐」とすることも疑問であるが、おそらく東密・台密の権門寺院が行う北斗法とは異なる独自の次第とその根拠を創ろうとした深算以前の宿曜師の作で、一一世紀末から一二世紀初頭頃までには成立したものと推測される。

以上のように宿曜道に関わる院政期の三書を検討してきた。それぞれの引用から各本の成立時期をまとめると次のようになろう。

（一一世紀末～一二世紀初）　（一二世紀前半）　（一二世紀中頃）　（一二世紀末）

『大唐祭北斗法』→『宿曜占文抄』→『北斗験記』『小野類秘鈔』→『覚禅鈔』

これらの書には、慶算が能算・永算より伝えたという東方清流祭・南方高山祭に直接関わる伝承はないが、宿曜教法が月氏国属星秘法に由来するとの説は能算の弟子深算の『宿曜占文抄』にみえ、そして北斗本命拝供の考え方も『大唐祭北斗法』に存在することが確認できた。このように宿曜道独自の法が十一世紀末、能算の頃には新たに作られていた可能性が大きい。

では慶算が日本に宿曜教法を請来したという「行恵和尚」とは誰なのであろうか。これも行恵なる僧名が他に所見しないので推測の域を出ないが、深算の『宿曜占文抄』で義浄訳の『供宿曜天法』を伝え宿曜道の継承者に位置づけられていた真言請益僧円行に関わるのではなろうか。彼は入唐八家の一人であって、後に北辰に御燈を奉る場として著名な北山霊巌寺に止住し、その法脈からは北斗曼荼羅を創り北斗法を修した寛空らがいた(19)。彼ら入唐僧は、頼瑜の『薄草子口決』第五に「八家者東寺五家天台三家也。東寺五家者、大師円行恵運常暁宗叡也。天台三家者、伝教慈覚智証也」（『大正新脩大蔵経』第七九巻二〇三頁下）と連名で記されるが、東寺五家の円行の次に記される恵運は同じく承和十四年の帰国で一行撰という『七曜星辰別行法』や、『宿曜占文抄』にも引用される『玄鏡宿曜経』等の星辰経軌を請来している。この恵運と合わせた「円行恵運」を念頭に置き、さらに天智朝に来日し中臣鎌子に宿曜所属星供法を授けたという「大唐天文博士郭務悰」の伝承をも合わせて、遡って推古朝に宿曜秘法を伝えた

「行恵和尚」として創造されたのであろう。このように慶算周辺によって仮託創造された宿曜師の祖であったと推測される。

おわりに

日本における仏教占星術師の集団、宿曜道成立の直接の契機は、十世紀中頃の密教における星宿法形成の胎動の中にあったといえよう。その要請を受けて渡海した日延はインド系暦法書の符天暦を学び伝え、それにより個人の本命宿や本命宮を確定して星宿法を行うことができたが、それのみならず惑星の位置から運勢を占う星占の術も伝えた。謂わば仏教内部の使命を帯びて派遣された〈一〇世紀の遣唐僧〉により副次的にホロスコープ占星術の法も伝わり、ついで法蔵やその弟子の宿曜師たちが活動し始めることになった。

しかしそれから百年近くを経た院政期には密教の星辰信仰が広がるなかで、彼らは寺院内部に埋没することを恐れその存在と独自性を主張するため、創造領域に羽を広げて宿曜秘法の西域起源譚を語ることになる。それは宿曜勘文でも引用される星占書『七曜攘災決』『都利聿斯経』がもつ西方のイメージと重なるものであった。前者は西天竺の婆羅門僧金倶吒の撰、後者は唐の貞元年間（七八五〜八〇四）に都利術士李弥乾が西天竺より伝えた書（『新唐書』芸文志）であったからである。もともとホロスコープ占星術は西方に発し東西の文化交流を経て日本へも仏教の装いで伝播したものであった。『宿曜占文抄』

と共に『大唐祭北斗法』『北斗験記』はそのような宿曜師らの意識を色濃く反映した資料であるといえる。

（1）これまでの宿曜道・宿曜師に関する研究には、桃裕行「日延の符天暦齎来」「宿曜道と宿曜勘文」（桃裕行著作集第8巻『暦法の研究』下、思文閣出版、一九九〇年、初出は六九年、七五年）、山下克明「密教星辰供の成立と道教」「宿曜道の形成と展開」（『平安時代の宗教文化と陰陽道』岩田書院、一九九六年、初出は八八年、九〇年）、戸田雄介(a)「宿曜道の院政期」（『佛教大学大学院紀要』第三四号、二〇〇六年）、(b)「鎌倉幕府の宿曜師」（同三五号、二〇〇七年）、(c)「宿曜道祭祀についての一考察」（同三六号、二〇〇八年）、赤澤春彦「鎌倉期の宿曜師」（『中央大学大学院研究年報』第三七号、文学研究科編、二〇〇八年）などがある。とくに戸田氏の(c)論文は北斗本拝供など宿曜道祭祀儀礼の特質を検討したもので、本稿とも視角を共有している。

（2）矢野道雄『密教占星術』（東京美術、一九八六年）参照。

（3）『宿曜経』上巻（覚勝校訂享和二十一年版）三九秘宿品第三に「凡欲レ知二日月五星所在宿分一者、拠二天竺暦術一推レ之可レ知也。今有二迦葉氏・瞿曇氏・倶摩羅等三本梵暦一、並掌在二司天一。然則今之行用瞿曇氏暦本也。」（傍点は引用者）とあるように、九曜の位置を知る法はインド系暦法を用いるべきとされていた。

（4）山下克明「宿曜道の形成と展開」（前掲）

（5）桃裕行「宿曜勘文集」（桃裕行著作集第8巻『暦法の研究』下、前掲）。

（6）速水侑『平安貴族社会と仏教』吉川弘文館、一九七五年、四三頁。

（7）山下克明「『陰陽博士安倍孝重勘進記』の復元」（『年代学（天文・暦・陰陽道）の研究』大東文化大学東洋研

究所、一九九六年）。

（8）『玉葉』承安四年十月二十五日条に珍賀は自ら建立の北斗堂（北斗降臨院）の堂額の書を請い、『明月記』建永元年十月六日条には藤原定家が慶算の北斗堂を訪れている。

（9）山下克明注（4）論文

（10）東方清流祭・南方高山祭祭文を見る限り、勧請する諸神や順序が若干異なるが両祭に大きな差はないようである。

（11）この文書は西弥生『中世密教寺院と修法』第一部第三章（勉誠出版、二〇〇八年）、戸田雄介「宿曜道祭祀についての一考察」（前掲）で紹介されている。

（12）山下克明注（4）論文

（13）宇代貴文「円形式北斗曼荼羅考―高山寺蔵『宿曜占文抄』をめぐって―」（神戸大学美術史研究会『美術史論集』第一二号、二〇一二年）。

（14）禅林寺入唐僧正は、貞観三年高岳親王に従い唐に渡り貞観八年帰国した宗叡のことであり、院政期成立の宿曜秘法伝承が宗叡の記にあったとは考え難い。なお彼は『新書写請来法門等目録』（『大正新脩大蔵経』第五五巻、一一一一頁）に『都利聿斯経』『七曜攘災決』『七曜二十八宿暦』『七曜暦日』などの宿曜・占星術関係の書を伝えており、そこに宗叡と秘法伝承を結びつける要因があったと考えられる。

（15）遠藤慶太「高山寺『宿曜占文抄』の伝記史料」（『皇学館大学史料編纂所報』第二一八号、二〇〇八年）。

（16）遠藤慶太前掲論文で指摘するように郭務悰を「大唐天文博士」とするなど、これらの所伝には真実性を欠くものが多い。また藤原浜成が陰陽頭であったことも知られないが、『続日本紀』延暦九年二月乙酉条の彼の薨伝には「頗習術数」とあり占術・天文に詳しかったようであり、その子孫には子息継彦をはじめとして陰陽頭に任じ、天文学習の宣旨を蒙った者が多く、それが『宿曜占文抄』の浜成伝承に影響した可能性がある。そのような浜成と子孫の傾向については、かつて山下克明「藤原氏京家について―その「家風」と衰退―」（『古代文化史論攷』第二号、一九八一年）で指摘したことがある。

(17) 千本英史『験記文学の研究』(勉誠出版、一九九九年)。なお祭文部分は翻刻されてない。また高野山霊宝館図録『星と曼荼羅』(一九九一年)に宝寿院本の解説がある。
(18) 東寺宝菩提院に『大唐祭北斗法』の足利時代の写本を蔵することが『仏書解説大辞典』にみえる。
(19) 『入唐五家伝』五、霊巌寺和尚伝(『大日本仏教全書』第六八巻)、『野沢血脈抄』巻三、第十三寛空(『真言宗全書』第三九巻)による。

付記　本稿で引用した諸本の調査にあたり、高山寺および高山寺典籍文書綜合調査団、石山寺および石山寺文化財綜合調査団の御高配を賜りました。記して謝意を表します。

コラム　平安京の「上わたり」「下わたり」

中町美香子

『今昔物語集』の中に舞台が平安京となる物語は多く、また、しばしば日本史史料からだけではうかがい知ることのできない内容が描かれていることから、日本史の分野で、『今昔物語集』の記載を材料として、平安期の都市や都市住民を検討する多くの研究が行われてきた。

黒田紘一郎氏の「『今昔物語集』にあらわれた京都」もその一つであるが、その中で、『今昔物語集』の平安京地点表示法の一つとして「上わたり（上辺・上渡）」「下わたり（下辺・下渡）」が取り上げられ、二条大路をその境界とすることが指摘されている。ここでは、黒田氏の研究で触れられなかった点を補いつつ、この「上わたり」「下わたり」について、改めて考えたい。

1　『今昔物語集』の「上わたり」「下わたり」

『今昔物語集』の中で、「上わたり」「下わたり」の語句が登場する話は以下の七話である（本文は新日本古典文学大系による）。

①巻第二四第一六話「安倍晴明、随忠行習道語」の「而ルニ、晴明若カリケル時、師ノ忠行ガ下渡ニ夜

行ニ行ケル共ニ……」。なお、『宇治拾遺物語』にも同様な晴明の説話が収録されているが、この部分はない。

②巻第二七第三〇話「幼児為護、枕上蒔米付血語」の「今昔、或ル人、方違へニ下辺也ケル所ニ行タリケルニ……」。

③巻第二八第三〇話「左京属紀茂経、鯛荒巻進大夫語」の「今昔、左京ノ大夫□ノ□ト云フ旧君達有ケリ。年老テ、極ク旧メカシケレバ、殊ニ行キモ不為デ、下辺ナル家ニナム籠リ居タリケル」。なお、新編日本古典文学全集では「下ノ辺ナル家」。

④巻第二九第五話「平貞盛朝臣、於法師家射取盗人語」の「今昔、下辺ニ生徳有ル法師有ケリ」。

⑤巻第二九第六話「放免共、為強盗入人家被補〔捕〕語」の「今昔、□ノ□ト云フ者有ケリ。家ハ上辺ニナム住ケル」。

⑥巻第二九第一五話「検非違使、盗糸被見顕語」の「今昔、夏比、検非違使数下辺ニ行テ、盗人追捕シケルニ……」。

⑦巻第二九第二一話「紀伊国晴澄、値盗人語」の「夜深更ル程ニ物へ行ケルニ、下辺ニ、花ヤカニ前追フ君達ノ馬ニ乗リ次キタルニ値ヒヌ」。

注釈においては、多くはこの「上わたり」「下わたり」を、「上京のあたり」「下京のあたり」と説明しているが、その「上京」「下京」が具体的にどこを指す語として用いられているのかは明確ではない。これらの語句が指している具体的な場所について、『今昔物語集』の説話自体に手がかりがあるものは少ないが、唯一の「上辺」の例である⑤は、話の中で「東ノ獄ノ辺近キ所ニテ有ケレバ」とあるので、一条二坊にあった東獄の付近であることがわかる。また、ある程度場所の推測ができるものとしては、⑥がある。この話では、検非違使が盗人の追捕に向かうが、盗人捕獲の後、一人、盗人の家に戻った検非違使を怪しく思った同僚の検非違使達が一計を案じ、盗人の訊問に皆で川原へ行き、訊問の後、装束を解いて川に入る。それにより、先の検非違使が糸を盗んで指貫に隠していたことが発覚する。

この話で、川原へ向かった場所は「屏風ノ裏ト云フ所」とある。この「屏風ノ裏」は、『後二条師通記』承徳三年（一〇九九）二月一三日条に、藤原師実の高野詣の経路として、精進所である京極殿南御堂を出て近衛大路を東行し、「出レ河到二屏風裏一、従二醍醐路一着二御奈良一者」と記される「屏風裏」が該当するのではないかと思われる。川原に出た後、屏風裏へ到り、醍醐路に入り、奈良へ向かうのであるが、「醍醐路（道）」は、辞典等では滑石越の別名として説明するものも、渋谷越の別名として説明するものもある。一五・一六世紀の内容を記したとされる『中昔京師地図』（改訂増補故実叢書）には三十三間堂の南を通る道に「醍醐路」と記されており、それにしたがうならば七条辺りの川原から醍醐路に入ったと考えられる。現在も、三十三間堂より南、東海道本線の南側に醍醐道がある。ただし、『源平盛衰記』巻三五（本文は改定史籍集覧『参考源平盛衰記』による）の「或ハ木幡大道醍醐路ニ懸リテ、阿弥陀カ峯ノ東ノ麓ヨリ攻入モアリ、或ハ小野庄勧修寺ヲ通リテ、七条ヨリ入モアリ、或ハ櫃川ヲ打渡リ、木幡山深草里ヨリ入モアリ、或ハ伏見尾山月見岡ヲ打越テ、法性寺一ノ橋ヨリ入モアリ」という記載からは、醍醐路を通る道は渋谷越に相当する可能性も考えられる。しかし、いずれにしろ、六条末ないし七条末あたりから醍醐寺方面へ向かう道であったと考え、屏風裏もその辺りにあったと解釈したい。⑥の話では、盗人の家からほど近い川原に向かったと思われるので、この話の「下辺」は六条・七条辺りを指していると考えてよいだろう。

これら以外については未詳であるため、「上わたり」「下わたり」の指す場所を、『今昔物語集』自身からはこれ以上明確にはできない。

2　古記録における「上わたり」「下わたり」

黒田氏は、古記録の記載から「上わたり」「下わたり」の境界が二条大路であることを指摘された。また、それ以前、杉崎重遠氏の研究でも二条大路を境界とする意識については指摘があった。この点も含め、ここでは古記録での「上わたり」「下わたり」の指す場所について確認しておこう。

両先行研究であげられている史料であるが、『中右記』長治二年（一一〇五）二月二八日条には、「今朝行二向中御門富小路亭一初見レ之。令レ始二造作一。是五条烏丸地相二博土左入道頼仲一了也。朝夕為レ勤二公事一、占二居所於上渡一之故也」とあり、藤原宗忠が五条烏丸地と中御門富小路亭を交換したのは、朝夕公事を勤める便宜のため、上渡に居所をもつことを意図してのことであったことがわかる。このとき皇居は堀河院であったが、上渡は皇居にも近く、また、大内裏や官衙町や上級貴族の邸宅があり、公事を勤めるためには便利であった。同じ居所交換の話で、『中右記』同年一〇月三日条には「是朝夕為レ勤二公事一、占二居於二条以北一也」とあり、その場所が二条以北であることが示される。また、『中右記』永久二年（一一一四）一二月一九日条に、皇居の候補地をめぐる議論が記されるが、皇后宮の堀河二条亭と当時の皇居である六条亭（小六条殿）を比べ、「然而六条亭与二皇后宮御所一勝劣如何。人々被二定申一云、六条是下渡頗無二便宜一。皇后宮御所勝歟」とし、下渡は皇居とするには便宜なしとしているが、それも同様な理由であろう。

黒田氏があげられた事例や管見の及んだ事例から、『中右記』『殿暦』において、「上わたり」「下わたり」の指す場所が明らかなものを列挙すると、「上わたり」では、正親町万里小路、中御門富小路、大炊御門万里小路、二条万里小路など、「下わたり」では、六角東洞院、四条北小路猪隈、五条坊門室町から五条東洞院あたり、堀川高辻、五条東洞院、五条壬生、六条坊門富小路から五条南あたり、樋口猪隈、小六条殿（六条坊門烏丸）、七条西洞院、八条坊門万里小路、などがある。「上わたり」の例としては条坊制の北辺から二条、「下わたり」の例としては四条から八条があがっており、これらの例は、黒田氏の指摘の二条大路を境界と考える点で矛盾はなく、古記録での「上わたり」は左京の二条大路以北全体、「下わたり」は左京の二条大路以南全体を指す語であると考えられる。ただし、ここに条坊制の三条の区域は出てこないため、三条がどちらに含まれるのか、明確ではない。三条には皇居となった邸宅や摂関家の邸宅等もあり、性格的には二条以北に近い区域とも言える。先にあげた『中右記』長治二年の例でも二条以北が上渡であることはわかるが、厳密に言えば、二条以北と上渡の範囲がイコールとは言い切れない。そこで、わずかながら傍証として『長秋記』大治五年（一一三〇）一一月八日条をあげておく。東三条殿から出立する春日祭使を、院が御所（姉小路室町）の桟敷で見物する。それに記主源師時は候するが、見物の後、祭使は皇居（土御門烏丸殿）へ向かう。ここに「事了向二上渡一」と記される。院御所は三条に位置するので、三条は「上わたり」と捉えられていないと考えられる。

この「上」「下」の基準は皇居（里内裏）の位置には左右されない。『殿暦』嘉承三年（一一〇八）二月八日条では、皇居は小六条殿であるが、五条東洞院の火災を「下辺」と表現しており、また、上記の皇居候補地としてあげられた下渡の六条亭（小六条殿）はすでにそのときの皇居である。皇居の位置には関係なく固有の「上わたり」「下わたり」の領域があるということがわかる。

なお、院御所に関して使用される語句として、「上御所」「下御所」があるが（「上殿」「下殿」と記されることもある）、この「上」「下」も、「上わたり」「下わたり」と同様、皇居の位置には関係なく付されている。たとえば、『殿暦』永久三年（一一一五）六月一三日条に、「院俄渡二給鳥羽殿一下御所聊有二怪異。ぬえ鳴歟。」とあり、白河院は藤原能仲七条坊門町尻宅から鳥羽へ移っている。このとき皇居は小六条殿で、そこに近いという理由で能仲宅を使用していた。この頃、白河院は京内でほかに、藤原基隆三条大宮第や藤原長実大炊御門万里小路宅も御所として使用している。それに対する「下御所」であろう。ただし、そのどちらかを「上御所」と呼んでいたのかは史料がなく不明である。また、『中右記』元永三年（一一二〇）正月二八日条には、「院、晩頭有レ御二幸上御所一。是入眼之間、依二皇居近々一也」とある。このときの上御所は正親町東洞院第を指していると思われる。また、皇居は土御門烏丸殿である。暁更に三条御所に戻っている。

複数ある院御所のうち、北側あるいは「上わたり」のものを上御所、南側あるいは「下わたり」のものを下御所と呼んでいるのであろう。これらは鳥羽院政期にも使用される語句である（なお、後白河院政期に七条殿に対し上御所・下御所という語が見えるが、これは「上わたり」「下わたり」には関係なく、同地域に複数ある御所の呼び分けである）。

では、『中右記』や『殿暦』以降の古記録での例はどうであろうか。

「上渡」「下渡」は使用頻度が少ないが、「上辺」「下辺」は、その後も一定の領域を指す語句として使用されている。同じく二条大路が境界であると思われる。ただし、「上」「下」を使用する類似の語句である「上方」「下方」の使用はやや異なる。この語句は、「方」という言い方から予測できるように、区域ではなく方角を指す語句として使用される例がしばしば見える。平安末から鎌倉にかけての日記である『玉葉』では、検出できた事例のほとんどは「上方」「下方」であるが、自分の現在地からの方向を指すことが多い。たとえば、建久四年（一一九三）四月六日には、八条院にいた兼実は皇居（閑院）の方向の火災を「上方有㆓炎上㆒」と書くが、一二月七日の皇居（閑院）方向の火災は「下方有㆑火」と書く。このときは自邸の大炊亭にいたと思われる。また、治承四年（一一八〇）四月二九日条では、「今日申刻上辺三四条辺云々。廻飄忽起、発㆑屋折㆑木。人家多以吹損云々」と、「上辺」を使用しているが、「三四条辺」とする。これも「上方」と同じく、自分のいる所からの相対的方向であろう。

このように、「上辺」「下辺」と書いていても単に方向を指す使い方の可能性もあり、これらの語句の古記録での使用方法は、古記録の記主によって異なることがあるため、注意が必要である。

3 「上わたり」「下わたり」という語句の成立

黒田氏の指摘のように、古記録において「上辺」「上渡」「下辺」「下渡」が平安京の地点表示として用いられている例は、『中右記』や『殿暦』まで見られない。管見のかぎり、初見は『中右記』寛治七年（一〇九三）八月二四日条「夜半許下渡有二焼亡処一。是大夫史祐俊宿禰宅也堀川高辻。」である。あるいは、文意が不明瞭なため、確証はないが、『中右記』寛治二年正月一〇日条の「今夜京中暁亡二度。上渡山屋寺等」である。いずれにしても一一世紀末で、古記録ではこれ以降に見えるようになる語句である。

黒田氏は、『今昔物語集』のこれらの語句について、「その成立の最終時点におけるもっとも新しい「京」の表示形式をわずかに書きとどめた珍しい例」と、古記録での使用をもとに評価されたが、「上わたり」「下わたり」は漢語ではなく、古記録よりはむしろ口語や文学史料に親和性の高い語句ではないかと考えられる。そうであれば、口語や文学史料での使用が先行し、『中右記』の事例はそれを日記にとどめた早い例と言える可能性もある。先にあげた『今昔物語集』③の説話と同内容の説話は、『宇治拾遺物語』にも収録されるが（しもわたりなる家」とある）、この説話の典拠となったものが、仮に散佚した『宇治大納言物語』であったとするならば、源隆国の没年（一〇七七）よりは早い時期に使用されているということになる。これについては、すでに小峯和明氏の指摘があり、この説話の記載をもとに、「頼通時代には一般化していた称と考えた方が無難であろう」とする。

一二世紀初頭成立の『今昔物語集』より早い、あるいは同時期であると思われる事例としては、寛治六年以降ほどなく成立したとされる『栄花物語』の続編部分の巻三九に、藤原賢子が敦文親王を出産する家として、「伊予守の家、下辺りなる所なり」とあるものや、『堤中納言物語』の中の「ほどほどの懸想」「はいずみ」にそれぞれ一箇所ある「下わたり」[1]の例などがある。「ほどほどの懸想」では、「宮などとかくかくれ給にしかば、心ぼそく思ひなげきつゝ、下わたりに、人ずくなにてすぐし給」とあるが、この下わたりは後の文で、八条の宮であることがわかる。『堤中納言物語』は、各物語によって成立年代は異なり、また、成立時期についての説も分かれるが、「ほどほどの懸想」については、早い説では「逢坂越えぬ権中納言」の成立した天喜三年（一〇五五）頃とされる。

これらの例から判断すると、この語句は、早ければ一一世紀半ばから後半にかけて、古記録での使用に先行して成立しているということになる。

ところで、黒田氏は、『今昔物語集』で「大宮登リ」「大宮下ニ」とする「登リ」「下リ」は大内裏に対してその方向へ行くことを「登リ」と表現したのであって、南北の方位ではないとする。しかし、『今昔物語集』巻第一五第四二話のように、内裏を出て上東門を通り、一条大路の北にある世尊寺へ行くことも「大宮登リ行テ」と表現している所からは、一概に大内裏に対しての方向性だけで使用されているとも言いがたい。

「上」「下」には、身分的な高低や、敬意の表れとしての遠近を示す使用の仕方がある。京に近付くことを「上る」、遠ざかることを「下る」と言う表現は平安以前から使用されているが、これは京に対する敬意の表現であろう。「参上」「退下」などの上・下も敬うべき相手・場所との関係により使用されている。黒田氏のいう大内裏を基準にするという考え方はこの例であろう。大内裏は平安京内の北側にあるため、この上・下に北・南の意味が加わることは容易に起こり得るだろう。

また、「上」「下」には当然ながら物理的な高さとしての使用法もある。たとえば、延暦寺から大衆が入京してくるときには「下ㇾ京」という言い方がなされることがある。上寺・下寺や上社・下社などの呼称もそこに由来するのかもしれない。京は概して北が高く、南が低い。したがって、高低に対して用いる上・下からも北・南の意味が加わることはあり得る。「上」「下」の基準となったのが大内裏であったことは肯首できるが、そこにはすでに北・南の方角の意味も含まれていると考えられる。

「上わたり」「下わたり」に関わると思われる語句として、「上つ方」「下つ方」がある。先述の杉崎氏の研究でもあげられているが、[2]『源氏物語』(澪標)「下つ方の京極わたりなれば、人げとをく、山寺の入相の声〳〵に添へても、音泣きがちにてぞ過ぐし給ふ」や『源氏物語』(浮舟)「わが御乳母のとをき受領の妻にて下るいゑ、下つ方にあるを……」、『栄花物語』正編の巻第八「上つ方にさべき御様にと掟てきこえさせ給」や巻第一八「下つ方に家ある尼ども、……」などに見られる。「上わたり」「下わたり」よりは早く、一一世紀前半には使用されている。これらの語句が「上わたり」「下わたり」と同様な、一定の固有の領域をもつ語句であるかどうかまでは判断できないが、少なくとも、「上」「下」が平安京内の北・南の方向性、あるいは大内裏との遠近を示すようになるのは、「上わたり」「下わたり」の使用よりは早いと言えるだろう。

近年の「西京」の研究では、一一世紀以降、「西京」は右京一・二条を指す呼称となることが指摘されているが、[3]同様に左京でも二条大路を境界とする区域の意識や呼称が、一一世紀前半にはすでに存在する可能性についても考える必要があろう。

4　平安京域の認識と「上わたり」「下わたり」の範囲

『今昔物語集』に話を戻そう。『今昔物語集』の平安京を舞台とした説話を条坊制の条別に見ると、七条以南であることが確実な説話は、それ以北に比べ顕著に少なく、[4] また、話の主要舞台として登場しているものも少ない。これには、説話が生み出されてきた時期の平安京の成熟度が関係しているように思われる。従来より指摘されてきたように、平安京の七条周辺の都市住民の存在は、『今昔物語集』からも読み取れるが、説話の少なさからは、説話を語り記録する人々にはなじみの薄い地域であるとも言える。

考古学的知見では、平安中期まで、左京域でも七条以南の開発が不十分であったことが指摘されており、[5] また、周知のように六条や八条区域は白河期以降、再開発される。『今昔物語集』に収録されている説話の内容年代には一〇五〇～七〇年代のものが多いという指摘があるが、そこからすると、『今昔物語集』の描く平安京は、一一世紀半ばまでの様子を映し出しているものが多いと言える。これらの点を考慮すると、『今昔物語集』の「下わたり」は、実質的には七条辺りまでを示す語句として用いられている可能性があろう。

また、平安京の南限は、当時の貴族の認識としては重層的であることが、これまでに指摘されている。法制的・行政単位的には、平安京の南限は言うまでもなく条坊制の九条までであり、それは平安末期でも変わらないが、一方で、七条が境界であるという意識も存在した。七条朱雀は、大嘗会で悠紀・主基が合流する地点であり、また、西国へ流罪となった人物が検非違使から領送使に引き渡される地点でもあって（『清獬眼抄』）、平安京成立以後、早くから、境界的位置付けがなされていた(6)。当時の貴族の七条を境界とする意識は、次のような史料からもうかがえる。

『帥記』永保元年（一〇八一）一一月一三日条では、「八条亭」へ行った源経信が、そこからの帰宅を「帰洛」と表現している。また、『宇槐雑抄』保延二年（一一三六）三月二三日条には、藤原頼長が二条東洞院内裏から鳥羽への行幸に供奉した際の記事がある。東洞院を南下し、六条から大宮へ西行、大宮を南下し七条大路に至るが、「京中不レ具二雑色一」としていたのを、ここから前駆雑色等を具しているのがわかる。また、鳥羽に到着した後は、再び前駆雑色等を留めるが、「仍如二京中一下臈の不レ取レ口之輩追レ前」とある。つまり、頼長は七条大路より南を「京外」と認識していたことがわかる。この七条を境界とする意識も、『今昔物語集』の「下わたり」が示す範囲と関係する可能性がある。

なお、『今昔物語集』に九条が登場する説話は多くはないが、そこでは九条は平安京域として語られている（巻第一六第二九話・巻第二七第四二話・巻第二九第一四話など）。しかし、一方で、九条を京内と見なしていないような表現もあり（巻第一六第二八話では九条わたりの家の所で「此ノ馬ヲ京ニ将行ラムト」と記す）、重層的な意識もわずかにうかがえる。

ところで、実は「下わたり」という語句そのものは、平安京のさらに南をも表現する場合がある。それは次の史料からうかがえる。

『散木奇歌集』は、大治三年（一一二八）頃成立したとされる源俊頼（一〇五五〜一一二九）の自撰歌集であるが、その中の、（前句）「たかばたけいとたかしとも見えぬかな」、（付句）「くぼたもかくやくぼならざらむ」という連歌の詞書きに、「ひと〴〵あまた具してしもわたりへまかりけるにたかばたけといふ所にてぐしたりける人のしたりける」（文字は校註国歌大系による）とある。「高畠」は鳥羽殿の近辺で淀や山崎へ行く際の通過点となる場所であり、石清水へ行く際の記事等にしばしば見られる。たとえば、『小右記』永祚二年（九九〇）九月五日条には、「辰時許到二望忠十羽宅一。朝食。於二高畠一乗レ舟、到二石清水宿院一」と見える。つまり、「下わたり」は必ずしも京内に留まらない語といえる。

平安期の史料で、「上わたり」の北限が一条大路を越えることがわかる史料は、可能性のあるものはあるが、確実な例は未確認である。しかし、「下わたり」の例から考えると、「上わたり」「下わたり」という語そのものは、上・下の境界以外は領域的に曖昧さのある語句であったのではないかと考えられる。そして、それらの領域には時期的変動があったのではないだろうか。

なお、この「上」「下」がもともと大内裏を意識したものであったことは先述のとおりであるが、しかし、大内裏を意識した言葉であるなら、古記録での使用が、大内裏の役割の低下した一一世紀末ではなく、大内裏が正常に機能していた平安中期以前でない点は不思議に思われる。一一世紀末になって、初めて古記録に「上わたり」「下わたり」の語句が記される契機としては、やはり白河期以降の六条以南の発展が考えられる。白河期までの皇居（里内裏）は、ほぼ条坊制の三条までであったが、白河期以降、六条大路付近に皇居・院御所が頻繁に置かれる。それにより、六条付近の再開発が進み、貴族の往来もさかんになる。また、皇居が六条付近にある際には、摂関や多忙な貴族は皇居近くに居住することも多い。つまり、貴族にとっても、平安京の中心地が北に加え、南にも出現したということになる。そのため、古記録にそれを表記する機会・必要性が生じたということではないだろうか。

以上、『今昔物語集』の地点表示法としてあげられた「上わたり」「下わたり」ついて検討した。先行研究の成果と重複する所の多い内容となったが、上・下領域が生じた時期やその範囲の変動など、解明すべき問題がなお残されている。それらの検討については後日を期したい。

二条大路が「上わたり」「下わたり」の境界になるという認識は、中世の日記にも見られる。『建内記』嘉吉二年（一四四二）二月一九日条に、「今日下辺有二火事一。二条以南町以東云々」とあるものなどである。この頃にはすでに「上京」「下京」という呼称も現れているが、これが「上わたり」「下わたり」と全く同じ概念・範囲で使用されているかは、別に検討が必要である。「上京」「下京」の方がその示す範囲は限定的である可能性もある。

平安京は中世には次第に形を変え、室町から戦国にかけて、上京は平安京の範囲を越えて北に展開し、下京は条坊制の三条から五条辺りを中心に展開していく。「上わたり」「下わたり」と、後の「上京」「下京」との関係の詳細な検討についても、今後の課題としたい。

（1）以下、『栄花物語』の本文は日本古典文学大系、『堤中納言物語』『源氏物語』の本文は新日本古典文学大系による。

（2）杉崎氏の研究は、「上京」「下京」から、「上わたり」「下わたり」、「上つ方」「下つ方」へと、上下の境界をさぐりながら、その淵源をたどるものであるが、二条大路を境界とする意識を示す史料をあげつつも、「上つ方」を「王朝時代の貴族邸宅の占拠区域」と捉えたことから、『拾芥抄』等での貴族邸宅の所在地の記載により、最終的には三条大路を上下の境界としている。

（3）久米舞子「平安京「西京」の形成」（参考文献掲出論文）。

（4）説話に登場する場所を左京の条別に数えると（一つの説話に複数の場所が登場する場合、話の中の重要度は捨象してそれぞれの条で一話として数える）、各話数は、大内裏が三〇話前後、一条・三条が各二〇話前後、北辺・五条・六条が各一〇話前後、二条・四条・七条（八条）・九条が各五話前後となった。なお、大内裏周囲の大路は右京域も含め大内裏として数え、南北どちらの条に入るかわからない場合は、両方で重複して数えている（八条の例はすべて七条か八条か判断できないものであった）。

（5）山本雅和「中世京都の街路と街区」（参考文献掲出論文）。

（6）大村拓生「儀式路の変遷と都市空間」（参考文献掲出論文）。また、山田邦和「「前期平安京」の復元」（『【もの】から見る日本史　都市　前近代都市論の射程』青木書店、二〇〇二年）では、祭祀遺物の出土から八条区域に祭場の存在を想定し、平安前期（八世紀末～九世紀中葉または末葉）の実質的な平安京の境界がその辺りまでであったことを推測されている。この境界の意識は、七条大路を境界とする意識として、その後も残ったのだと思われる。

参考文献
大村拓生「儀式路の変遷と都市空間」『中世京都首都論』吉川弘文館、二〇〇六年（初出は一九九〇年）、五一―八六頁。

久米舞子「平安京「西京」の形成」『古代文化』六四―三、二〇一二年、三―一八頁。

黒田紘一郎「『今昔物語集』にあらわれた京都」『中世都市京都の研究』校倉書房、一九九六年（初出は一九七六年）、七六―一四七頁。

小峯和明「都京と辺境」『今昔物語集の形成と構造』笠間書院、一九八五年、三七四―三九七頁。

杉崎重遠「上京と下京―王朝時代貴族邸宅史・序篇Ⅰ―」『国学院雑誌』六一―六、一九六〇年、二九―五〇頁。

山田邦和「平安京の都市構造変遷」『都市史研究』二、二〇一五年、四六―五七頁。

山本雅和「中世京都の街路と街区」仁木宏編『【もの】から見る日本史　都市　前近代都市論の射程』青木書店、二〇〇二年、五一―七二頁。

第九章　日中における「破鏡」説話の源流を探る
――今昔物語集一〇ノ一九話を中心に

白　雲　飛

はじめに

新日本古典文学大系34『今昔物語集』（以下『今昔』とする）二（岩波書店）の校注者の小峯和明氏が『今昔』一〇ノ一九話については、「同文的同話に注好選・上・75。同類話に百詠和歌　一、唐物語・10、綺語抄・中。古今詩話、本事詩、太平広記」があると指摘した。また同じ新大系31の『三宝絵　注好選』のうち、注好選の校注者の今野達氏も「蘇規は鏡を破る第七十五」に「原拠不明。本話に取材した今昔物語集一〇ノ一九以外に同話を見ない。夫婦の破鏡の離合をモチーフとした類話は、本事詩・情感第一・徐徳言夫妻の条や、神異経に見える。なお蘇規は伝未詳」と指摘する。これらのことより、『今昔』の当該話と『注好選』上・75とを同一視しても良いということになる。そこで、他の同類話とされる話と比較して見れば、「夫婦の破鏡の離合をモチーフとした」ものは、「夫婦の離合」型、「離別＋鵲（鵲）」型と「離別のみ」型の三つのパターンが見られる。

一つ目の「夫婦の離合」型の代表作として、『本事詩』『古今詩話』『太平広記』『唐物語』が挙げられる。これ以外は、隋の地理書である『両京新記』も入る。二つ目の「離別＋鵲（鵲）」型は、「『神異経』曰」の類（『太平御覧』その他）、『神異記』、『神異録』、『百詠和歌』一、『綺語抄』中、『古事談抜書』、

『榻鴨暁筆』などとなる。三つ目の「離別のみ」型は、『今昔』一〇ノ一九話と『注好選』上・75のみである。

つまり、『今昔』は、「夫婦の離合」型でもなければ、「離別＋鵲（鵲）」型でもない。「夫婦の離合」型の中に、「鏡」は不可欠で、無理やり運命に引き裂かれた夫婦が再会を図るため、鏡を割り、夫婦がそれぞれ半鏡を持ち、お互いのことを認識するための「信物」である。これによって、夫婦仲よく戻ったら、これを「破鏡重圓」という。また、「離別＋鵲（鵲）」型に、「『神異経』曰」という言葉から始まるパターンが多い。『神異経』の名は『日本国見在書目録』には見えるが、現行の「『神異経』曰」類と同じものかどうかは不明である。大体妻が持つ「半鏡」が「鵲」或は「鵲」になり、夫の前に飛んできて、妻の裏切りを示す。しかし、この一節は『今昔』には見ない。

そして、「夫婦の離合」型のほとんどは、主人公の夫婦の名前、また第三者の名前すら示すのに対して、「離別＋鵲（鵲）」型は、「ある夫婦」とし、名前がなく、「鵲」或は「鵲」が「鏡」の裏に鋳られる由来譚を主旨として語られるのが特徴である。これらと比べれば、『今昔』と『注好選』の内容は、夫の名前「蘇規」しか明かさずに、その夫が、夫婦の中に本来あるべき信頼を裏切り、不義を働き、名もない妻が与えられた衝撃の中に悲しむということが語られている。

本話は夫婦の背信、つまり、妻が夫のことを裏切ることを題材としている。夫を裏切るものとして最も有名なのは、姮娥の物語であろう。姮娥は羿の妻とされ、羿が持って帰った長寿の薬を妻の姮娥が一人で飲んでしまい、月に去ったという神仙思想プラス星辰神話である。この話は後の時代に多大な影響を及ぼした。恐らく『注好選』や『今昔』もその影響によって屈折しているのではないかと思う。以下、その可能性について探ってみる。

1　「夫婦の離合」型

平安末の説話集とされる『唐物語』が典拠にしたとされる唐・孟棨撰『本事詩』「情感第一」の内容を挙げておく。

陳太子舍人徐徳言之妻、後主叔寶之妹、封樂昌公主、才色冠絶。時陳政方亂、徳言知不相保、謂其妻曰：以君之才容、國亡必入權豪之家、斯永絶矣。儻情緣未斷、猶冀相見、宜有以信之。乃破一鏡、人執其半、約曰：他日必以正月望日、賣於都市、我當在、即以是日訪之。及陳亡、其妻果入越公楊素之家、寵嬖殊厚。徳言流離辛苦、僅能至京。遂以正月望日、訪於都市。有蒼頭賣半鏡者、大高其價、人皆笑之。徳言直引至其居、設食、具言其故、出半鏡以合之、仍題詩曰：鏡與人倶去、鏡歸人不歸、無復嫦娥影、空留明月輝。陳氏得詩、涕泣不食。素知之、愴然改容。即召徳言、還其妻、仍厚遺之。聞者無不感歎、仍與徳言陳氏偕飲、令陳氏為詩。曰：今日何遷次、新官對舊官、笑啼倶不敢、方驗作人難。遂與徳言歸江南、竟以終老。

右の話は、夫婦の「奇縁」を語る美しい詩話的なものである。広く享受されていた。「破鏡重圓」の典故の出どころでもある。夫婦の別れを「破鏡」といい、再会を「重圓」という。「鏡」に夫婦の愛情の圓満、或は不幸の意味を託し、「信」「信頼」「信用」として働かせる。逆に日本の謡曲・八島（一四三〇頃）のような「破鏡の嘆き」、或は「落花枝に帰らず、破鏡ふたたび照らさず」というような表現もある。

この話は、日本の『大和物語』「葦刈り」の男女再会の話を想起させる。中国でも多くの書籍に転載され、例えば、『古今詩話』『太平広記』など、内容はほぼ一致している。また『本事詩』より先に書かれたとされる地理誌『両京新記』[1]にも同様の記事が記載されている。

2 「離別＋鵲（鵲）」型

中国の場合

『太平御覧』は冒頭に「神異經曰」として始まり、文中に「化鵲」、末尾は、「後人因鑄鏡為鵲安背上、自此始也」という文で括る。つまり、話の内容としては、「鵲」が「鏡」の裏に鋳られる由来譚を語るのが本旨である。宋代以後の『天中記』『廣博物志』『格致鏡原』などもほぼ同文的に継承されている。

宋・李昉等『太平御覧』巻七百十七[2]

神異經曰：昔有夫妻、将別破鏡、人執半以為信、其妻與人通、其鏡化鵲、飛至夫前、其夫乃知之。
後人因鑄鏡為鵲安背上、自此始也。

明・陳耀文『天中記』巻四十九[3]

鑄鏡為鵲、昔有夫婦、將別破鏡、各執半以為信。其妻與人通、其鏡化鵲、飛至夫前、其夫乃知之。後人因鑄鏡為鵲安背上、自此始也。　神異經

明・董斯張『廣博物志』巻三十九[4]

昔有夫妻、將別破鏡、人執半以為信、其妻與人通、其鏡化鵲、飛至夫前、其夫乃知之。後人因鑄鏡為鵲安背上、自此始也。　神異經

清・大學士陳元龍『格致鏡原』巻五十六[5]

神異經、昔有夫婦相別破鏡、人各執半以為信。其妻與人通、鏡化鵲飛至夫前夫乃知之。後人因鑄鏡為鵲安背上自此始也。

日本の場合

日本においては、院政期歌学書である藤原仲実（一〇五六〜一一一八）撰とされる『綺語抄』中に同様の記載が見られる。三巻。康和四年（一一〇二）〜元永元年（一一一八）の間の成立とされる。また、歌学書の顕昭（一二一〇年没）撰の『袖中抄』は先行書の集成的性格があり、『綺語抄』を引いている。そして、源光行（一一六三〜一二四四）『百詠和歌』十二巻は二百四十首より成るものの、李嶠百詠をもとに注和歌を付したものである。元久元年（一二〇四）年の成立とされる。

『綺語抄』中[6]「のもりのかゞみ」

むかし曹文と云ける人ありけり。おほやけにつかまつりて仰をうけ給りて、ゐ中へくだりけるが、かさゝぎのかたをうらにいつけたりけるかゞみを、中よりわりて、かさゝぎのはねをこなたあなたにつけて、かたかたをばめにとらせ、いまかたかたをばおのれもちて、女のをとこせん事は、このかゞみにてしらん。我もをんなせん事は、このかゞみにてしれとちぎりて、めを京におきてくだりたりけるに、まづをんなのをとこをしたりければ、このかさゝぎのかたはねつきたるかゞみはるかにとびて、曹文がもたりけるかたにつきにけり。それを見て、ちぎりたがへてをとこしてけりとなんしりにける。

日本紀に委はあり。

主人公の名前は、「曹文」という。話末に「日本紀」を付記しているのが注目される。この「日本紀」は、いわゆる中世日本紀のことであろう。いかなる書物を指すかは不明である。しかし、これは本来原本にない説話を『日本書紀』にあるような記載の仕方だが、歌学書のみならず、軍記物、寺社縁起などに記述が存在する。統一かつ体系的に書かれた書物は存在せず、金英珠氏「中世日本紀の研究」(二〇一三年)[7]によると、一九七二年に伊藤正義氏によって「中世日本紀」として提唱された。以来、膨大かつバリエーションに富む中世日本紀に関する研究は山本ひろ子氏、阿部泰郎氏、伊藤聡氏、小川豊生氏、小峯和明氏、斎藤英喜氏等によって研究が進められてきた。

『袖中抄』第十八[8]

又野守鏡トハ徐君ガ鏡也。
又綺語抄ニハ　曹文ガ破鏡ノ事ニテ釈シタリ　其ハ鵲鏡也　ハシタカノ、モリノカヾミトイフベカラズ

『袖中抄』は「野守鏡」を「徐君ガ鏡」、つまり「夫婦の離合」型の代表作『本事詩』徐徳言のことを指すべきだと指摘している。また、『綺語抄』の「曹文ガ破鏡ノ事」を「鵲鏡」といい、「ハシタカノ、モリノカヾミトイフベカラズ」とする。言わば、「離別＋鵲（鵶）」型である。

源光行（一一六三～一二四四）著『百詠和歌』第一「分暉度鵲鏡」

月の一の名に破鏡と云。光をわかつとは月のかけはしむるなり。昔女をとこ有けり。世の亂にあひて。別て遠き国へ行とき。鏡をわりてかた鏡つゝ取て。かたみとしてさりぬ。この女心ならす夫してけり。時にかたかゝみ鵲になりてはるかにとひて。をとこの鏡とひとつになりぬ。をとこあはれとおもひしりぬ。後の人鏡をいてうらに鵲をうつせり。このことは鄭の人曹文といへり。
へたてこし昔の影も歸きてあひみる月のかゝみなりけり

源光行は人名の前にさらに「鄭の人」を付加している。夫婦別離の原因を「世の亂」とする。『本事詩』の要素と「『神異経』曰」の要素を二つを一つにし、「鏡」が「鵲」と化して夫の前に飛んでいたのは、「離別＋鵲（鵶）」型の典型である。

島原文庫蔵の孤本である『古事談抜書』は、源顕兼『古事談』の抄出本だが、『古事談』にない独自説話を含む。書中「文安四年（一四四七）」の年紀がある。

『古事談抜書』65「曹文鏡事」

述異記曰、曹文者、鄭人也。令作鏡方一尺、鋳着鵲形二於其鏡後也。夫曹文行於隣州也。語妻曰、「我還来半歳也。願結言也」。破鏡与行形於妻曰、「汝若有邪淫者、此鏡飛来於我鏡也。我又如此也」。妻咲而取鏡也。其後、窃姪也、妻片鏡成鵲、飛来着於夫鏡也。

冒頭に「述異記曰」としている点に注目すべきである。現存『述異記』と祖沖之の『述異記』も見当たらないので、先の「日本紀」のような仮託であろう。

『榻鴫暁筆』四「曹文片鏡」

著者不明、二三巻。随筆・説話などの雑録。大永・享禄（一五二一〜三二）ごろの成立かと推測されている。

曹文と云は鄭人也。方径一尺の鏡のうらに鵶の形二を鋳つけたるあり。曹文なすべき事ありて他国へゆかんとて、其妻に云けるは、「我帰らん事来年也。君願くは二心なかれ」とて、彼鏡を二つに破り、片鏡を妻に与へ、「汝もし密夫をかたらはゞ、此鏡のわれ飛来て我鏡に付べし。我また新妻をまうけば、我鏡の破飛去て汝が鏡に付べし」と云ければ、其妻うちゑみ鏡の破れをとりにけり。其後彼妻ひそかに夫をかたらひしかば、妻の片鏡鵶となり飛去り夫の片鏡に着し也。述異記

この文章では、主人公の名前が、『綺語抄』中、『袖中抄』第十八、『百詠和歌』第一を受け続けていることが分かる。しかし、妙にここで「鵲」ではなく、「鵶」になっていることはこの文章しか見られないのである。しかも『古事談抜書』と同じ、『述異記』よりとしている。『古事談抜書』と『榻鴫暁筆』

は同系のものと考えられる。

3　「離別のみ」型

『今昔』一〇ノ一九「不信蘇規、破鏡与妻遠行語　第十九[11]」

今昔、震旦ノ□代ニ蘇規ト云フ人有ケリ。

此ノ人、国王ノ使トシテ遥ニ遠キ洲へ行ケルニ、蘇規、妻ニ語テ云ク、「我レ、国王ノ使トシテ遠キ洲へ行ク。汝ト相見ズシテ久クアルベシ。然レバ我レ、他ノ女ニ不可娶ズ。汝亦、他ノ男ニ不可近付ズ。此レニ依テ、一ノ鏡ヲ二ニ破テ、半ハ汝ニ預ム、半ハ我レ持テ行ム。若シ我レ、他ノ女ニ娶バ、我ガ半ノ鏡必ズ飛ビ来テ、汝ガ鏡ニ可合シ。亦若シ、汝ヂ、他ノ男ニ娶バ、亦汝ガ持タル半鏡飛ビ来テ、我ガ半鏡ニ可合シ」ト契ルニ、妻喜テ半鏡ヲ得テ、箱ノ内ニ納メテ置キツ。亦、蘇規モ此ノ半鏡ヲ取テ、身ヲ放ツ事無クシテ、家ヲ出デ、彼ノ洲へ行ヌ。其ノ後、程ヲ経テ、妻、家ニ有テ他ノ男ニ娶ニケリ。蘇規、其ノ事ヲ不知ズシテ外洲ニ有ル間、妻ノ半鏡、忽ニ飛ビ来テ蘇規ガ半鏡ニ合フ事、沙ノ如シ。然レバ蘇規、我ガ妻忽ニ約ヲ誤テ、他ノ男ニ娶ニケリト云フ事ヲ知テ、契ヲ違タル事ヲ恨ケリ。

然レバ、実ノ心ヲ至ス時ニハ、心無キ物ソラ如此クゾ有ケルトナム語リ伝ヘタルトヤ。

『注好選』上・75「蘇規破鏡第七十五[12]」

此人為勅使行外州。即談妻云吾鏡破二半令得君半吾賷。由者若吾娶他女此半鏡飛来君鏡合。若君有他男亦以如此。妻許―諾得之置箱内思惟実難然焉。即蘇規出家十日有妻有犯。半鏡飛蘇規所来而合如約矣。

「蘇規」という名は、『今昔』と『注好選』のみに見られる。この名前については、『唐五代五十二種筆記小説人名索引』(該書の著者は、『唐五代人物傳記資料綜合索引』を見たという)や『四庫全書』などを検索しても見当たらない。恐らく、『注好選』の発想であろう。『今昔』はそれを受けついだことになる。

破鏡説話の日本における受容と展開については、早く中野真麻理氏が、岩波講座『日本文学と仏教』第6巻(一九九四年、一〇〇頁)所収「法華経直談鈔」に諸資料を博捜し、概観している。ここで指摘したいのは、『今昔』と『注好選』とともに、より方術・呪術的に描かれている点、また「鏡」に神秘性を与え、「鵲」の要素を持たず、さらに何よりも妻の裏切りとその夫の悲しみを語る点である。何故「鵲」の要素はそれほど重要なのか。それはこれらの「破鏡」説話と呼ぶものは、共通の星伝説・星辰伝説の類いに所属するものと考えられるからである。

「鏡」は「月」の別名で、「破鏡」「半鏡」と最も結び付けられるのは、七夕伝説である。この星に関する伝説は、後に東アジアの大半の地域にまで影響を及ぼした。この七夕伝説の中に、最も名前を馳せたのは、「鵲」という鳥の名である。「鵲」が恋の助けになるのは、もともと夫婦を象徴するものとして、中国最古の詩集である『詩経』の中に見られるからである。故に、牽牛星・織女星と結びつけられやすいのであろう。

4　「鵲」と夫婦

鵲と夫婦との繋がりは、中国の最古の詩集『詩経』までに遡れる。『詩経』の中の「召南」鵲巣《じゃくそう》篇に、

維鵲有巣　維れ鵲に巣あり、
維鳩居之　維れ鳩之に居る。
之子于帰　之子于に帰《とつ》ぐ、
百兩御之　百両之を御《むか》ふ。

維鵲有巣　維れ鵲に巣あり、
維鳩方之　維れ鳩之を方ぶ、
之子于歸　之子于に帰ぐ、
百兩將之　百両之を將《おく》る。

維鵲有巣　維れ鵲に巣あり、
維鳩盈之　維れ鳩之に盈てり、
之子于歸　之子于に帰ぐ、
百兩成之　百両之を成せり。

元・朱公遷撰『詩經疏義會通』巻一「國風一」の中に、「鵲巣三章章四句」とし、また割注で「一章

徃迎二章來嫁三章合婚」と説明している。つまり、この鵲巣篇は、三つの章で成り立っている。各章は四句でできていることが分かる。その第一章の「徃迎」というのは、嫁いできた娘を迎えることを表現している。第二章の「來嫁」というのは、娘を嫁がせる側を歌で表現している。第三章の「合婚」というのは、夫婦になる儀式の場面を歌で表現している。

また、明・梁寅撰『詩演義』巻一「國風」周南・鵲巣の説明の中に、「三章皆興也」と、三章とも「興」という手法であると説明する。また「諸侯之女嫁諸侯、於其送其迎、車皆百兩。既出、尊貴妾媵衆多、故以鵲巣鳩居起興而美之。」と、諸々の侯爵たちの娘が諸々の侯爵に嫁ぐ時に、その送迎の際に百両の車で盛大に行なうと、また結婚によって、双方の貴い親戚（尊貴妾媵）が増えると、「鵲巣鳩居」（鵲は、一年ごとに巣を作り、後にその残った巣を鳩が利用する）という鳥の習性に即して、「起興」の手法を以て、結婚を賛美しているという。

このように、鵲だけでなく、鳩も、夫婦結婚の祝いの儀式の歌中に歌われていたのである。古くから生活に密接な関係があって、より身近な存在として人々に親しまれていたのである。中国古典や文化に触れている人なら、鵲と言うと、容易に『詩経』の「鵲巣」篇を想起するだろう。

5　鵲の神秘と卜占

漢・劉安『淮南子』第十八巻「人間訓」に、「夫鵲先識歳之多風也、去高木而巣扶枝」という記録がある。鵲は、その年の風が多いことを先に読み取り、高い木を去り、枝の木に巣を作る習性があるという。また、鵲が巣を作る際には、入口を太歳の方向を避ける習性もあるという。これは幼学書とされる漢・史游撰、唐・顔師古註『急就篇』巻四に見ることができる。「鵲者、亦因鳴聲以為名也。其為鳥也、知來。作巢、則避太歳。」という。鵲は、またその鳴き声より以て名前にした。鳥として未来を知る。巣は太歳を避けるという不思議な力の持ち主の鳥である。

晋・張華撰『博物志』巻四「物性」にも「二足而翼謂之禽、四足而毛謂之獸」「鵲巣門戸背太歳、向太乙、智也」と、二足にして翼があり、これを禽と謂う。四足にして毛があり、これを獣と謂う。また、鵲の巣の入り口は、太歳を背向け、太乙に向かうのは賢いという。祝鴻杰訳注『博物志』によると、「太歳」とは、古代天文学における仮説の星の名であり、「歳星」と対応している。方士たちはこれを夕ブーとし、「太歳」のある方位を凶方とし、この方位での土木、建築、或は引っ越しなどをするのを忌にし、避けなければならないという[13]。鵲は吉凶の方位を知り、自ら不吉の方向を避け、また風の向きも先んじて読み取り、安全な場所で巣を作る力に人々が魅了されたのである。

よって、禽類、動物の習性を見ながら、生活の基準、よりどころとして人々が古くから利用してきた。このことの重要さを唐・徐堅撰『初學記』の記載からも読み取れる。『初學記』巻三・歳時部「鵲」に

説文曰：鵲知太歳之所在。象文從佳、昔聲。易統卦曰：鵲者陽鳥、先物而動、先事而應、見於未風之象、令失節不巢、癸氣不通、故言春不東風也。周書曰：小寒之日鴈北鄉。又五日鵲始巢。鵲不始巢、國不寧。孫卿子曰：王者之政好生惡殺、則烏鵲之巢可俯而窺也。

意味としては、『説文解字』の中に、こう書いてある。鵲は、太歳のありどころを知る。「文」に象り、「佳」に従う。「昔」の聲。また、『易』統卦にいう。「鵲とは、陽の鳥である。物事に先んじて動き、また物事を先んじて反応する。風がまだ起ってはいないのに、これから来る自然現象を先に読み取れる。もし季節ごとに巣を作らなければ、春の雨水の気が通じず、すると、春の東風は吹かぬ」という現象が起こるのである。また『周書』にいう。「小寒之日に鴈が北へ向かって行く。その五日後に鵲が巣を作り始める。もし鵲が巣作りをしなければ、国は、安泰せず。荀子はいう、王のまつりごとは、生を好み、殺戮を嫌いにすれば、烏鵲の巣でも俯瞰してみることができる世の中を作れる」という。

このように、後の字書類、遼・釋行均撰『龍龕手鑑』巻二にも「鵲、七雀反、説文：知太歳所在、巣常背之。與鵲同」と、常識のように鵲の説明として使われている。

また、鳥の自然の営みを兆候として、占いにすることもしばしば見られる。

唐・瞿曇悉達撰『唐開元占經』巻九十三「十二月」「雁北郷鵲始巣」の「季冬」に

「行秋令」

「則白露蚤降介虫為妖」

「行春令」

「則胎夭多傷國多痼疾命之曰逆」

「行夏令」

「則水潦敗國時雪不降氷凍消釋」

と書かれている。つまり、冬の時期に、相応しくない秋の季節が続くと、露が早降り、虫など大発生する恐れがある。また、春のようであると、生まれる赤ちゃんが亡くなったり、傷ついたりする恐れがある。国はたくさんの問題を抱えることになる。これを「逆」という。また、「季冬」の季節に、夏のようであるならば、川、水の氾濫によって、国が破れる。降るべき雪が降らずに、気温が上昇して、氷が解ける現象が起こるという。これはまだ、単に鵲が巣を作るのが季節を外れる場合、いろいろ不具合が生じることをいう預言書みたいなものである。警戒心を呼び起こし、国を守るという目的があるだろう。

しかし、次の記述を見れば、鴈が北へ移動するタイミングと鵲の巣を作るタイミングが外れると、自然環境の破壊だけでなく、臣下が真心の忠心さえ持たず、国境情勢は不安となり、或は国が平和ではないことを意味するという。

宋・李昉等撰『太平御覧』巻二十七・時序部十二「冬下」に「周書時訓曰、小寒、十一月節、鴈北鄉、鴈不北鄉即臣不懷忠。鵲始巣、鵲不巣即邊方不寧。又曰、一國不寧。」と。意味としては、『周書』時訓にいう。小寒、十二月の季節に、鴈は、北へ、鴈は北へ行かないと、これは臣下が忠誠しない兆候である。鵲は、巣を作り始める季節で、鵲が巣を作らなければ、即ち国境は安泰しない兆候である。または、国全体は平和でないことを意味しているという。『太平御覧』のこの記事を見る限り、鵲などの動向を、自然現象から国家・人事にまで、何等かの意図で結び付けようとしているのが分かる。

このことを実は早い時期に、後漢王充がその撰『論衡』巻六に、「狌狌知往、乾鵲知來、鸚鵡能言」と、「狌狌」オランウータンは、過去を知る。「乾鵲」鵲は、未来を知る。「鸚鵡」八哥とも、話せるというのが、これみな「物性亦有自然」と、物事の性質は、元々備えるものであって、鵲の様々な習性について、何の不思議でもないと議論していたこともつけ加えておこう。

6　鵲に関する俗信

漢・劉歆撰、晋・葛洪輯とされる『西京雑記』巻三に「樊噲問瑞應」について書かれている。これを向新陽・劉克任の両氏が校注し、『西京雑記校注』の中に、その内容を記載している。(14)

> 樊将軍噲問陸賈曰：自古人君皆云受命於天、云有瑞應、豈有是乎？賈應之曰：有之。夫目瞤得酒食、燈火華得銭財、乾鵲噪而行人至、蜘蛛集而百事喜。小既有徴、大亦宜然。故目瞤則呪之、火華則お拝之、乾鵲噪則餵之、蜘蛛集則放之。況天下大仁寶、人君重位、非天命何以得之哉？瑞者、寶也、信也。天以寶為信、應人之徳、故曰瑞應。無天命、無寶信、不可以力取也。

『説文解字』によると、「瞤」は「目」部、意味は、「目動也」という。「乾鵲噪而行人至、蜘蛛集而百事喜」〔乾鵲噪ぎて行人至り、蜘蛛集ひて百事喜ぶ〕の意味は、前漢の劉邦の大将である樊噲将軍が陸賈という人に王様になるのは、兆しがあるかないかについて尋ねていた。古から、王様になるのは、天から授けられるとみないう、また瑞兆もあるというので、ほんとにそうであるだろうかと、陸賈は、これは確かにあると、それ目がぴくぴく動くと、酒や食事の兆候である。燈火が花を飛び散りすると、金や財産を得る兆候である。また乾鵲が騒ぐと、旅人が来る兆候である。また蜘蛛が集まると、たくさんのことがうまく運んで喜ぶ兆候である、というように小さいことでも既に徴候が見られるのに、王様になるような大事も同じように徴候があるべきである。だから、目がぴくぴくすると、これを呪う。火の花を見れば、これを拝む。乾鵲が騒ぐと、これに餌を与える。蜘蛛が集まると、好きなように遊ばせよう。言うまでもなく、天下の宝物、君主の大変貴重な位は、天から授けられなければ、いかなる方法でも得ることができないであろう。瑞兆は宝物で、信用になるものである。天はその宝物を以て信用として、人の人徳を反映する。だから、「瑞応」という。天に授けられてもいなければ、また宝としての信用もなくては、王様の位を力で取るべきではない、と答えた。右の文章を見ると、遅く晋代の辺りに、「乾鵲噪而行人至」という考えが民間に信じられていたのである。

7　日本における「鵲」について

『物類称呼』には、「かさゝぎ」について、以下のような記事がある。（東条操校訂『物類称呼』岩波書店、一九四一年、三九頁「かさゝぎ」より引用。）

西國に有　唐がらすと云　又　高麗烏と云　五畿内及東國になし。鳩より小羽に黒白有　天武帝ノ

御時新羅より鵲一隻を献す

右の末尾は、『日本書紀』「天武天皇十四年五月」の条を引いている。ただし、『日本書紀』は「二隻」とする。補足すると、「かさゝぎ」については、『日本書紀』「推古天皇六年の夏四月」の条にも、「難波吉士磐金、至自新羅、而献鵲二隻」とある。もともと日本に生息していない「鵲」を如何なる形で認識するのかというのは、それほど難しくない問題であろう。つまり、詩・和歌を通して認識ができると思われる。例えば、唐・白居易撰『白氏長慶集』巻二十四「律詩」の「正月三日閒行」を『新撰朗詠集』上の57番の歌「黄鸝巷口鶯欲レ語、烏鵲橋頭冰尽銷」と対照している。

黄鸝巷口鶯欲語黄鸝坊名　烏鵲河頭冰欲銷烏鵲河名
緑浪東西南北水　紅欄三百九十橋蘇之官橋之數
鴛鴦蕩漾雙雙翅　楊柳交加萬萬條
借問春風來早晩　只從前日到今朝

舘娃宮深春日長舘娃宮今靈巖寺也
烏鵲橋高秋夜涼烏鵲橋在蘇州南門
風月不知人世變

奉君直似奉呉王

黄鸝巷《くわうりかう》の口《ほとり》に鶯《うぐひす》語《ぎよ》せむとす、
烏鵲《をうしやく》橋《けう》の頭《ほとり》に氷《こほり》尽《ことごと》くに銷《き》ゆ。

これを柳澤良一氏は、「黄鸝巷の道の辺りでは、鶯が鳴き始め、烏鵲河の橋のほとりではすっかり氷が解けて、春の陽気がみなぎっている」[15]と解釈している。また、『新撰朗詠集』上198、藤原広業の詩もその一例である。

雲霞帳巻風消息、烏鵲橋連浪往来。

雲霞《うんか》帳《ちよう》巻《ま》いて風《かぜ》消息《せうそこ》し、
烏鵲《をうしやく》橋《はし》連《つら》なって浪《なみ》往来《わうらい》す。[16]

七夕伝説を踏まえた歌であるが、「鵲」については、その姿・色・鳴き声までは分かりづらいのであろう。そのために、鎌倉中期の著作『塵袋』のような説明は貴重であろう。

播磨國ノ風土記《ヲ》ミレハ佐郡《ニ》船引山云《ト》う山アリ此《ノ》山《ニ》有《リ》二鵲鳥一世俗云《フ》二韓國烏《カラクニカラス》一ト栖二枯木《ノ》穴《ニ》一春《ニ》見《エテ》レ之夏《ハ》不レ見《エ》云へり(17)

しかし、この説明では、「鵲」という鳥の全貌は見えてこない。平安中期の『能因歌枕』でも、「かささぎとは、烏をいふ」と、「烏」として説明していた。『塵袋』一二六四（三）に「鵲ハ尾キハメテナカク、ハシミシカクシテ、水邊ニスマズ山木ニスム(18)」と説明している。そして、『源氏物語』「浮舟」「山の方は、霞へだて丶、寒き洲崎に立てる笠鷺（かささぎ）の姿も、所がらは、いと、をかしう見ゆるに(19)」のように、「笠鷺」をも「かささぎ」と呼ぶのに驚かされる。

つまり、平安中・末期の作品、または鎌倉中期の著作では、「鵲」に対する認識は大変不足しているのではないかと考えられる。

8　羿と姮娥の伝説

梁・宗懍撰『荆楚歳時記』に

淮南子曰：羿請不死之藥於西王母。姮娥竊而奔月。注曰：姮娥、羿妻。羿從西王母請不死之藥。姮娥服之得仙。奔月。為月精。

内容は：『淮南子』にいう。羿は西王母から不死の薬を請け賜わった。姮娥はそれを盗んで月に行ってしまったという。『淮南子注』には、姮娥は羿の妻であるという。羿は西王母から不死の薬を請け賜わった。姮娥はこれを服して仙人になり、月に行き、月の神になったという。『荊楚歳時記』はまた『日本国見在書目録』に名がある。

右の記載について、唐・瞿曇悉達撰『開元占経』巻十一にも同様な記載が見られる。「羿請無死之藥於西王母、姮娥竊之以奔月」とある。「姮娥」が「羿」に不義を働き、月の「精」（蝦蟇）になったという話である。また後漢・張衡『靈憲』に記載があると唐の瞿曇悉達が文中に指摘し、同時に引用している。他に、武進蔣驥撰『山帶閣註楚辭』巻三に「謂月神也。淮南子：羿請不死之藥於西王母。姮娥竊以奔月。悵然無以續之。靈憲：嫦娥、羿妻也。竊藥將奔月。枚筮之於有黄、吉。遂托身於月。爲蟾蜍」と、宋・曾慥編『類説』巻二十五「嫦娥」にも「羿請不老之藥於西王母。嫦娥竊以奔月」とあるように、この嫦娥が裏切るという神話伝説は、著名なもので、『今昔』または『注好選』の編者には無視できない題材であったろう。

9　鏡・月・鵲と夫婦

「月」と夫婦

月と夫婦との繋がりは、神話時代の英雄「羿」とその妻の「姮娥（嫦娥）」まで及ぶ。袁珂『中国古代神話』第四章「羿的神話」の中に、羿と妻の嫦娥との不仲が書かれている。もともと天神である二人は天上に戻るために、西王母からもらった二人分の「不死薬」を妻の嫦娥が一人で飲み、天上ではなく、天を通り越して、寂しい月に行ってしまい、自分には不義という汚名、夫の羿には悲しみのみが残ったという話である。

「鏡」と夫婦

梁・沈約の「織女贈牽牛詩」にこう書いてある。

紅粧與明鏡
二物本相親
用持施點畫
不照離居人

紅粧と明鏡
二物本《もと》と相ひ親しむ
用持て点画を施すも
離居する人を照らさず

というのは、「紅粧」つまり女の化粧と「鏡」は、もともと親しい間柄であるが、それを使って化粧するが、夫婦が離れ離れになっているので、鏡を照らさずにいるという。

「青鳥」と夫婦

梁・范雲望織女詩に

盈盈一水邊
夜夜空自憐
不辭精衛苦
河流未可塡
寸情百重結
一心萬處懸
願作雙青鳥
共舒明鏡前

盈盈たる一水の辺、
夜夜空しく自ら憐れむ。
精衛の苦を辞せず、
河流未だ塡《うず》む可からず。
寸情百重に結ばれ、
一心万処に懸かる。
願はくは双《つがひの》青鳥と作《な》りて、
共に明鏡の前に舒《のびやか》ならん。

と書いてある。この詩の中に特に注意すべきなのは、「願作雙青鳥、共舒明鏡前」という結句である。願わくは、一対の「青鳥」（愛情の鳥とされる）という鳥になり、ともに「明鏡」―月、或は「鏡」の前（裏）に飛翔することを願うという。また、次の詩は決め手になっているのではないかと思われる。

「姮娥と月」「織女」

梁・庾肩吾「七夕詩」に

姮娥随月落　　姮娥月に随ひて落《くだ》り
織女逐星移　　織女星を逐《お》ひて移る

という詩句の中に、「姮娥」「月」、「織女」「星」という言葉を順序に配列し、「姮娥」と「月」の話、また「織女」と「星」（牽牛星も）の関係と、「破鏡」説話の素材になるものは、すべてこの短い詩句の中に備わっていると言えよう。

「月相」と夫婦

唐・歐陽詢撰『藝文類聚』巻四「歳時部」に、明確に「七月七日」に関して、「古詩」を記載している。

迢迢牽牛星　　迢迢たる牽牛星、
皎皎河漢女　　皎皎たる河漢の女。
纖纖濯素手　　纖纖として素手を濯んで、
札札弄機杼　　札札として機杼を弄す。
終日不成章　　終日章を成さず、
涕泣零如雨　　涕泣零ちて雨の如し。

河漢清且淺　　河漢清くして且つ淺し、
相去復幾許　　相去ること復た幾許ぞ。
盈盈一水間　　盈盈たる一水の間
脉脉不得語　　脉脉として語るを得ず。[20]

と書いてある。鏡と月は、ともに太陽の光を反射しながら作用する点から、非常に似ているかも知れない。そして、鏡が割れると、月の月相——つまり満ち欠けの姿に似ているところから、よく結び付けられている。詩や文章の中に使われ、ともに詩人・歌人たちの格好な素材でもある。また化粧道具としての鏡は、日常備品としても、夫婦の形見でも使われていた。ここで、「迢迢牽牛星」と「皎皎河漢女」は、年に一度だけ逢う日の「七月七日」は、その月相たるものは、上弦の月で、「半月」の形である。「鏡」で表現すれば、「半鏡」或は「半照」となる。

10　「守宮」の話

最後に「守宮」について考えて見る。『今昔』には「我レ、他ノ女ニ不可娶ズ。汝亦、他ノ男ニ不可近付ズ。此レニ依テ、一ノ鏡ヲ二ニ破テ、半ハ汝ニ預ム、半ハ我レ持テ行ム。若シ我レ、他ノ女ニ娶バ、我ガ半ノ鏡必ズ飛ビ来テ、汝ガ鏡ニ可合シ。亦若シ、汝ヂ、他ノ男ニ娶バ、亦汝ガ持タル半鏡飛ビ来テ、我ガ半鏡ニ可合シ」と契る場面がある。これは『前漢書』巻六十五の「置守宮盂下」の記載を思わせる。

ここの「守宮」に対して師古が以下のように注を付けている。

守宮蟲名也。術家云：以器養之。食以丹砂。滿七斤擣治萬杵。以點女子體。終身不滅。若有房室之事、則滅矣。言可以防閑淫逸。故謂之守宮也。今俗呼為辟宮。

守宮つまりヤモリは、蟲の名である。五行・陰陽・風水などを通暁する術家はいう。器の中にヤモリを養う。丹砂を食させる。七斤に満たせば、棒で一万回擦り潰し、それを使って、女子の体につける。一生消えない。もし性行為を行えば、すぐに消える。これを使って、女性の閑散・淫乱・閑逸を防ぐという。だから、これを「守宮」といい、今は俗に「辟宮」と呼ばれる。

右の話は、史書に記載されているものとして、『今昔』と『注好選』の編者は知る可能性が高いと推測する。また、似たような話は、『淮南萬畢術』という書物の中に記載されている。

七月七日、採守宮陰乾之。合以井華水。和塗女身有文章。即以丹塗之。不去者、不淫。去者、有奸。

意味は、七月七日に、守宮を採り、陰乾しして、井戸水で混ぜる。それを女の体に塗ると模様が出る。すぐに丹料を塗れば、消えないものは性行為を行っていない。消えるものは、性行為を行っていたという。

『淮南萬畢術』は特に医書、例えば『本草綱目』類の書物に引用されるので、『今昔』と『注好選』の編者にとって、容易に取材ができるものと思われる。

おわりに

以上を踏まえて、『今昔』は「鵲」について一言も触れなくても、「七月七日」のことを暗に書いているように思われる。また、最も古い神話の一つである「姮娥」の不義と「羿」の悲しみを語っているようにも見えるので、その使われていた材料について、深い意味が隠されている可能性があると思う。これからの調査を期待しつつ、もう一度これらの星辰伝説に関する話を総括すべきだと考える。男の名前は「蘇規」でも、「曹文」でも、妻に裏切られ、悲しむ「羿」の姿を想起させる。

『注好選』『今昔』を同系列と考えれば、『綺語抄』『百詠和歌』『太平御覧』などは別の系列のように思う。しかし、これらの「破鏡」説話はすべて星辰神話や星伝説から来た点で一致するもので、単に表現の仕方だけが変わっているようにも見える。勿論、どの話でも、それなりに工夫しており、独自性に富み、日本の場合、創作活動の可能性が特に有りうるので、中国古典・神話伝説から展開して、漢故事を再創作、新しいものを生み出す文学的環境があったと推定される。結果的に、中国に由来するようにみえ、日本独自の創作になっているのであると考えられる。「鏡」は「月」に通じ、夫婦の離れ離れを意味し、「半鏡」「破鏡」と七夕伝説と結びつけられ、星辰神話と俗信を屈折させ、独特な話を生み出したと考えられる。

(1)『粤雅堂叢書』十二、清・咸豐三年刻本、国立中央図書館蔵本、台湾華文書局、五五二二頁。

(2)宋・李昉等『太平御覽』一六・巻七百十七、四部叢刊三編子部、商務印書館、一九六三、五一六頁。宋・李昉等勅纂、明・鮑崇城重校、鮑崇城、嘉慶二三(一八一八)年。

(3)明・陳耀文『天中記』巻四十九、景印文淵閣四庫全書第九六七冊、驪江出版社、一九八八年、三七五頁。

(4)明・董斯張『廣博物志』巻三十九、景印文淵閣四庫全書第九六七冊、驪江出版社、一九八八年、一二七頁。

(5)清・大學士陳元龍『格致鏡原』巻五十六、景印文淵閣四庫全書第九八一冊、驪江出版社、一九八八年、二九〇頁。

(6)久曽神昇『綺語抄』中『日本歌学大系』別巻一、風間書房、一九五九年、七六頁。

(7)金英珠「中世日本紀の研究」(二〇一三年)、国立国会図書館、「序章〈中世日本紀〉研究の現状と本論の立場 一、研究史」を参照した。

(8)橋本不美男・後藤祥子『袖中抄の校本と研究』笠間書院、一九八五年、四〇四頁。

(9)池上洵一氏編著『古事談抜書の研究』島原松平文庫蔵、和泉書院、一九八八年、二三八頁。

(10)市古貞次氏校注『榻鴫暁筆』第一期第十七回配本・中世の文学、三弥井書店、一九九二年、三六三頁。

(11)新日本古典文学大系34『今昔物語集』二、岩波書店、三三二―三三三頁。

(12)新日本古典文学大系31『三宝絵 注好選』馬淵和夫・小泉弘・今野達、岩波書店、一九九七年、二六七頁。

(13)張華原著・祝鴻杰訳注『博物志』台湾古籍出版有限公司、一九九七年、一一六頁。

(14)漢・劉歆撰、晋・葛洪輯、向新陽・劉克任校注『西京雜記校注』上海古籍出版社、一九九一年、一五一～一五二頁。「鵲」に関する俗信については、堀誠氏、二〇一八年一二月二十九日、和漢比較文学会・第十二回海外特別例会(予稿集、一五～二〇頁)において、氏の講演原稿「日中比較文学の視座」3.俗信の散策 4.日本の様相の中に、もっと詳しいことが書かれている。ここで、参考になったことに対してお礼を表す。

(15)前掲。佐藤道生・柳澤良一『和漢朗詠集・新選朗詠集』二八四頁。

(16) 佐藤道生・柳澤良一　和歌文学大系47『和漢朗詠集・新選朗詠集』平成二三年、明治書院、三二三頁。
(17) 山崎誠編『塵袋とその研究　上』影印「塵袋第三　二十三ウ」勉誠社、平成一〇年、二一八頁。
(18) 前掲。『塵袋とその研究　上』影印「塵袋第三　二十三オ」二一七頁。
(19) 日本古典文学大系18『源氏物語』五、山岸徳平、昭和三八（一九六三）年、岩波書店、一三三頁。
(20) 内田泉之助『玉台新詠』上　新釈漢文大系60、明治書院、七〇〜七一頁を参照。

第十章　大和物語と史料

古橋信孝

『大和物語』は十世紀半ばの歌物語である。歌物語とは歌を中心にした、歌の詠まれた状況を語るもので、説話を話と言い換えれば、歌の説話ということもできる。歌物語である『伊勢物語』が平安初期の漢風文化と対立的に、在原業平をモデルとした、和風の文化「みやび」を求める「男」の小物語群といっていいのと違って、『大和物語』は、勅撰の『古今和歌集』も編まれた時代の、いわば「みやび」が実現し、私生活にまで及んでいるさまを語る小物語群を集め、書いている。

この『大和物語』は十世紀前半の時代を知る史料としての価値ももっている。人名が記されている話が多くあるゆえ、事実が書かれていると考えられているからである。そのため、ほとんどすべての注釈が事実を探る方向でなされている。ほんとうにそう考えていいのか、なぜ「物語」なのか、などを念頭に置きつつ、『大和物語』がどのようなものなのか、考えてみたい。

一　十世紀という時代——ひらがな体はなぜ女手と呼ばれたか

平安京に遷都した初期、桓武天皇の漢風文化の奨励は律令制の実質的な運用とかかわって、蔵人や検非違使などのいわゆる令外の官が設けられ、奈良時代と区別される体制が整い出した。文学では、嵯峨天皇、淳和天皇の時代に、初めて勅撰として三漢詩集が編まれた。これは「文章は経国の大業なり」の実践で、君子に臣下が心を合わせることによって国はよく治められる方向が示された。

そして九世紀中頃以降、律令制の定着にともない、和風文化が表面に登場してくる。『古今和歌集』に書かれている和歌の歴史では六歌仙の時代である。九世紀後半は宇多天皇が殿上の間に伺候する人員を増やし、卑賎である囲碁の名手である橘良利を侍らせるなど、宮廷文化を豊かにする方向を打ち出した。菅原道真の登用もそういう流れにある。藤原氏への対抗という面があるのは確かだろうが、『新撰万葉集』を編み、『菅家文藻』『菅家後集』を残した文人である。平安前期の勅撰漢詩集を編む理念に近いのではないだろうか。

この宇多の時代に『古今和歌集』が勅撰和歌集として編まれる準備もされたのである。『伊勢物語』や『竹取物語』が書かれたのもこの時代と思われる。

文学史における十世紀は「ひらがな体」の文学が一気に登場してくる時代である。この時代には「ひらがな体」の文学のさまざまな試みが行われている。日記という一人称の文体を試した『土佐日記』、書簡体を取り入れて書いた『多武峰少将物語』、物語の親といわれる『竹取物語』、その『竹取物語』を受けて、この世の三代の物語を書いた『宇津保物語』、そして『伊勢集』などの私家集など、次々に書かれていった。『蜻蛉日記』の序に「世の中に多かる古物語」とあるから、この時代には「古物語」が多くあったことがわかる。「昔物語」という語もあり、新大系頭注は「昔物語」を貶めた言い方としている。この時代、『伊勢物語』も『竹取物語』もそうである。したがって「昔物語」すべてが「古物語」ではなく、十世紀の半ば頃には「今物語」といっていい、新しい物語があったと考えていい。

この『蜻蛉日記』の「古物語」という認識は新大系頭注のいうように古臭い物語というような価値観がある。とすると、十世紀後半には新しい物語が求められていたということができる。しかし『蜻蛉日記』は、「古物語」は貴公子と結婚した女が幸せになるというような「そらごと」が書いてあるから、貴公子と結婚した自分のことを「ためし」として日記を書こうと述べている。石川久美子『「ためし」から読む更級日記』（臨川書店、二〇一八）が、漢文日記が「先例」として書かれたことを「ためし」として「ひらがな体」の日記は書かれたといっているように、日記は自分の体験した事実を後の「ためし」として書くという方向が『蜻蛉日記』によって方向づけられた。ひらがな体で書く日記は『土佐日記』が「男のすなる日記といふものを女もしてみむとてするなり」と序で述べているように、男の漢文体の日記を「ためし」として女のひらがな体で日記を書いたのが始まりである。その『土佐日記』を「ためし」として『蜻蛉日記』が書かれたのである。そして『蜻蛉日記』は『紫式部日記』『和泉式部日記』と受け継がれ、十一世紀半ばには『更級日記』が書かれた。

「ひらがな体」は歌の表記に起源をもつ。『古事記』『日本書紀』では歌は漢字の一字を借りて和語の一音にあてて表記した。七、八世紀における唯一の和文は歌だけだったのである。『万葉集』はさまざまな表記をしているが、後期の表記は助詞なども一字一音の表記が多い。

宇良宇良爾　照流春日爾　比婆理安我里　情悲毛　比登志於母倍婆
うらうらに　照れる春日に　ひばりあがり　情かなしも　ひとりしおもへば

この歌では漢字の意味を用いた表記は三か所で、他は音として用いている。左に示した現代の表記は現代の漢字仮名交じり文とほとんど変わりない。このような表記が『万葉集』の後期には行われていたのに、平安期の「ひらがな体」は、『土佐日記』の書き出し部を引けば、

をとこもすなる日記といふものを、をんなもしてみむとてするなり。それのとしのしはすはつかあまりひとひのひのいぬのときにかどです。

と、「日記」の漢語以外はひらがなで書かれている。漢字仮名交じり文の表記をすれば、

男もすなる日記といふものを、女もしてみむとてするなり。それの年の十二月二十一日の戌の刻に

門出す。

となる。こう表記したほうがわかりやすいにもかかわらず、ほとんどひらがなで書いているのは、「ひらがな体」が読んでわかる利便性によるものではないことを示している。漢字だけの漢文体があったから、「ひらがな体」の表記は漢文体に対抗するものといっていいだろう。利便性からいえば、『万葉集』の後期の表記からはむしろ後退している。したがって「ひらがな体」は漢文体を意識した和文の表記だったといえる。それも、日常生活では利便性が優先するのが普通だから、「ひらがな体」は文学体として成立したのである。

この「ひらがな体」は『宇津保物語』で「女手」と呼ばれ、漢文体が「男手」といわれるのと対になっている。書簡にほとんどひらがなで書かれたものは残っているが、男の書いたものが多い。では何時から「女手」と呼ばれたのだろうか。そこで、ふたたび『土佐日記』の「男もすなる日記といふものを、女もしてみむとてするなり」に思い至るだろう。男の書く日記を女もしてみようとして書いたのはひらがなでだった。

男――漢文体　↕　ひらがな体――女

という図式は『土佐日記』が始めたのである。紀貫之がといっていい。『土佐日記』は繰り返し、和歌や音によるだじゃれを書いている。漢文体ではできない表現である。紀貫之は「ひらがな体」の文学を確立しようとしていた。その試みが『土佐日記』なのである。その時、「ひらがな体」で書く主体が女として設定された。そして書く対象が私的な領域に決められた。「女手」の成立である。

物語は「ひらがな体」で書かれていた。しかし物語は三人称を基本とし、主人公や登場人物が一人称で書かれる。それらが入り混じっている。『土佐日記』は体験を一人称で書こうとした。そういえるのは、誰が書き手か明瞭ではなく、視点が定まっていないからである。『土佐日記』は揶揄や皮肉、批判などが多く書かれている。一人称は批評の主体を明らかにするから、貫之は批評を書く文体としても一人称を意識していたと思われる。この批評する主体は私的領域を書くことと繋がっている。つまり『土佐日記』は「ひらがな体——女——私的な視点——私的な領域」という文体を作り出したのである。その問題が『蜻蛉日記』に引き継がれた（古橋『平安期日記文学総説』臨川書店、二〇一八）。

この日記文学は十世紀の「ひらがな体」の文学の試みを象徴しているといっていい。『土佐日記』の「男もすなる日記といふものを女もしてみむとてするなり」という方法意識、そして『蜻蛉日記』の物語と日記の対比、これは物語は「そらごと（空言）」だから自分の体験を日記として書くといっているのだから、日記は事実を書くものとされている。したがって、文体が意識され、事実と空言つまり虚構が意識されている。これは文学を意識していることを意味している。この方向が『源氏物語』を生むことになるのである。

二　大和物語は「語り」以前の話を集めている

『大和物語』はこういう十世紀の半ばに書かれた。歌が中心の小さい物語群といえば、『伊勢物語』を受け継いだといえる。『伊勢物語』は「みやび」を求める「昔男」の小物語といえるから、『大和物語』は「みやび」が実現し、宮廷を離れた生活においても「みやび」が発揮された小物語群ということができる。「昔男」のみが「みやび」の行為をするのではなく、各小物語の主人公はみな「みやび」をしている。

しかしこの小物語群は『伊勢物語』と異なり、「昔」と始まることはない。これはまずこの小物語群を「歌語り」というようなものとして捉える方向の誤りであることを示している。歌についての「語り」があり、歌物語と呼んでいい『伊勢物語』があることによって、「歌語り」といわれ出し、その語りがかってに横行しだしてしまった。何を「歌語り」というか、古代の実際の言語表現に則することで概念化しなければならない。「語り」というのは文体である。『万葉集』巻十六の歌物語的な題詞や左注も「昔」と書き出されている。すでに「語り」の文体は『万葉集』において成立していたのである。したがって「昔」で始まることのない話は「語り」ではない。

しかも『大和物語』の小物語群は、いわゆる説話と同じに、実名、役職名などで登場人物が語られている場合が多い。つまり実在の人についての話、いうならば噂話である。それゆえ諸注釈は、人物はどういう者か、何時のできごとかなど、事実とみなす方向で注釈がなされている。つまり『大和物語』の小物語群は物語として読まれていない。なのになぜ『大和物語』なのだろうか。

この問題が『大和物語』のこの時代の特異さをあらわしている。十二世紀に編まれた説話集が『今昔物語集』と呼ばれていることと通じている。こちらの場合は『源氏物語』『夜の寝覚』と物語文学が最高レベルに達し、新しい領域を拓けない状態に行き着いてしまった後、物語はこれまで書く対象にしてこなかった人々、場面を対象にし、いわゆる事実を書くことでいわばリアルさを取り戻そうとした。説話も物語と捉えたのである。いわば話の世界のリアリティが取り込まれた。

『大和物語』は十世紀、まだ「ひらがな体」がさまざまな模索、試みを行っていた時代に書かれた。「語り」は「作り物語」と呼ばれた『竹取物語』が書かれ、また『万葉集』巻十六の歌物語的な題詞や左注の小物語を受け継いだ『伊勢物語』が書かれた。こちらは「男」は在原業平であることは、『古今和歌集』に載せられている、長い詞書をもつ業平の歌から明らかである。実在の人物業平を「男」として物語にしているといえる。「昔、男」と始まる物語の文体が業平を「男」にしたのである。ここには物語が事実そのものを書くものでないことが示されている。したがって過去の事実を語る「き」ではなく、伝聞の「けり」で語られるのが基本である。

『大和物語』は、後に付け加えられた後半の段の百四十七、四十九、五十、五十五、六十九段以外、「昔」と語り始められることはない。そして主人公が役職名、実名で示されている。ところが文末は「けり」と、物語の文体をとっている。実在の人物について書くのに伝聞で書いている。これは書かれたできごとが事実かどうか確かでないことを示している。実在の人物なら噂話だから、これは話を書いているとみるべきなのである。語りの世界ではない。しかし「物語」と名付けられているから、小物語は物語のように読まれねばならない。したがって、十二世紀の『今昔物語集』とは違って、できごとが噂話的な物語として話されていた小物語群を集めたというのがいいと思える。

この文末の過去をあらわす助動詞を日記文学でみてみると、『土佐日記』では「けり」が多いが、『蜻蛉日記』になると「けり」は少なくなり、「ぬ」「たり」などが多くなり、『紫式部日記』『更級日記』もだいたい同じである。ここからも、『土佐日記』は「ひらがな体」で日記を書く時、物語的な文体により、『蜻蛉日記』で日記の一人称の文体が確立したことがいえる。自分のことを書くのに伝聞的な過去をあらわす「けり」はおかしいことを自覚したのである。その意味でも同じ日記文学でも『和泉式部日記』はむしろ意図的に物語の文体を意識して「けり」で書いたといえる。『和泉式部物語』と呼ばれることもある所以といえよう。

このように日記文学をみると問題が明確になる。「ひらがな体」の日記文学は十世紀に登場したからである。「けり」が伝聞的な過去をあらわす、物語的な叙述の文末に使われることを明確にしたのである。逆に言えば、『土佐日記』は一人称で書きながら「けり」はできごとの叙述に使われて、詠嘆的なニュアンスを含んだ過去をあらわしていた。その「けり」が『蜻蛉日記』においてはできごとや行動の叙述には使われなくなったのである。三人称的な物語的な叙述の文体として「けり」が意識されたわけだ。

したがって、『大和物語』の小物語群は物語的な叙述であることを「けり」の多用によって示しているといえる。しかし繰り返すが、「昔」という時間の提示がなく、これらの小物語がほぼ同時代に話されていたものであるといえそうである。ほぼ同時代で実在の人物の話となれば噂話といっていい。『大和物語』は「語り」以前というか、物語に成長して語られる以前の話の世界を書いたものなのである。

三　史料としての大和物語

『大和物語』が事実を書いているとするならば、小物語群は歴史史料として扱えるはずである。実際『大和物語』は勅撰和歌集の資料になっている。たとえば二段の橘良利の歌は、『新古今和歌集』巻十羇旅歌に、

亭子院、御髪下して、山々寺々修行し給ひける頃、御供に侍りて、和泉国日根といふ所にて、人々歌詠み侍りけるに詠める　橘良利

ふるさとの旅寝の夢に見えつるは恨みやすらんまたと問はねば（一〇・九一二）

と内容も歌も取られている。他にも多くの歌が勅撰和歌集に取られ、史料になっていたことが分かる。

しかしいわゆる歴史史料としてはどうかというと、明確に『大和物語』を根拠にして歴史が語られる

ことを指摘することはできない。ただ二段は、

帝、おりゐたまひて、またの年の秋、御髪《みぐし》おろしたまひて、ところどころ山踏みしたまひて行《おこな》ひたまひけり。備前《びぜん》の掾《じよう》にて、橘《たちばな》の良利《よしとし》といひける人、内におはしましける時、殿上《てんじやう》にさぶらひける、御髪おろしたまひければ、やがて御供に、かしらおろしてけり。人にも知られたまはで歩《あり》きたまうける御供に、これなむおくれ奉らでさぶらひける。「かかる御歩きしたまふ、いとあしきことなる」とて、内より、「少将《せうしやう》、中将《ちゆうじやう》、これかれ、さぶらへ」とて奉《たてまつ》れたまひけれど、たがひつつ歩きたまふ。和泉《いづみ》の国《くに》にいたりたまうて、日根《ひね》といふ所におはします夜《よ》あり。いと心細うかすかにておはしますことを思ひつつ、いと悲しかりけり。さて、「日根といふことを歌によめ」とおほせごとありければ、この良利大徳《だいとく》、

ふるさとのたびねの夢に見えつるは恨《うら》みやすらむまたととはねば

とありけるに、みな人泣きて、えよまずなりにけり。その名をなむ寛蓮大徳《くわんれんだいとく》といひて、後までさぶらひける。

と、宇多が退位した後、出家し、修行生活で日根に旅寝したことが、橘良利が歌を詠んだことで話になっている。この段にはどこに行く途中か語られていないが、諸注日根が熊野詣の起点的な場所であったことから、宇多が熊野参詣に行った時のいわばエピソードと読んでいる。

この段は退位して「またの年の秋」とあることから、出家は退位した寛平九年（八九七）の翌年昌泰元年となるが、『日本紀略』に宇多の出家が昌泰二年としていることと矛盾する。さらに『日本紀略』昌泰三年十月に「太上法皇参詣南山」「太上法皇幸近江筑扶島」とあり、宇多が吉野や琵琶湖の竹生島に参詣していることがこの段の語る時期に近い頃のこととしてあげられるが、日根を通ったとはいえそうにない。

というようにして、諸注釈は『大和物語』二段が史実と異なることを指摘する。武蔵大学大学院で二十年以上にわたって「歌と物語」をテーマに『平中物語』『篁物語』『多武峰少将物語』など読んできて、最後に『大和物語』を読み、注釈書を出す予定でここ八年原稿化を進めているが、その『大和物語新釈』（仮称、臨川書店刊予定）の二段の注釈の清水章雄さんの読みをあげねばならない、『大鏡』は、

肥前掾橘良利、殿上に候ひける、入道して、修行の御供にて、これのみぞ仕うまつりける。されば熊野にても、日根といふ所にて、「旅寝の夢に見えつるは」とも詠むぞかし。人々の涙落とすもことわりに、あはれなることよ。

と、熊野御幸としている。しかし『扶桑略記』などによれば、宇多の熊野御幸は延喜七年（九〇七）で、昌泰三年（九〇〇）には吉野の金峰山、南山、延喜四、五年に比叡山と御幸している。『大和物語』二段では出家後すぐの御幸だから、熊野ではない。今井源衛『大和物語評釈』では、日根は熊野参詣の途次

としては通らないはずだと疑問としている。しかし清水さんは、剃髪の翌年の昌泰三年に、『日本紀略』の宇多が「南山」に御幸したとある記事により、『性霊集』に「南山」が高野山をさすことをあげ、高野山か吉野の金峰山と推定している。また日根は『日本紀略』延暦二十三年条に和歌の浦からの帰途に日根に泊まったことがみえ、紀伊の入り口的な地とされていたとし、『高野山御参詣御記』に藤原頼通が日根に泊まった記事があり、高野山である可能性を指摘している。

さらに清水さんは、角田文衛が花山法皇の熊野参詣（正暦三年〈九九三〉）が宇多を先蹤とするものと述べていること（「花山天皇と熊野」『平安の春』講談社学術文庫、一九九九年）を引き、『大鏡』の書かれた頃には法皇の熊野参詣は宇多を始めとするという考えがあり、二段は熊野参詣とされたと推察している。『大鏡』が何を史料としてこの宇多の熊野参詣の話を記したかはわからないが、残されている史料から、『大和物語』二段が史料であったといってもいい。というのは『大鏡』の宇多の熊野参詣は、橘良利だけが宇多の修行の供をしていたこと、日根で歌を詠み、人々が落涙したことと、すべて『大和物語』二段にあるからである。熊野参詣だけが新しく付け加わったことである。

さらに橘良利という卑官の者がこの逸話にかかわっており、『大鏡』もその良利を中心にしたものである。備前と肥前はかながきすればともに「ひせん」で、どちらが正しいとはいえない。中世に下るが『源氏物語』の注釈である『花鳥余情』「手習巻」に、「備前掾橘良利、肥前国藤津郡大村人也。出家名寛蓮、為亭子院殿上法師。山踏し給ふ時、御供しける由大和物語のせ侍り。碁の上手なるによりて、碁聖といへり。延喜十三年五月三日、奉勅作碁式、献之」とあり、備前掾で肥前国出身ととってつけたような説明がある。

この『花鳥余情』にある囲碁の上手だったということについては、『今昔物語集』巻二十四、『古事談』六、『古今著聞集』十二などに見える。清水章雄さんは、菅原道真『新撰万葉集』序に「当今寛平の聖主」のまわりに「後進の詩人、近習の才子」が集まったとあり、宇多が才能ある人材を周辺に集めたことを指摘し、良利もその一人とする。かれらは身分を超えて殿上の間に伺候した。さらに清水さんは『西宮記』「殿上人事」の「儒学文人能射、善碁管弦歌舞は召見すべし。縦容供奉遊宴の類は惣じて蔵人所に候はしめよ」を引いて、諸芸に秀でた者を蔵人所に伺候させ、また殿上の間に召していたことを指摘している。実をいえば院の授業以来八年間『大和物語』の注釈をやっており、この二段は清水さんが担当し、『新撰万葉集』や『西宮記』の引用は清水さんが調べてきたものである。

この橘良利が囲碁の名手であったことはともかく、宇多の出家に従い、山踏みにもただ一人供をしたことを語るのは『大和物語』と『大鏡』そして『新古今和歌集』だけである。そしてこの三つは『大鏡』が熊野参詣として語る以外、共通した内容である。これはなかで最も古い『大和物語』二段がこの系統の話の元になっていることを示しているのである。

にもかかわらず、注釈類は、というだけでなく、古典文学研究者はそういう考えを絶対とらず、退位、出家、山踏みの年が事実と異なることにこだわる。読みはまず事実を明らかにすることにある。では事実とは何だろうか。

四　読むとはどういうことか

『大和物語』二段の場合、事実とは『日本紀略』に記されていることである。「帝、おりゐたまひて、またの年」は『日本紀略』によれば、退位が寛平九年（八九七）、出家が二年後の昌泰二年（八九九）だから、「またの年」の次の年になる。この矛盾を解決するには、たとえば近世の古注釈『冠注大和物語』は「御髪おろしたまひて」を「またの年」の前に置くべきで、そうとると剃髪の翌年に山踏みしたとなるとしている。事実に従い、本文を変えてしまうわけだ。

『大和物語』二段は、宇多が退位し、翌年剃髪して、山踏みをしたという以外、読みようがない。なぜ事実が問題になるのだろうか。『大和物語』は事実を書いていると決めているからである。ただ事実そのものとは考えておらず、そこで史実との違いを指摘し、そこになんらかの意味を見出そうとしているといっていい。しかしこの二段では、事実との違いが指摘されるだけで、その意味は決めにくい。

この事実を指摘することは、違う部分は作者の創作であるとみなされ、そこに文学をみるということに結びついた。そのまま書くのではなく、書き手がそのことを書くのに自分の書きたいことを伝えるために大袈裟に書くといえば、『源氏物語』「蛍」の物語論になる。この二段でいえば、宇多は山踏みに橘良利一人だけを供にしたとあることに対して、工藤重矩「大和物語の史実と虚構」は法皇の寺社参詣の史料をあげて、多くの供を連れていくこと、むしろそれを期待し、喜んでいるようだとし、良利が宇多のさびしそうなようすに歌を詠むことがこの段の意図であるから、そのため供を良利一人のように書いたとしている。そして『伊勢物語』の東下りの段と似ていることを指摘し、『伊勢物語』の文体を意識して書いたとしている。

この工藤の論は古典文学を読むうえでの本質的な問題に触れている。先行する文体が現代の文体を規定しているということである。こういう場面はこういうように書くという規範が古典を成り立たせていた。しかし工藤は虚構、創作というような近代文学の概念を持ち込むことで前近代の文学を説明しようとしたところは留保しなければならない。工藤は固有の書き手がいなければ作品は書かれないと考えている。つまり固有の作者を想定している。もしそういう作者がいたら、『大和物語』の多くの段のような舌足らずの文章で書かれたはずがない。へたな文章と歌の段を一つだけあげておこう。

伊勢の守衆望《もろみち》の娘を、正明の中将の君にあはせたりける時に、そこなりけるうなゐを、右京の大夫呼び出でて、語らひて、朝《あした》に詠みておこせたる。

おく露のほどをも待たぬ朝顔は見ずぞなかなかあるべかりける　（三十九段）

右京の大夫（源宗于）が、衆望が自分の娘に正明を婿として結婚させようとした時、そこの少女と通じた話だが、宗于がどういう関係なのか書かれていない。たぶん衆望か正明と親しくしており、結婚の祝いの宴に呼ばれたのだろうと、推定される。次に宗于と少女の関係も書かれていない。たぶん祝いの宴に奉仕していたのだろうと推定される。しかしなぜ少女を呼び出したのか、どこに呼び出したのか、わからない。これもたぶん祝いの宴で美しく見えた少女を抱きたくなり、別の部屋に呼び出したのだろう。酒に酔っていたことも考えられる。

歌も、朝顔は露が置かれることによって花開くとされており、露は朝日で消えるから、「置く露のほど」は短い時間をいっていることはわかるが、なにをいっているのかよくわからない。注釈は露によって花開く前の少女をいうとするが、すると抱いたが物足りなかったという意になるので、苦労している。初めて共寝した朝、いわゆる後朝にはどんなにすばらしい共寝だったかをうたうもので、この場合の「見ずぞなかなかあるべかりける」はほんの短い時間に逢うのはあるべきではない、つまりもっと長い時間一緒にいられず残念だったという意に違いないと思う。「置く露のほど」はその短い時間をいうと同時に、少女であることをいっていると考えるとわかる。

こういう文章も歌も下手としかいいようがない。おかげで、注釈はとても苦労している。まずは残された古典作品はいいものだから残されたきたというような俗論を排し、下手なものは下手というべきである。

この舌足らずの下手な文章は固有の作者が創作の意図があって書いたとはいいがたい。人物の関係や場面の描写が分かるように書かれていないのは、この話が本来書いていなくてもある程度分かる、共有されたものであることを示している。したがって話されてきたものをほぼそのまま書いたことを思わせる。つまりいうならば噂話が元にあり、それを書いたものに違いない。意図的にそうしたといえないこともないが、やはり場面を分からせる意図がなさすぎる。

その意味では、二段は分かるように書いている。しかし三十九段などあるのだから、『大和物語』は一人の書き手によって一貫した意図で書かれたものではないといえる。

しかし『大和物語』は各段が一つの名のもとに収められている限り、全体を覆う話の共通性はあると考えるのも自然だろう。『伊勢物語』が「みやび」を求める「男」の話としてのまとまりがあるとすれば、歌の詠まれた話として、『大和物語』はその『伊勢物語』を意識し、受け継いだと考えていいから、「みやび」が実現した話をとして集められていると考えていい。『伊勢物語』初段は春日野で「みやび」を発揮する話だから、「みやび」が実現した話なら、その春日野のある平城京をもつ大和を物語群の名として『大和物語』としたと考えることもできそうである。

そして時代としては、「みやび」を象徴する和歌を集めた『古今和歌集』が編まれる時代、宇多、醍醐の時代の話となる。『大和物語』初段は宇多の譲位から始まる。「みやび」の中心である宮中から宇多が離れるわけで、天皇を「みやび」の代表とすれば、宇多が退位して「みやび」が宮中から離れ、貴族たちの私の生活にまで及んでいることを語る話なのである。二段は良利という宇多に仕える下級貴族の話で、「みやび」の貴族社会全体に及んでいることが語られる。『大和物語』がどのようにしてわれわれの読むものになったかは不明だが、第一次的に成立した段は基本的に宇多の退位から村上天皇の時代あたりまでの時代の話を集めているといっていい。このように『大和物語』全体から導かれる主題ともいえるものをふまえることは、各段の読みの前提になる。たとえば十四、十五段は陽成院の話だが、陽成は宇多、醍醐の時代も存命で、この二段は宇多が退位して以降のものと考えていいと思う。もちろん話の世界だから、以前の話が入ってもおかしくないので、絶対的ではない。
読むとは、各段を言葉、表現を的確に捉え、読むのはもちろん、『大和物語』全体がどういう作品かも導かれねばならないのである。

五　史実とは何か

『大和物語』は歴史上実際にあったことを語っている。それは登場人物の名が記されていることなどで一応確かとしていい。しかし二段でみたように、宇多の出家の年が史実とは違っていた。しかし清水さんがいうように、退位から出家、山踏みという流れがスムースであり、虚構などというより、この段が良利の宇多に寄り添うことを語ることに主題があったと考えれば、この語り方でむしろいいと思える。この流れはわれわれがそう感じるだけでなく、たぶん当時の人々にも抱かれたものに違いない。ならば、史実は何の意味があるのだろうか。史実を事実と言い換えるなら、私は事実は真実とはかぎらない、と常々主張している。

五段は、

前坊の君失せ給ひにければ、大輔かぎりなく悲しくのみおぼゆるに、后の宮、后に立ち給ふ日になりにければ、ゆゆしとて隠しけり。さりければ詠みて出だしける。

わびぬれば今はとものを思へども心に似ぬは涙なりけり

と、皇太子の保明親王が亡くなり、親王の乳母の子、つまり乳兄妹であった源弼の娘大輔が嘆いばかりいて、母の穏子が中宮になる日に、不吉だというので、目立たないところに閉じ込めたが、大輔は歌を詠んで差し出した、という話である。この保明親王の死について、『日本紀略』は「皇太子保明親王薨年廿一。天下庶人莫不悲泣、其声如雷。挙世云、菅帥霊魂宿忿所為也」と、菅原道真の怨霊の祟りと噂したとしている。穏子の立后は保明の死後一月少ししか経っておらず、異常であった。この異常さと道真の祟りという噂は関係しているに違いない。やはり『大和物語新釈』のメンバーである飯田紀久子さんは、この噂は当時の誰でもが知っており、にもかかわらず、宇多に重んじられたのに、この段だけでなく、『大和物語』全体で道真は一回も登場しないがこの段のように意識せざるをえないことを、『大和物語』の影と呼んで、この物語の底流に道真の影があるのではないかというようなことを述べている（「『大和物語』における道真の影」『武蔵大学人文学会誌』四十四巻三号）。

この段の話も『大鏡』に、

后に立ち給ふ日は、先坊の御事を、宮の内にゆゆしがりて、申し出づる人もなかりけるに、かの御乳母子に大輔の君といいける女房の、かく詠みて出だしける。

わびぬれば今はとものを思へども心に似ぬは涙なりけり

また御法事果てて、人々まかり出づる日も、かくとこそは詠まれたりけれ。

今はとて深山を出づるほとときすいづれの里に鳴かむとすらむ

五月のことに侍りけり。「げにいかに」と覚ゆる節々、末の世まで伝ふるばかりのこと言ひ置く人、優に侍りかしな。

と、立后の日に、少し前に亡くなった保明親王の喪に服すべきなのにそうしないことをおかしいという方向で書き、大輔だけがそのことを歌にして詠んだことをほめる感じになっている。そしてその後の大輔の歌まで載せて書かれている。

この場合、二首目の歌があり、それが『大和物語』五段にはないことで、『大鏡』がよった史料は『大和物語』ではないことがわかる。しかし「今はとて」の歌は保明親王の死と直接関係しないことも大いにありうる。その場合には、大輔の歌が書き加えられたことになる。『大和物語』を史実としてこの歌が引き寄せられ書き加えられたこともあるのではないか。

この『大和物語』五段の保明親王については、福田景道「歴史物語における不即位東宮」(『島根大学教育学部紀要』四十九巻)「夭折した東宮」を意味する「先坊」像が『後撰和歌集』『大和物語』を経過して物語世界に成立したことを論じている。『大和物語』は以降の物語にとってさまざまな意味で原点になったのである。

この五段については、史料からは保明親王の突然の死、それから一月少し後に穏子の立后のあったことが記され、さらに保明らの死は菅原道真の怨霊の仕業という噂が記されている。『大鏡』がその立后について、保明の乳母子である大輔が嘆きの歌を詠むというのは、大輔の個人的な関係におけるもので、直接政治批判をしたものではないが、個人の側からの史実に対するかかわり方、つまり史実にたいする受け止め方を個人の側から書くことで、裏側からの歴史、というかもう一つの歴史とでもいうか、が文学で書かれることで、歴史がリアルになるというようなことがよくいわれる。

それはそれで、歴史と文学の関係といってもいいだろう。文学はその時代、社会のできごとに出会った個人の心の側から表現することで、できごとを人間に引き寄せ、リアルにするとでもいえばいいかもしれない。

このような言い方をしてみれば、先に二段の退位、出家、山踏みという流れが史実と違ってもリアルになっているわけで、同じである。

史実とはできごとのそのものであって、それ以上の意味はない。文学はその史実を人々がどのように受けとったかを語ろうとするのである。

私は歴史学を侮視しているわけではない。歴史学は史料を事実とみなさないと論自体が成り立たない。というより事実を明らかにするのが歴史学なのである。われわれの歴史学に対する信頼はこの事実を明らかにしてくれることにある。私の書庫の書棚には研究書、一般書とも、歴史学の書物が三分の一はある。特に事実を再編成して導かれた制度的なことなど、歴史学が明らかにしてくれたものを読むほうが、文学研究者のものよりずっと身になる。やはり私にとって時代や社会がリアルに感じられることが多く、そのうえに立って人の動き、心の動きを考えることができるからである。ただ歴史学が人を語ろうとすると、近代的な動き方で判断してしまう場合が多い。それは事実は真実ではないという本質を検討していないからと思える。

執筆者略歴（五十音順）

東真江（あずま・まさえ）第二章
一九七六年京都府生。東海大学大学院文学研究科博士課程前期修了。大磯町役場。考古学。『国造制・部民制の研究』（共著、八木書店、二〇一七年）、『日本古代の氏族と政治・宗教 上』（共著、雄山閣、二〇一八年）。

石川久美子（いしかわ・くみこ）第三章
一九八四年岡山県生。武蔵大学大学院博士後期課程修了、博士（人文学）。目白大学・大東文化大学非常勤講師、武蔵大学総合研究所研究員。日本古代文学。『古代歌謡とはなにか―読むための方法論』（共著、笠間書院、二〇一五年）、『歌が語る歴史―歌謡から読み解く「古事記」そして万葉歌へ』（二〇一六年度博士論文）、『「ためし」から読む更級日記―漢文日記・土佐日記・蜻蛉日記からの展開』（臨川書店、二〇一八年）。

上野勝之（うえの・かつゆき）第七章
一九七三年大阪府生。京都大学大学院人間環境学研究科博士後期課程修了、博士（人間・環境学）。奈良大学非常勤講師。日本古代・中世文化史。『夢とモノノケの精神史』（京都大学学術出版会、二〇一三年）、『夢と表象』（共著、勉誠出版、二〇一七年）、『王朝貴族の葬送儀礼と仏事』（臨川書店、二〇一七年）。

曾根正人（そね・まさと）第五章
一九五五年埼玉県生。東京大学大学院人文科学研究科博士課程単位取得退学。就実大学人文科学部教授。日本古代仏教史。『古代仏教界と王朝社会』（吉川弘文館、二〇〇〇年）、『聖徳太子と飛鳥仏教』（吉川弘文館、二〇〇七年）、『空海―日本密教を改革した遍歴行者』（山川出版社、二〇一二年）。

多田伊織（ただ・いおり）第四章
一九六〇年北海道生。総合研究大学院大学文化科学研究科国際日本研究専攻博士課程修了、博士（学術）。皇學館大學・鈴鹿医療科学大学・富山県立大学非常勤講師。日中文化交流史、医学史。『「日本霊異記」と仏教東漸』（法藏館、二〇〇一年）、『術数学の射程―東アジア世界の「知」の伝統』（共著、京都大学人文科学研究所、二〇一四年）、『古代文字と隣接諸学 四 古代の文字文化』（共著、竹林舍、二〇一七年）。

中町美香子（なかまち・みかこ）コラム
京都大学大学院文学研究科博士後期課程修了、博士（文学）。花園大学文学部准教授。日本古代史。『安祥寺資財帳』（共編著、思文閣出版、二〇一〇年）、『中世日記の世界』（共著、ミネルヴァ書房、二〇一七年）。

白雲飛（はく・うんひ）第九章
一九六六年中国内モンゴル自治区生。大阪府立大学大学院・人間社会学研究科博士後期課程修了、博士（人

間科学）。大阪府立大学・人間社会システム科学研究科客員研究員、研究分担者、共同研究員。中国哲学・思想。日本中世文学。和漢比較文学。『白川静を読むときの辞典』（項目執筆、平凡社、二〇一三年）、「「破鏡」は「半鏡」に非ず―源光行『百詠和歌』第一「分暉度鵲鏡」注を中心として―」（『第40回国際日本文学研究集会会議録』国文学研究資料館、二〇一七年三月）、『天と地の科学』（共著、京都大学人文科学研究所、二〇一九年）。

古橋信孝（ふるはし・のぶよし）第十章
別掲「編者略歴」を参照

保立道久（ほだて・みちひさ）第六章
一九四八年東京都生。東京都立大学大学院人文科学研究科修士課程修了。東京大学史料編纂所元所長、名誉教授。日本中世史。『歴史のなかの大地動乱―奈良・平安の地震と天皇』（岩波書店、二〇一二年）、『日本史学』（人文書院、基本の30冊シリーズ、二〇一五年）、『老子―現代語訳』（筑摩書房、二〇一八年）。

三舟隆之（みふね・たかゆき）第一章
一九五九年東京都生。明治大学大学院文学研究科史学専攻後期課程単位取得退学、博士（史学）。東京医療保健大学医療保健学部教授。日本古代史・文化史。『浦島太郎の日本史』（吉川弘文館、二〇〇九年）、『日本古代の王権と寺院』（名著刊行会、二〇一三年）、『「日本霊異記」説話の地域史的研究』（法蔵館、二〇一六年）。

山下克明（やました・かつあき）第八章
一九五二年千葉県生。青山学院大学大学院文学研究科博士課程単位取得退学、博士（歴史学）。大東文化大学東洋研究所兼任研究員。日本古代史。『陰陽道の発見』（NHK出版、二〇一〇年）、『平安時代陰陽道史研究』（思文閣出版、二〇一五年）、『平安貴族社会と具注暦』（臨川書店、二〇一七年）。

編者略歴（五十音順）

倉本一宏（くらもと・かずひろ）

一九五八年三重県生。東京大学大学院人文科学研究科国史学専門課程博士課程単位取得退学、博士（文学）。国際日本文化研究センター教授。日本古代史。『日本人にとって日記とは何か』（編著、臨川書店、二〇一六年）、『藤原氏』（中央公論新社、二〇一七年）、『内戦の日本古代史』（講談社、二〇一八年）。

小峯和明（こみね・かずあき）

一九四七年静岡県生。早稲田大学大学院博士課程単位取得退学、文学博士。立教大学名誉教授、中国人民大学高端外国専家。日本中世文学。『院政期文学論』（笠間書院、二〇〇六年）、『中世日本の予言書―〈未来記〉を読む』（岩波書店、二〇〇七年）、『遣唐使と外交神話―「吉備大臣入唐絵巻」を読む』（集英社、二〇一八年）。

古橋信孝（ふるはし・のぶよし）

一九四三年東京都生。東京大学大学院修了、博士（文学）。武蔵大学名誉教授。日本古代文学。『日本文学の流れ』（岩波書店、二〇一〇年）、『文学はなぜ必要か』（笠間書院、二〇一五年）、『平安期日記文学総説―一人称の成立と展開』（臨川書店、二〇一八年）、『ミステリーで読む戦後史』（平凡社新書、二〇一九年）。

説話の形成と周縁　古代篇

二〇一九年五月三一日　初版発行

編　者　倉本一宏
　　　　小峯和明
　　　　古橋信孝

発行者　片岡　敦

印刷
製本　亜細亜印刷株式会社

606-8204　京都市左京区田中下柳町八番地

発行所　株式会社　臨川書店

電話（〇七五）七二一―七一一一
郵便振替　〇一〇七〇―二―八〇〇

落丁本・乱丁本はお取替えいたします
定価はカバーに表示してあります

ISBN 978-4-653-04511-3　C0091